KB071164

지상의 양식·새 양식

지상의 양식

새 양식

지상의 양식

여기, 우리가 지상에서 양식으로 먹은 과일들이 있다.[1]

—『쿠란』2장 23절

1 『쿠란』에 나오는 문구로, 신자들이 자신들의 믿음에 대한 보상으로 천국에서 얻게 될 과일들이 모두 지상에서 이미 먹던 것과 같은 과일들이라는 사실을 알게 될 것이라는 내용을 담고 있다. 하지만 여기서 지드는 지상이 이미 낙원이므로 지상에서부터 행복해지자는 뜻으로 이 문구를 해석, 인용하고 있다. 이하 〈원주〉라고 표시하지 않은 모든 주는 옮긴이의 주이다.

1927년판 서문

이 책은 탈주와 해방의 참고서이다. 그런데 사람들은 이 책이 나의 전부인 양 나를 이 속에 가두어 왔다. 여기, 재판(再版) 발행의 기회를 이용하여 새로운 독자들에게 몇 가지 성찰의 결과를 제시하고자 한다. 이를 통해 좀 더 명확하게 이 책을 위치시키는 동시에 그 동기를 밝힘으로써, 이 책의 중요성을 한정하고자 한다.

1. 『지상의 양식』은 환자는 아니더라도, 적어도 회복기에 있거나 이미 치유된 사람, 즉 한때 아팠던 한 사람의 책이다. 이 글의 서정성 자체가 자칫 삶을 잃어버릴 뻔했던 무엇처럼 부둥켜안는 자의 과도한 감격과 흥분을 드러내고 있다.

2. 내가 이 책을 쓰기로 결심한 때는 문학이 인위적인 꾸밈과 고리타분한 냄새를 끔찍하게 풍기던 시절이었다. 당시 나에게는 문학으로 하여금 새로이 대지에 가닿게 하는 것, 그저 소박하게 맨발로 흙을 밟게 하는 것이 절박한 임무처럼 느껴졌다.

이 책이 그 시대의 풍조와 얼마나 충돌했던가는 이 책의 전적인 실패가 보여 준다. 어떤 비평가도 이 책에 대해 말하지 않았고, 10년 동안 겨우 5백 부 남짓 팔렸을 뿐이다.

3. 그 시절은 내가 결혼과 함께 막 나의 삶에 정착하면서 자유를 기꺼이 포기하던 때이기도 하다. 그러나 나의 책은 예술적인 작업이었던 만큼 더더욱 시작부터 자유를 요구했다. 그리고 이 책을 쓰면서 내가 전적으로 진실했음은 말할 것도 없다. 내 마음을 부인하고 싶은 때도 없지 않았지만, 그런 때에도 역시 나는 진실했다.

4. 이 책을 쓰는 동안 내가 이 일에 얽매이지 않기를 강력히 원했다는 사실을 덧붙인다. 나는 부유하는, 얽매이지 않은 상태를 그리고 있었고, 그 상태의 특징들을 하나씩 고정시켜 나갔다. 그것은 마치 자신을 빼닮았지만 허구일 뿐인 한 주인공의 특징들을 창작해 나가는 소설가의 작업과 같았다. 돌이켜 보면 그 과정에서 그 특징들을 나 자신으로부터, 혹은 ─ 이 표현이 더 나을 수도 있겠다 ─ 나 자신을 그 특징들로부터 거리를 두게 하지 않은 때는 없었다.

5. 일반적으로 사람들은 마치 『지상의 양식』의 윤리가 나의 전 생애를 가로지르는 윤리인 것처럼, 나의 이 젊은 시절의 책으로 나를 판단하려고 든다. 그들은 내가 나의 젊은 독자에게 주는, 〈나의 책을 내던지고 나를 떠나라〉라는 충고를 마치 나부터 따르지 않은 것처럼 생각하는 것이다. 물론 나는 『지상의 양식』을 쓰던 때의 나를 곧장 떠나 버렸다. 유심히 들여다본 내 삶의 주된 특징은 변덕스러움과는 아주 거리가 멀다. 정반대로 그것은 충실성이다. 나는 감정과 생각의 저변에 깔린 이 근본적인 충실성을 매우 보기 드문 것이라고 믿고 있다. 이룩하리라고 스스로에게 다짐했던 일을 죽기 전에 결국 이루어 낼 수 있었던 자들이 누구인지 말해

보라. 그러면 나는 그들 곁에 나를 나란히 놓을 것이다.

6. 마지막으로, 몇몇 사람들은 이 책에서 욕망과 본능의 찬양만 볼 줄 알거나, 그것만 보려고 한다. 내가 보기에 그러한 관점은 좀 피상적이다. 나는 이 책을 다시 펼쳤을 때 오히려 그 속에서 〈헐벗음〉에 대한 예찬을 훨씬 더 보게 된다. 이것이야말로 이 책에서 내가 나머지를 모두 버리고 간직한 유일한 것이며, 내가 여전히 충실하고자 하는 것이다. 이에 관해 뒤에 이야기하겠지만, 가장 고상한 욕구라고 할 수 있는 가장 완전한 자기실현을 자기 망각 속에서 구현하기 위해, 훗날 행복에 대한 가장 무제한적인 허락을 복음서의 교리와 다시 결합시켰던 것도 바로 이 〈헐벗음〉 덕분이다.

〈나의 책이 너로 하여금 이 책 자체보다 너 자신에게 ― 그다음에는 너 자신보다 나머지 모든 것에 더 흥미를 갖도록 가르쳐 주기를.〉 바로 이것이 『지상의 양식』의 서문과 그 마지막 문장들에서 그대가 읽을 수 있는 것이다. 이 사실을 내가 여기서 굳이 반복할 이유가 있겠는가?

A. G.

나타나엘,[2] 내가 이 책에 흔쾌히 부여한 이 생경한 제목에 오해가 없기를 바란다. 〈메날크〉[3]라고 제목을 정할 수도 있었겠지만, 그는 너 자신만큼이나 존재한 적이 없다. 유일한 실존 인물인 나 자신의 이름으로 이 책을 채울 수도 있었을 것이다. 하지만 그 경우, 어떻게 내가 감히 이 책에 서명할 수 있었겠는가?

나는 허식도 부끄러움도 없이 나 자신을 이 책에 담았다. 이따금 내가 한 번도 본 적이 없는 고장들과, 한 번도 맡아 본 적이 없는 향기들과, 한 번도 해본 적이 없는 행동들 — 혹은 내가 한 번도 만난 적이 없는 너 — 에 대해 말한다고 해도, 나의 나타나엘, 그것은 전혀 위선이 아니다. 내가 너에게 부여한 나타나엘이라는 이 이름을, 내 글을 읽을 미래의 네가 모른다고 해서 이 이름이 거짓이 될 수 없는 것만큼이나 그것들 또한 거짓이 아니다.

2 지드는 이 책의 화자인 시인의 제자에게 예수의 최초 제자들 중 한 명인 〈나타나엘〉이라는 이름을 붙였다. 나타나엘은 히브리어로 〈하느님의 선물〉이라는 뜻이다.
3 화자의 가상의 스승으로, 베르길리우스의 『목가』에 등장하는 목동의 그리스식 이름이기도 하다.

그리고 내 이야기를 다 읽고 나면 이 책을 던져 버려라 ─ 그리고 뛰쳐나가라. 나는 이 책이 너에게 너의 도시에서, 너의 가족에게서, 너의 침실에서, 너의 생각에서 ─ 네가 어디에 있든 상관없이 그곳에서 ─ 뛰쳐나가고 싶은 욕망을 일깨워 주기를 바란다. 그때 내 책은 가져가지 마라. 만약 내가 메날크라면 너를 이끌기 위해 너의 오른손을 잡았을 것이다. 그러나 너의 왼손은 그 사실을 몰랐을 것이다. 그리고 그렇게 꼭 쥔 너의 손을 우리가 도시에서 멀어진 즉시 놓아 버리고는 말했을 것이다. 〈나를 잊어버려라.〉

나의 책이 너로 하여금 이 책 자체보다 너 자신에게 ─ 그다음에는 너 자신보다 나머지 모든 것에 더 흥미를 갖도록 가르쳐 주기를.

1장

오랫동안 잠들어 있던 나의 게으른 행복이 깨어나고 있다…….

— 하피즈[4]

1

나타나엘, 도처에서 발견되는 신[5]이 아니면 만나기를 열망하지 마라.

모든 피조물은 제각기 신을 가리키지만, 그 어느 것도 신을 드러내 보이지는 않는다.

우리의 시선이 하나의 피조물에 멈출 때마다 그것은 즉시 우리를 신에게서 멀어지게 한다.

다른 사람들이 작품을 발표하거나 일을 하는 동안, 나는

5 원문에 이 단어는 대문자 단수로 표기되어 있다. 이 경우 이 단어는 유일신을 숭배하는 기독교의 전통 속에서 천지 만물의 창조주를 가리키며, 소문자 복수로 표기되는 고대 그리스 로마의 제신(諸神)들과 대비된다. 지드는 교부들이 성서 해석으로 그들의 배타적이고 억압적인 교리 속에 가두어 놓은 신을 거부하고, 자연 속에 편재해 있으면서 인간의 지상에서의 쾌락과 행복을 지지하며 어떤 지배도 희생도 하지 않는 신을 찬양한다.

반대로 내가 머리로 배운 모든 것을 잊어버리기 위해 여행을 하며 3년을 보냈다. 배운 지식을 지워 버리는 일은 더디고 힘들었다. 그러나 그 과정은 사람들이 내 머릿속에 주입시켰던 그 어떤 지식보다 나에게 더 유익했고, 그것은 교육의 진정한 시작이었다.

삶에 흥미를 갖기 위해 우리가 어떤 노력들을 기울여야 했는지 너는 결코 알지 못할 것이다. 그러나 삶이 우리의 흥미를 끌게 된 지금, 모든 일이 그렇듯이 이 흥미 또한 우리를 사로잡을 것이다 ─ 열정적으로.

잘못을 저지르는 것보다 그것을 벌하는 데서 더 많은 쾌감을 느꼈기에, 나는 나의 육체를 서슴없이 벌하곤 했다 ─ 그만큼 나는 단순히 잘못을 저지르지 않는 것에서 오만한 도취를 느꼈다.

미덕이라는 관념을 자기 자신 속에서 지워 버리기, 여기에 정신이 부딪치는 커다란 난관이 있다.

……우리 앞에 놓인 진로의 불확실성은 우리의 삶 전체를 괴롭힌다. 이것을 너에게 어떻게 설명할 수 있을까? 선택을 해야 한다고 생각하는 순간, 우리는 무서워진다. 더 이상 의무를 지시해 주지 않는 자유가 두려운 탓이다. 그것은 전혀 알지 못하는 어떤 미지의 나라에서 길을 선택해야 하는 것과 같다. 그곳에서는 각자가 자기만의 발견을 하게 된다. 그 발

견은 오직 자기 자신만을 위한 것이라는 점을 명심해라. 그러므로 가장 덜 알려진 아프리카 오지에서 가장 불확실하게 더듬어 간 길이 훨씬 덜 막연하다……. 그늘진 숲이 우리를 유인하고, 아직 마르지 않은 샘의 신기루가……. 그러나 샘은 우리의 욕망이 그것이 흐르게 하는 곳에 있을 것이다. 왜냐하면 그 고장은 오직 우리가 접근함에 따라 점차적으로 형태를 드러내 존재하게 되는 것이며, 주변의 풍경은 우리의 발걸음에 맞춰 우리 앞으로 조금씩 펼쳐지기 때문이다. 지평선 끝에는 아무것도 보이지 않는다. 바로 우리 곁에 있는 것조차, 끊임없이 변모를 거듭하는 겉모습만 보일 뿐이다.

그런데 이토록 심각한 주제 앞에서 비유들이 무슨 소용인가. 우리는 모두 신을 발견해야 한다고 믿는다. 우리는 신과의 만남을 기다리지만, 불행하게도 어느 곳을 향해 기도를 드려야 할지 알지 못한다. 그러고는 신은 도처 어디에든 있으나 다만 발견할 수 없는 존재일 뿐이라고 생각해 버린다. 그리고 되는대로 아무 곳을 향해 무릎을 꿇는다.

그러므로 나타나엘, 너 또한 손에 쥔 등불이 인도하는 대로 길을 더듬어 가는 사람과 다르지 않을 것이다.

어디를 가든, 너는 신을 만날 수밖에 없다 — 신. 메날크는 말하곤 했다. 〈신은 바로 우리 앞에 있는 것〉이라고.

나타나엘, 너는 지나가면서 바라보아야 한다. 어느 곳에서도 멈추어서는 안 된다. 세상에 덧없이 지나가 버리지 않는 것은 오직 신뿐임을 명심해라.

> 중요성은 사물 속이 아니라, 너의 시선 속에 있어야 할 것이다.

네 머릿속에 간직된 모든 명확한 지식들은 이 세상 끝날 때까지 너와는 별개로 남아 있을 것이다. 그런데 너는 왜 그것에 그리도 많은 가치를 부여하는가?

욕망에는, 욕망의 충족감에는 얻게 되는 것이 있다 — 그 충족감으로 욕망이 증대되었기 때문이다. 나타나엘, 너에게 확실히 말하는데, 욕망의 대상 자체를 소유하는 것은 언제나 거짓이었던 반면, 욕망은 항상 나를 더 풍요롭게 해주었다.

많은 감미로운 것들에 대한 사랑으로, 나타나엘, 나는 나 자신을 소진시켰다. 그것들의 찬란함은 내가 그것들에 대한 뜨거운 열정으로 끊임없이 타올랐다는 이 사실에서 연유한다. 나는 지칠 수가 없었다. 모든 열정이 나에게는 사랑으로 인한 소모, 어떤 감미로운 소모였다.

이단 중에서도 이단인 나였기에, 나를 끌어당긴 것은 언제나 배제된 의견들, 생각의 극단적인 우회들, 불협화음들이었다. 어떤 정신이든 오직 다른 정신들과 구분되는 차이점으로만 나의 흥미를 끌 수 있었다. 공감이라는 것은 단지 공통된 평범한 감정의 인지로만 여겨졌으므로, 나는 나에게서 그것을 추방시켜 버렸다.

나타나엘, 공감이 아니다 — 사랑이어야 한다.

>
그 행위가 옳은 것인지 옳지 못한 것인지 판단하지 말고 행동하기. 선일까 악일까 걱정하지 말고 사랑하기.

나타나엘, 내가 너에게 열정을 가르쳐 줄 것이다.

나타나엘, 고요한 삶보다는 격정적인 삶을 살아야 한다. 나는 죽음과 함께 잠드는 휴식이 아닌 어떤 다른 휴식도 바라지 않는다. 내가 살아서 충족시키지 못했기에 나의 죽음 이후에도 여전히 살아 있을 모든 욕망과 에너지가 나를 괴롭힐까 두렵다. 나는 내 내면에서 대기하고 있던 모든 것을 이 땅 위에 빠짐없이 표출한 다음, 희망의 완전한 소멸, 완전한 절망 속에서 죽기를 희망한다.

나타나엘, 공감이 아니라 사랑이어야 한다. 이 둘이 같지 않다는 것을 너도 잘 알지 않는가. 때때로 내가 이런저런 슬픔들, 근심들, 고통들과 공감할 수 있었던 것은 사랑을 잃을까 두려웠기 때문이다. 그 두려움이 없었다면 나는 그것들을 겨우 견뎌 냈을 것이다. 각자 자신의 삶을 돌보도록 놔두자.

(곡식 창고에서 탈곡기가 돌아가고 있어, 오늘은 글을 쓸 수가 없다. 어제 가봤을 때는 유채 씨를 털고 있었다. 껍질이 날아가고 씨앗이 땅에 구르면서, 먼지로 숨이 막힐 지경이었다. 한 여인이 탈곡기를 돌리고 있었고, 건장한 두 청년이 맨발로 씨앗을 주워 담고 있었다.

더 할 말이 없어 눈물이 난다.

더 할 말이 없을 때 사람들은 글을 쓰기 시작하지 않는다는 것을 나는 알고 있다. 그럼에도 나는 글을 썼고, 같은 주제로 다른 이야기들을 또 쓸 것이다.)

*

나타나엘, 아직 어느 누구도 준 적이 없는 기쁨을 너에게 주고 싶다. 하지만 그것을 어떻게 줄 수 있을지 나는 알지 못한다. 그 기쁨을 내가 소유하고 있는데도 말이다. 그리고 그 어느 누구보다 친밀하게 너에게 말을 건네고 싶다. 과거에 읽었던 책들이 네게 보여 주었던 것 이상의 새로운 무언가를 찾으며 네가 수많은 책들을 차례로 뒤적일 미래의 어느 깊은 밤, 너는 여전히 기다리건만 네 열정이 지지받지 못한다는 느낌에 그것이 슬픔으로 변해 갈 때 네 곁에 이르고 싶다. 나는 오직 너를 위해 글을 쓰고, 오직 그 시간들을 위해 너에게 쓰고 있다. 어떤 개인적인 생각도, 어떤 개인적인 감동도 부재하는 것처럼 네가 느낄 책, 오직 너 자신의 열정이 투영되었다고 네가 상상할 그런 책을 쓰고 싶다. 너에게 다가가고 싶다. 그리하여 네가 나를 사랑하기를 바란다.

멜랑콜리는 식어 버린 열정일 뿐이다.

누구나 알몸이 될 수 있으며, 어떤 신체적, 정서적 격동도 우리에게 충만감을 줄 수 있다.

나의 이 격정들은 종교처럼 활짝 열려 있다. 네 몸이 느끼는 모든 흥분은 너 자신이 상황 속에 무한히 가담해 있다는 사실에서 비롯한다는 것을 너는 이해할 수 있는가?

나타나엘, 내가 너에게 열정을 가르쳐 줄 것이다.

빛과 발광체의 관계가 그러하듯, 우리의 행위들도 우리와 불가분의 관계로 결합되어 있다. 그것들은 우리를 불살라 버린다. 사실이다. 하지만 그것들은 우리를 찬란히 빛나게 해 준다.[6]

우리의 영혼이 어떤 가치를 지니게 되었다면, 그것은 우리의 영혼이 다른 어떤 영혼보다 더 열렬히 타올랐기 때문이다.

하얀 새벽빛에 잠긴 드넓은 벌판들아, 나는 너희를 보았다. 푸른 호수들아, 나는 너희의 물결 속에 내 몸을 적셨다. 그리고 유쾌한 바람이 나를 어루만질 때마다 미소 지었다. 이 사실을 나는 마음껏 되뇌고 또 되뇔 것이다. 나타나엘, 내가 너에게 열정을 가르쳐 줄 것이다.

혹시 내가 이보다 더 아름다운 일들을 알았더라면, 틀림없이 그것들을 — 다름 아닌 바로 그것들을 — 너에게 이야기해 주었을 것이다.

메날크, 내가 그대에게서 받은 가르침은 지혜가 아니었다. 그것은 지혜가 아니라 사랑이었다.

6 유사한 문구가 8장의 제사로 등장한다. 그러나 의미에는 차이가 있다.

나타나엘, 메날크에 대해 나는 우정 이상의 감정을 느꼈다. 그것은 사랑과 흡사한 감정이었다. 나는 또한 그를 형제처럼 사랑했다.

메날크는 위험한 인물이다. 그를 두려워해라. 그는 현명한 자들에게 배척당하지만, 아이들에게는 두려움을 사지 않는다. 그는 아이들에게 그저 가족을 더 이상 사랑하지 않는 법과 천천히 가족을 떠나는 법을 가르친다. 그리고 거친 들판에 열린 시큼한 야생 과일에 대한 욕구로 그들의 가슴을 아리게 하고, 낯선 사랑 때문에 근심하게 만든다. 아! 메날크, 그대와 함께라면, 난 다른 길을 여전히 달리고 싶었을 것이다. 하지만 그대는 나약함을 싫어했고, 내게 그대를 떠나는 법을 가르치려고 했다.

인간의 내면에는 제각기 비범한 가능성들이 들어 있다. 과거가 하나의 역사를 현재 속에 미리 투영하지 않는다면, 현재는 가능한 모든 미래들로 충만할 것이다. 하지만 아! 유감스럽게도 단 하나의 과거가 단 하나의 미래만을 제시한다 ─ 우주 공간에 찍힌 무한대의 한 점처럼 그 미래를 우리 앞으로 투사한다.

인간은 오직 자신이 이해할 수 있는 것만을 행한다고 확신할 수 있다. 이해한다는 것은 자신이 할 수 있다고 느끼는 것이다. **가능한 최대치의 인간성을 자기 몫으로 받아들이기**, 이것이야말로 적절한 해결책이다.

삶의 모든 다양한 형태가 나에게는 아름다워 보였다. (지금 내가 너에게 하는 이 말은 메날크가 나에게 늘 해주던 것이다.)

모든 열정들과 모든 타락들을 내가 충분히 경험했기를 바란다. 어쨌든 나는 그런 행위들을 조장했다. 나의 존재 전체가 모든 믿음들을 향해 돌진했고, 어떤 날 저녁에는 어찌나 미친 듯이 흥분했던지 나는 내 영혼이 따로 존재한다고 믿을 지경에까지 이르렀다. 그만큼 나는 내 육체로부터 영혼이 거의 다 빠져나간 것처럼 느꼈다 — 이것도 메날크가 내게 하곤 했던 말이다.

그리하여 우리의 삶은 마치 우리 앞에 놓인, 아주 차가운 물로 가득 채워진 잔과 같을 것이다. 열에 들뜬 목마른 자의 손이 물방울 맺힌 유리잔을 쥐고 있다. 그는 기다려야 한다는 사실을 잘 알지만, 그의 입술은 그 감미로운 잔을 물리치지 못한다. 그는 물을 단숨에 마셔 버린다 — 그만큼 그 물은 시원하고, 또 그만큼 그는 혹독한 열병에 목이 타는 것이다.

2

아! 차가운 밤공기를 그 얼마나 많이 들이마셨던가! 아, 창(窓)이여! 달에서 창백한 빛이, 안개 때문에, 마치 샘에서 흘러나오는 듯 그리도 풍부하게 흘러내리고 있었다 — 우리는 그 빛을 마시는 것만 같았다.

아, 창이여! 몇 번이나 내 이마가 너의 유리에 기대어 열을 식혔던가! 내 뜨겁던 침대에서 뛰어내려 발코니로 달려가 거대하고 고요한 하늘과 마주했을 때, 또 얼마나 여러 번 나의 욕망들은 안개처럼 사라졌던가.

지난날의 열병들아, 너희는 내 몸을 치명적으로 소진시키곤 했다. 하지만 어떤 것도 영혼의 관심을 잠시나마 신이 아닌 다른 것으로 돌리지 못할 때, 그 영혼은 또 얼마나 지쳐 버리는가!

나의 열렬한 찬양의 집요함이 두려웠다. 이것은 나의 몸과 마음을 완전히 혼란에 빠뜨렸다.

〈너는 영혼의 불가능한 행복을 찾아 아직 더 오랜 시간을 헤맬 것이다〉라고, 메날크가 내게 말했다.

수상쩍은 흥분으로 달뜬 처음 며칠이 지나자 — 하지만 그 시절은 아직 메날크를 만나기 전이었다 — 기다림으로 점철된 뒤숭숭한 기간이 뒤따랐다. 마치 늪을 통과하는 것 같은 나날이었다. 나는 나를 짓누르는 수면 속으로 빠져들었고, 아무리 자도 잠에서 헤어나지 못했다. 식사를 마치면 잠자리에 들었고, 또 잠을 잤다. 기력은 더욱 떨어졌고, 어떤 변신을 앞둔 자처럼 멍한 상태로 잠에서 깨어났다.

생명의 신비로운 작용들, 은밀한 작업, 미지 존재의 잉태, 고통스러운 해산(解産), 반수면 상태, 기다림들. 나는 고치 속의 번데기처럼 잠을 잤다. 동시에 기존의 나를 닮지 않은 미래의 내가 될 새로운 존재가 내 안에서 형성되는 대로 내버

려 두었다. 모든 빛의 입자들이 마치 초록빛으로 물든 물굽
이들을 통과하듯 잎과 가지 사이사이를 지나 나에게로 이르
고 있었다. 어렴풋하고 나른한 감각은 도취 혹은 엄청난 현
기증과 유사한 상태에 있었다. 아! 나는 간청했다. 급격한 발
작아, 질병아, 격심한 고통아, 제발 이제는 와다오! 내 머릿속
은 뇌우를 품은 무거운 구름들로 찌뿌듯한 하늘과 같았다.
모든 것이, 우울함으로 가득 채워진, 창공을 뒤덮은 그 거무
죽죽한 가죽 물 자루들을 찢어 버릴 섬광을 기다리는 그런
하늘 말이다.

　기다림들아, 너희는 얼마나 더 버틸 수 있겠는가? 기다림
이 끝났을 때 우리에게 살아갈 기력이 남아 있기는 할까? 나
는 외쳤다. 기다림! 무엇의 기다림인가! 과연 무엇이 우리 자
신에게서 비롯되지 않고도 생성될 수 있었던가? 또 우리 자
신이 이미 알고 있던 것과는 다른 무엇이 과연 우리 자신에
게서 일어날 수 있었던가?

　아벨의 탄생, 나의 약혼, 에리크의 죽음, 내 삶의 대혼란은
이러한 무기력 상태를 끝내기는커녕 나를 더욱더 그 속으로
빠져들게 하는 것 같았다. 그만큼 나의 마비 상태는 나의 생
각들, 나의 우유부단한 의지들의 뒤얽힘 자체에서 비롯했다.
나는 축축한 땅속에서 식물처럼 하염없이 잠만 자기를 원했
을지도 모른다. 때때로 나는 육체적 쾌락은 나의 고통이 다
했을 때나 올 것이라고 홀로 되뇌고는, 육체의 소진 속에서
정신의 해방을 찾곤 했다. 그러고는 다시 기나긴 시간 동안
잠을 잤다. 활기 넘치는 집 안에서 한낮의 더위에 선잠이 든

어린아이를 침대에 눕혀 재우듯이.

그런 다음 나는 아주 아득한 곳에서부터 깨어나곤 했다. 몽롱한 상태에서 가슴을 두근거리며 땀을 흘리고 있었다. 닫힌 덧창의 아래쪽 틈새로 새어 들어오는 빛이 잔디밭의 초록빛을 하얀 천장에 반사하고 있었다. 황혼 녘의 그 맑은 빛이 나에게는 유일하게 감미로운 것이었다. 그것은 나뭇잎들과 물줄기들 사이로 흘러온 투명한 빛만큼이나 부드럽고 매혹적이었으며, 빛 한 줄기 들지 않는 동굴 속의 어둠에 한참 동안 잠겨 있을 때 문득 입구에서 어른거림을 알아차리게 되는 그런 빛과 같았다.

집 안의 소음들이 희미하게 들려왔다. 삶 속으로 천천히 내가 다시 태어나고 있었던 것이다. 나는 미지근한 물로 몸을 씻고 권태에 겨워 하며, 평원을 향해 정원의 벤치까지 걸어갔다. 거기서 나는 아무것도 하지 않고 저녁이 오기만을 기다리곤 했다. 말하기, 남의 말에 귀 기울이기, 글쓰기…….그 어떤 일을 하려고 해도 나는 늘 지쳐 있었다. 시를 읽었다.

……그의 눈앞에는
황량한 길 펼쳐지는데,
저기, 목욕하는 바닷새들은
날개를 펼친다…….
그러나 내가 살아야 할 곳은 여기…….
……우거진 숲속 나무 그늘,
떡갈나무 아래, 땅속 동굴,

이곳은 내가 유배된 집.
이 차디찬 흙집에서
나는 완전히 지쳐 버렸다.
계곡은 어둡고
언덕은 높아,
가시덤불 뒤엉킨
회양목 울타리가 슬프다 —
이곳은 기쁨 없는 집.[7]

어떤 생명력으로 충만한 느낌, 가능하지만 아직 가져 보지 못했던 그 느낌이 이따금씩 엿보이더니, 자꾸만 되돌아오며 점점 더 강박적이 되었다. 아! 나는 외쳤다. 빛의 문아, 어서 열려라! 이 끊이지 않는 보복들 한가운데에서 산산이 부서져라!

싱싱한 새것 속에 다시 흠뻑 젖어 들고 싶은 엄청난 욕구가 나의 존재 전체를 관통하는 것처럼 느껴졌다. 나는 두 번째 사춘기를 기다리고 있었다. 아! 손상된 내 눈을 복원시켜야 한다. 책들로 오염된 눈을 말끔히 씻자. 최근에 내린 비로 티 없이 청명해진 저 맑고 짙푸른 오늘의 하늘처럼 — 지금 내가 바라보는 저 맑고 짙푸른 하늘처럼 되게 하자…….

나는 병에 걸렸다. 여행을 떠났고, 메날크를 만났다. 그리고 나의 놀라운 회복은 하나의 재생[8]이었다. 나는 새로운 한

7 「유배의 노래」 중에서. 『영국 문학』(I, 30)에 실린 이폴리트 텐의 번역 및 인용 — 원주.

존재와 함께 미지의 새 하늘 아래 완전히 새로워진 사물들 한가운데서 다시 태어났다.

<h1 style="text-align:center">3</h1>

나타나엘, 내가 너에게 기다림에 대해 이야기해 줄 것이다. 여름 동안 나는 광야의 기다림을 보았다. 비가 조금이라도 내리기를 기다리고 있었다. 도로 위의 먼지는 너무도 건조해져서 아주 가벼운 미풍에도 흩날렸다. 이제 그것은 욕망조차 아니며, 차라리 두려움이었다. 땅은 물을 더 많이 받아들이기 위해서인 듯 가뭄으로 갈라졌다. 벌판의 꽃향기는 견디기 힘들 정도로 고통스러웠다. 태양 아래 모든 것이 기진맥진해 있었다. 매일 오후 우리는 테라스 아래에서 강렬한 햇볕을 조금이나마 피하며 휴식을 취했다. 화분(花粉)을 잔뜩 실은 구과(毬果) 식물들이 가지를 가볍게 흔들어 수정(受精)의 범위를 멀리 확산시키는 계절이었다. 하늘은 뇌우를 머금어 무겁고, 온 자연이 기다리고 있었다. 모든 새들이 침묵하는, 극도로 숨 막히는 장엄함의 순간이었다. 땅에서 미풍이 일었다. 그 숨결이 어찌나 뜨겁던지 모든 것이 기절할 듯했다. 침엽수들의 화분이 황금 연기처럼 흩날렸다 — 그리

---

8 여기에 쓰인 〈재생palingénésie〉은 〈거듭 태어남renaissance〉과 동시에 〈갱생régénération〉, 즉 완전히 새로운 삶으로 나아감을 의미한다. 이에 대해 메날크가 4장에서 다시 말할 것이다.

고 비가 내렸다.

나는 하늘이 새벽의 기다림으로 전율하는 것을 보았다. 별들이 하나씩 빛을 잃어 가고 있었다. 초원은 이슬로 흠뻑 젖어 있었고, 대기의 차가운 손길만이 내 살갗을 스쳤다. 내 안의 그 불분명한 생명력이 아직 잠 속에서 얼마간 지체하고 싶었던지, 나의 머리는 여전히 지쳐 있었고 무기력하기만 했다. 나는 숲의 가장자리까지 올라가 앉았다. 짐승들은 날이 밝아 올 것이라는 확신 속에서 제각기 자신의 일을 다시 시작하며 기쁨을 되찾았고, 잎사귀들은 들쭉날쭉한 곡선을 따라 생명의 신비를 다시 퍼뜨리기 시작했다 — 그리고 날이 밝았다.

나는 또 다른 새벽들을 보았다 — 밤의 기다림도 보았다……

나타나엘, 매번의 기다림이 네 안에서는 욕망조차도 아닌, 그저 마중하는 일에 적합한 마음이었으면 좋겠다. 너에게 이르는 모든 것을 기다리되 너에게 이르는 것만을 욕망하고, 오직 네가 가진 것만을 욕망해라. 우리는 하루의 어느 순간에도 신을 완전히 소유할 수 있음을 깨달아야 한다. 부디 너의 욕망이 사랑으로 이루어졌기를, 너의 소유가 사랑으로 맺어지기를. 효력 없는 욕망이 대체 무슨 의미가 있겠는가?

이럴 수가! 나타나엘, 네가 신을 소유하고 있으면서도, 그 사실을 알아차리지 못했다니! 신을 소유하는 것, 그것은 신을 알아보는 것이다. 지켜보는 것이 아니다. 발람아, 어느 오솔길 모퉁이에서 너의 나귀가 신 앞에 멈추어 섰는데도, 너는 그를 보지 못했단 말인가?[9] 그것은 네가 신을 다르게 상상하고 있었던 탓이다.

나타나엘, 우리에게 기다림이 불가능한 대상은 오직 신뿐이다. 신을 기다린다는 것은, 나타나엘, 네가 이미 그를 소유하고 있다는 사실을 알아차리지 못했다는 뜻이다. 신과 행복을 구분하지 말고 너의 행복 전체를 순간 속에 놓아라.

나는 나의 전 재산을 내 안에 지니고 있다. 마치 창백한 동방[10]에서는 여인들이 자신의 모든 보석을 몸에 지니고 있는 것처럼, 내 삶의 모든 소소한 순간에까지 매번 나의 재산 전부를 나의 내면에서 느낄 수 있었다는 말이다. 그것은 여러 특별한 것들의 총합이 아니라 오직 나의 찬양만으로 이루어진 것이다. 나는 나의 전 재산을 줄곧 내 모든 영향력의 범위 안에 간직했다.

태양의 빛이 곧 소멸되어 버릴 것처럼 저녁을 바라보아라. 그리고 세상 모든 것이 지금 태어나고 있는 것처럼 아침을

9 발람은 성서에 등장하는 인물로, 이스라엘을 저주하기 위해 모압 왕이 보낸 예언자이다. 야훼의 천사가 세 번이나 칼을 뽑아 들고 그의 길을 가로막지만, 그는 천사를 보지 못한다. 그를 태운 나귀가 천사를 보고 멈추자, 그는 오히려 나귀에게 매질을 한다(『구약 성서』「민수기」 22장 21~35절 참고).

10 l'Orient pâle. 형용사 〈창백한pâle〉은 아메리칸 원주민들이 〈백인〉을 가리키기 위해 사용한 단어이다. 유럽인들은 피부색에 따라 동방을 둘로 구분했는데, 이른바 〈황인종〉의 동방 즉 〈극동〉과, 〈창백한〉 백인 사회 쪽에 접해 있는 〈근동〉 내지 〈중동〉을 가리킨다.

바라보아라.

네 눈에 비치는 모든 것이 매 순간 새롭기를.

현자란 모든 것에 놀라는 자이다.

오, 나타나엘, 네 정신의 피로는 모두 네가 소유한 것들의 잡다함에서 비롯한다. 너는 그 모든 재산 중에 어느 것을 선호하는지 알지도 못하며, 삶만이 유일한 재산이라는 사실을 깨닫지도 못한다. 가장 무의미한 삶의 순간조차 죽음보다 강하며 죽음을 부정한다. 죽음은 모든 것이 끊임없이 새로워지기 위해 다른 삶들을 허용하는 것일 뿐이며, 어떤 삶의 형태든 스스로를 이야기하기 위해 필요한 것보다 더 오래 그것을 붙잡을 수 없게 하기 위한 것이다. 너의 말이 울려 퍼지는 순간은 행복해라. 나머지 모든 시간은 귀 기울여 들어라. 그러나네가 말할 때는 귀 기울이기를 그만두어라.

나타나엘, 네 안에 있는 모든 책들을 불태워 버려라.

롱드[11]
내가 불태워 버린 것을 찬양하기 위하여

학교 책상 앞,

조그만 의자에 걸터앉아 읽는 책들이 있다.

11 원무곡. 원을 그리며 춤을 추는 경쾌한 군무의 형식. 여러 사람의 놀이에 끼어드는 것을 비유할 때 사용되기도 한다.

> 걸어가며 읽는 책들도 있다.
(이것은 책 크기 때문이기도 하다.)
숲이나 전원에서 산책하며 읽는 책들이 그러하다.
키케로가 말했다. 〈그리고 독서가 전원과 더불어〉.[12]
기차로 여행할 때 읽은 책들도 있고
건초 가득한 곳간 깊숙이 누워 읽은 책들도 있다.
우리에게 영혼이 있다는 것을 믿게 해주는 책들이 있는가 하면
영혼을 절망시키는 책들도 있다.
신이 실제로 존재함을 증명하는 책들도 있고
그것을 증명하지 못하는 책들도 있다.
오직 개인의 내밀한 서가에만
허락될 수 있는 책들이 있는가 하면
여러 권위 있는 비평가들에게
찬사를 받은 책들도 있다.

오직 양봉에 관한 이야기만 쓰여 있어서
어떤 이들은 약간 전문적이라고 생각하는 책들도 있고
자연을 어찌나 많이 이야기하는지
읽고 나면 산책하러 나갈 필요가 없어지는 책들도 있다.

점잖은 어른들에게는 멸시를 받지만
어린아이들의 흥미를 돋우는 책들도 있다.

12 Et nobiscum rusticantur. 『아르키아 변론』에서 문학과 시를 찬양함으로써 시인 아르키아의 시민권을 옹호하는 연설문의 한 구절.

> 사화집(詞華集)이라 부르는 책들도 있는데

여기에는 무엇에 대해서든 사람들이 더 잘 말한 내용을 골라 담았다.

독자들이 삶을 사랑하게 해주려는 책들이 있는가 하면

쓰고 난 다음에 저자가 목숨을 끊은 책들도 있다.

증오의 씨앗을 뿌리고

뿌린 것을 다시 거두는 책들도 있다.

읽는 순간, 빛을 발하는 듯

지극한 황홀과 그윽한 겸양으로 빛나는 책들도 있다.

우리보다 더 순수하고, 더 훌륭한 삶을 살다 간 형제들처럼

우리가 소중히 여기는 책들도 있다.

기이한 문자로 쓰여 있어,

오랜 시간 연구했음에도 이해하지 못하는 책들도 있다.

나타나엘, 언제쯤 우리는 이 세상의 책들을 모조리 다 태워 버리게 될까!

동전 몇 닢의 가치도 안 되는 책들이 있는가 하면

굉장한 값어치를 지니는 책들도 있다.

왕과 왕비에 대해 이야기하는 책들도 있고

몹시 불쌍한 사람들에 대해 이야기하는 책들도 있다.

정오의 나뭇잎 소리보다

더 기분 좋은 말로 가득한 책들도 있다.

파트모스섬에서 요한이 — 쥐처럼 — 갉아 먹은 것은[13]
한 권의 책이지만, 나는 산딸기가 더 좋다.
이 책은 그의 배 속을 쓰라린 고통으로 가득 채웠고[14]
이후, 그는 많은 환영들을 보았다.

나타나엘, 우리는 언제쯤 이 세상의 책들을 모조리 다 태워 버리게 될까!

나는 해변의 모래가 부드럽다는 구절을 책에서 읽는 것으로 만족하지 않는다. 내 발이 직접 느끼기를 바라기 때문이다. 감각으로 먼저 느껴 보지 않은 지식이라면, 그 어떤 것도 나에게는 무의미하다.

이 세상의 그윽히 아름다운 것 중에 내가 보는 순간, 즉시 나의 모든 다정함으로 어루만지고 싶은 욕망을 불러일으키지 않은 것은 아무것도 없었다. 사랑에 빠진 대지여, 활짝 핀 꽃들로 뒤덮인 너의 모습은 놀랍도록 아름답구나. 오, 풍경아, 나의 욕망이 네 안으로 깊숙이 파고든 풍경아! 그곳은 활짝 열린 고장, 나는 탐색하는 발걸음으로 이리저리 거닐었다.

---

13 그리스 에게해의 작은 섬. 성 요한이 『신약 성서』「요한의 묵시록」을 쓴 장소로 알려져 있다.
14 「요한의 묵시록」10장 9~10절의 일화를 암시한다. 성 요한은 바다와 땅을 밟고 선 천사가 손에 펼쳐 든 두루마리 책을 받으라고 말하는 하늘의 목소리를 듣는다. 그가 그 책을 달라고 하니, 천사는 그 책을 먹으라고 하며 〈이것을 받아 삼켜 버려라. 이것이 네 입에는 꿀같이 달겠지만, 네 배에 들어가면 배를 아프게 할 것이다〉라고 말한다.

물 위로 몸을 웅크리는 파피루스 풀 우거진 오솔길, 강 위로 휘어진 갈대, 시원스레 탁 트인 숲속의 빈터, 나뭇가지들 사이로 펼쳐진 가없는 벌판, 무한한 약속의 출현. 나는 바위와 식물 들이 만든 통로를 이리저리 거닐며, 봄이 펼치는 광경 들을 보았다.

경이로운 현상들의 수다스러움.

그날부터 내 삶의 매 순간이 나에게는 말로는 절대 표현할 수 없는 선물 같았고, 그것은 새로움의 맛이었다. 이처럼 나는 열정에 들뜬 채 줄곧 혼미 상태에 빠져 지냈다. 나는 아주 빠르게 황홀경에 이르렀고, 현기증과도 같은 아찔한 눈부심 속에서 거닐기를 즐겨 했다.

그래, 입술 위로 터져 나오는 웃음을 볼 때마다 나는 그 입술에 입 맞추고 싶었다. 뺨 위로 번지는 혈기를, 눈가에 차오르는 눈물을 마시고, 나뭇가지들이 나에게로 기울여 주는 모든 과일을 껍질째 깨물고 싶었다. 주막에 이를 때마다 배고픔이 나를 환영했다. 샘터에 이를 때마다 목마름이 나를 기다리고 있었고, 샘터에는 매번 특별한 갈증이 있었다. 나의 다른 욕망들을 표현하기 위한 다른 단어들이 있었다면 좋았을 것을.

길이 열리는 곳에서는 걷고 싶은 욕망,

그늘이 초대하는 곳에서는 휴식하고 싶은 욕망,

깊은 물가에 이르면 헤엄치고 싶은 욕망,

침대가에서는 사랑하고 싶은 혹은 잠자고 싶은 욕망.

나는 모든 사물 위로 대담하게 손을 갖다 댔고, 내 욕망의 대상에 대한 나의 권리를 확신했다. (하지만 나타나엘, 우리가 바라는 것은 소유보다 사랑이다.) 아! 내 앞에서 모든 사물들이 무지개 빛깔로 빛나기를! 모든 아름다움이 나의 사랑을 입고 나의 사랑으로 곱게 단장하기를!

2장

양식들이여!
나의 모든 기대는 너희에게 있다, 양식들이여!
나의 배고픔은 도중에 주저앉지 않을 것이니,
오직 충족되었을 때에만 진정될 것이다.
도덕은 결코 나의 주림을 이길 수 없으리.
내가 금욕으로 키울 수 있었던 것은 오직 내 영혼뿐.

내가 너희를 찾고 있다.
여름의 새벽빛처럼 아름다운 만족들이여!

저녁에는 더 부드럽고 정오에는 더 감미로운 샘물들, 얼음처럼 차가운 새벽의 물, 바닷가의 산들바람, 돛들로 북적이는 항만들, 일렁이는 해안에는 온화한 공기…….
오! 평원으로 가는 길들이 또 있다면, 정오의 숨막히는 열기, 들판의 갈증을 풀어 주는 물, 밤을 보내기 위한 푹신한 건초 더미가 있다면.

동쪽 나라로 가는 길들이 있다면, 사랑의 바다 위로 물살을 가르는 뱃길, 모술[15]의 정원들, 투구르트[16]의 춤, 헬베티아[17]의 목동들의 노래가 있다면.

　북쪽 나라로 가는 길이 있다면, 니즈니[18]의 축제들, 눈가루를 흩날리는 썰매들, 꽁꽁 얼어붙은 호수들이 있다면, 나타나엘, 확신하건대 우리의 욕망들은 권태로워하지 않을 것이다.

　여러 척의 배가 미지의 해변에서부터 무르익은 과일들을 싣고 드디어 우리의 항구로 들어왔다. 우리가 맛볼 수 있도록, 배에서 얼른 짐을 내려라.

　양식들이여!
　너희의 도래를 예감한다, 양식들이여!
　만족들이여, 내가 너희를 찾고 있다,
　여름의 웃음처럼 아름다운 만족들이여.
　나는 알고 있다, 대답이 이미 준비되지 않은 욕망을
　내가 품는 일은 결코 없다는 것을.
　나의 배고픔들이 저마다 보상을 기다리고 있다.
　양식들이여!
　너희의 도래를 기대하고 있다, 양식들이여!
　내 모든 욕망의 만족들아,

15 이라크에서 바그다드 다음으로 큰 도시.
16 알제리의 오아시스 도시.
17 스위스의 고원 지대.
18 니즈니노브고로드. 러시아 북서부의 도시.

세상 끝에서 끝까지 내가 너희를 찾고 있다.

*

내가 지상에서 경험한 가장 아름다운 것,
아! 나타나엘! 그것은 나의 배고픔이다.
그것은 끊임없이 자기를 기다려 온 모든 것에
언제나 충실했다.
밤꾀꼬리는 포도주에 취할까?
독수리는 우유에 취할까? 혹은 개똥지빠귀는 노간주나무
열매에 전혀 취하지 않는 걸까?
독수리는 자신의 비상에 취하고, 밤꾀꼬리는 여름밤에 취하며, 벌판은 더위에 전율한다. 나타나엘, 부디 모든 감동이 너를 도취시킬 수 있기를. 네가 먹는 것이 너를 도취시키지 않는다면, 그것은 네가 충분히 고프지 않다는 뜻이다.
완전한 행위는 언제나 쾌락을 동반한다. 이 점에서 너는 너 자신이 완전한 행위를 해야 했음을 깨닫는다. 나는 고통스럽게 일했다고 생색내는 자들을 좋아하지 않는다. 그 일이 고통스러웠다면, 그들은 다른 일을 하는 게 더 나았을 것이다. 그 일을 함으로써 발견하게 되는 기쁨은 그 일에 동의한다는 표시이며, 내 기쁨의 진실성이야말로 나타나엘, 나에게 가장 중요한 길잡이이다.

나는 내 몸이 매일 욕망할 수 있는 쾌락과, 내 머리가 그로 인해 무엇을 감당해야 하는지 알고 있다. 그리고 나의 잠이 시작될 것이다. 하늘과 땅이 나에게는 그 이상의 아무런 가치가 없다.

*

자기에게 없는 것을 바라는
터무니없는 병들이 있다.

「우리 역시,」 그들은 말했다. 「우리 역시, 우리 영혼의 한심스러운 권태를 경험하고야 말 것이다!」 다윗, 너는 아둘람[19]의 동굴에서 저수지의 물을 그리워했다. 너는 말했지. 「오! 베들레헴의 성벽 아래 샘솟는 시원한 물을 나에게 가져다줄 자 누구인가. 어릴 적에는 늘 그곳에서 목을 축였는데, 지금 나의 뜨거운 열기가 갈망하는 그 물은 적의 손아귀에 넘어가 버리고 말았구나.」

나타나엘, 과거의 물을 다시 맛보고 싶어 해서는 안 된다.

나타나엘, 미래 속에서 과거를 되찾으려고 애써서는 안 된다. 무엇과도 닮지 않은 새로움을 매 순간에 포착하되, 너의 기쁨을 미리 준비하지는 마라. 준비된 기쁨의 장소에서 어떤 다른 기쁨이 너를 느닷없이 찾아오리라는 것을 마음에 새겨두어라.

19 성서에 나오는 가나안의 한 지명. 베들레헴에서 태어난 다윗은 사울왕에게서 달아나 베들레헴과 가트 사이의 유다 사막에 위치한 아둘람 동굴에 피신했다가, 사울이 죽은 후 유대와 이스라엘의 왕이 된다.(『구약 성서』 「사무엘상」 22장 1절 참조)

모든 행복은 우연한 만남과도 같아, 길에서 마주치는 거지처럼 순간순간 네 앞에 나타난다는 것을 너는 어찌 깨닫지 못했는가. 네가 그것을 빼닮은 꿈을 꾸지 않았기 때문에 너의 행복이 끝장나 버렸다고 말하고, 네가 오직 너의 원칙과 소망에 일치하는 것만을 너의 행복으로 인정한다면, 너에게 불행이 있을 것이다.

내일의 꿈이 하나의 기쁨이라면, 내일의 기쁨은 그와 다른 또 하나의 기쁨이다. 다행히 어떤 꿈도 자신이 이미 꾸었던 꿈과 똑같지 않다. 사물마다 다르게 가치가 있기 때문이다.

〈이리 와봐, 내가 너를 위해 이런 기쁨을 준비했어.〉 너희가 나에게 이렇게 말하지 않았으면 좋겠다. 이제 나는 오직 우연히 마주치는 기쁨만을, 오직 내 목소리로 인해 바위에서 솟아나는 기쁨[20]만을 원한다. 그 기쁨은 마치 압착기에서 신선한 포도즙이 쏟아져 나오듯이, 그렇게 우리를 위해 새롭고 힘차게 흐를 것이다.

나는 나의 기쁨이 치장되기를 바라지도 않고, 술람의 여인[21]이 여러 방을 거쳐 갔기를 바라지도 않는다. 나는 내 입술에 묻은 포도송이의 얼룩을 닦지도 않은 채 그녀를 껴안고 입

---

20 성서에서 모세가 바위에서 물을 솟구치게 한 일화를 암시한다.(『구약성서』 「출애굽기」 17장 6절 참조)

21 『구약 성서』의 「아가」에 나오는 인물로. 솔로몬왕과 사랑에 빠진 술람 마을의 젊은 여인. 『성서 인물 사전』은 그녀를 신선하고 순수한 모습의 육체적 관능의 상징으로 소개하는데, 이스라엘에 대한 신의 사랑의 알레고리로 간주되기도 한다. 〈술람의 여인〉이라는 호칭은 히브리어 〈shalom〉, 즉 〈평화〉가 연상된다.

맞추었고, 입맞춤이 있고 나서는, 내 뜨거운 입술을 채 식히지도 않은 채 달콤한 포도주를 마셨다. 그리고 밀랍이 붙어 있는 벌집까지 통째로 꿀을 삼켰다.

나타나엘, 어떤 기쁨도 미리 준비하지 마라.

*

〈잘됐다!〉라고 말할 수 없는 곳에서는 〈어쩔 수 없지〉라고 말해라. 거기에 행복의 커다란 약속이 있다.

행복의 순간들을 신이 내린 선물로 여기는 자들이 있다 ─ 그러면 다른 순간들은 신이 아닌 누가 주었다는 말인가?

나타나엘, 신과 너의 행복을 구별하지 마라.

〈만약 내가 이 세상에 태어나지 않았다고 가정할 때, 내가 이 세상에 존재하지 않는다고 《신》을 원망할 수 없듯이, 나를 창조해 주었다고 《신》에게 감사할 수도 없는 일이다.〉

나타나엘, 신에 대해서는 오로지 자연스럽게 말해야 한다.

신의 존재가 일단 인정되었으니, 땅과 인간과 내가 이 세상에 존재한다는 사실이 자연스럽게 보이기를 바란다. 하지만 나의 지성을 혼란스럽게 하는 것은 이 깨달음에 내가 크게 놀란다는 것이다.

분명 나도 찬송가를 불렀고 다음의 글을 썼다.

롱드

신의 존재를 증명하는 아름다운 근거들에 대하여

나타나엘, 가장 아름다운 시적 흥분은 신의 존재를 증명하는 천한 개의 근거들에 대한 열광이라는 사실을 내가 네게 가르쳐 줄 것이다. 여기서 중요한 것은 그 증거들을 다시 말하는 것, 특히 그것들을 단순히 되풀이해 말하는 것이 아니라는 점은 너도 물론 알 것이다 ― 오직 신이 존재한다는 사실만을 증명하는 근거들도 있는데, 이에 더해 우리에게 필요한 것은 그의 영속성이다.

아! 성 안셀무스[22]의 논증이 있다는 사실을,

그리고 완전한 축복의 섬들[23]의 우화를, 물론 나는 잘 알고 있다.

그러나 아아! 나타나엘, 안타깝게도 모든 사람들이 그곳에 살지는 못한다.

나는 대다수의 사람들이 그렇게 생각한다는 것을 알고 있지만,

너는, 너는 소수의 선택받는 자들이 있다고 믿는다.

2 더하기 2는 4와 같은 형식의 증명도 물론 있다.

그러나 나타나엘, 모두가 셈을 잘하는 것은 아니다.

22 Anselmus Cantuariensis(1033~1109). 캔터베리의 대주교이자 스콜라 철학의 창시자. 저서 『프로스로기온』에서 신의 존재를 증명하기 위해 이른바 〈존재론적인〉 논증을 펼친 최초의 성직자이다.
23 그리스 신화의 섬으로, 착한 영혼들이 사후에 완벽한 휴식을 맛보는 곳이다.

최초의 동인(動因)에 따른 증명도 있다.

그러나 그것보다도 더 앞선 원동력이 있다.

나타나엘, 우리가 그곳에 있지 못했던 것이 아쉽다.

남자와 여자가 창조되는 광경을,

어린아이로 태어나지 않은 것에 놀란 그들의 모습을 볼 수 있었을 텐데.

오랜 세월 물이 흘러, 이미 골이 파인 산들 중에서도

옐브루스산[24]의 삼나무들은 이미 수백 년 묵은 고목으로 태어나 지쳐 있었다.

나타나엘! 새벽의 여명을 보기 위해 우리가 그곳에 있었더라면! 우리는 도대체 무슨 게으름으로 아직 깨어나 있지 않았던가? 너는 살기를 바라지 않았던가? 아! 나는, 나는 분명 삶을 살고 싶었다……. 그때 신의 영(靈)은 시간 밖, 물 위에서 자고 난 후, 가까스로 깨어나고 있었다.[25] 만약 내가 그 순간 그곳에 있었더라면, 나는 모든 것을 좀 더 광대하게 만들어 달라고 신에게 청했을 것이다. 나타나엘, 그러면 아무것도 알아볼 수 없었을 것이라고 내게 반박하지 마라.[26]

24 코카서스 지역의 눈 덮인 산. 지드가 정상이 숲으로 덮인 이란의 엘부르즈산맥과 혼동한 것으로 보인다.
25 『구약 성서』의 「창세기」 1장 2절을 연상시킨다. 〈어둠이 깊은 물 위에 뒤덮여 있었고 그 물 위에 하느님의 기운이 휘돌고 있었다.〉
26 「2 더하기 2는 4가 아닌 다른 세상을 난 완벽하게 상상할 수 있어.」 알시드가 말했다.
「호오, 해봐들. 장담컨대 할 수 없을걸.」 메날크가 말했다 — 원주.

　궁극적인 원인을 통한 증명도 있다.

　그러나 모두가 목적이 수단을 정당화한다고 생각하지는 않는다.

　신에 대해 느끼는 사랑을 통해 신을 증명하는 자들이 있다. 나타나엘, 바로 그런 이유로 내가 사랑하는 모든 것을 신이라 부르고, 모든 것을 사랑하려고 한 것이다. 내가 너를 열거 대상에 포함시킬까 두려워하지는 마라. 설령 그렇게 하더라도 너를 맨 먼저 꼽지는 않을 것이다. 나는 사람보다는 사물을 더 많이 사랑한다. 내가 지상에서 특히 사랑한 것도 사람들은 아닐 것이다. 나타나엘, 오해하지 마라, 내 안에서 선함이 가장 강한 것도 분명 아닐뿐더러 가장 훌륭한 것이라고 생각하지도 않는다. 내가 인간에게서 특히 높이 평가하는 것 또한 선함이 아니다. 나타나엘, 사람보다는 너의 신을 더 사랑해라. 나 또한 신을 찬양하는 법을 알았다. 나는 신을 위해 성가를 불렀다 ― 하지만 그렇게 하면서 가끔은 신을 조금 과장되게 찬양했다는 생각도 든다.

*

　「그런 식으로 체계를 구축하는 것이 그렇게도 재미있을까?」그가 말했다.

　「어떤 것도 내겐 윤리보다 더 재미있지 않아.」내가 대답했다. 「그것이 내 정신을 만족시키거든. 윤리를 정신에 결부시키지 않고서는 기쁨을 맛볼 수가 없어.」

「그러면 기쁨이 더 커지나?」

「그런 것은 아니지만, 나의 기쁨을 나 자신에게 정당화해 주지.」

물론 많은 경우, 하나의 주의(主義)나 혹은 심지어 정연한 생각들의 완전한 체계가 나의 행위를 나 자신에게 정당화해 주는 것이 반가웠다. 그러나 이따금은 그것이 나의 관능의 도피처 이상으로는 여겨지지 않을 때도 있었다.

*

만물의 도래에는 제각기 때가 있는 법이다, 나타나엘. 각각의 사물은 자신의 필요에 따라 태어나는 것, 말하자면 바깥으로 표출된 어떤 필요일 뿐이다.

「나는 폐가 필요했어.」 나무가 내게 말했다. 「그래서 나의 수액이 잎으로 변해 숨을 쉴 수 있게 되었지. 내가 숨을 쉬고 나자 내 잎이 떨어졌지만, 그로 인해 내가 죽지는 않았어. 나의 열매가 생명에 관한 나의 모든 생각을 머금고 있기 때문이야.」

나타나엘, 내가 이런 우화의 형식을 남용하지 않을까 걱정하지 마라. 나도 그런 태도를 그리 바람직하게 생각하지 않을뿐더러, 생명 외의 다른 이치는 네게 가르쳐 주고 싶지도 않다. 생각한다는 것은 커다란 시름이다. 청년 시절, 나는 내 행위의 여파가 빚어내는 결과를 멀리까지 따라가느라 나 자신을 지치게 만들었고, 오로지 행동하기를 멈추어야만 더는 죄를 범하지 않을 것이라고 확신했다.

그리고 나는 이렇게 썼다. 〈나는 오직 돌이킬 수 없을 만큼 내 영혼에 독을 처방함으로써만 나의 육신을 구제할 수 있었다.〉 그러곤 이 문장을 통해 내가 무슨 말을 하려고 했는지 도무지 알 수가 없었다.

나타나엘, 나는 죄라는 것을 더 이상 믿지 않는다.
반면 약간의 사색할 권리는 오직 많은 기쁨을 맛본 대가로써 얻을 수 있는 것임을 너는 깨닫게 될 것이다. 스스로를 행복하다고 느끼며 사색하는 자야말로 진실로 강한 자라 할 수 있을 것이다.

*

나타나엘, 우리의 불행은 각자 자기 시선으로 바라보고 자기 눈에 비치는 것을 자신에게 종속시킨다는 사실에서 온다. 모든 사물은 우리가 아닌 그 사물 자체를 위해 자기만의 중요성을 갖는다. 부디 네 눈이 바로 그 바라보인 사물이 되기를.

나타나엘! 너의 감미로운 이름을 부르지 않고서는 이제 단한 줄의 시도 쓸 수 없다.

나타나엘, 너를 열정의 삶으로 태어나게 하고 싶다.

나타나엘, 너는 내 말의 비장함을 충분히 이해하는가? 네 곁으로 더 가까이 다가가고 싶다.

그리고 이스라엘의 예언자 엘리사가 술람 여인의 아들을 소생시키기 위해 그의 몸 위에 자신의 몸을 길게 포개었듯이 —〈그의 입술 위에 입술을, 그의 눈에 눈을, 그의 손 위에 손을 얹고〉— 환하게 빛나는 나의 벅찬 마음을 여전히 캄캄한 네 영혼에 맞대고, 나의 몸을 너의 몸 전체에 포개고, 나의 입술을 네 입술 위에, 나의 이마를 네 이마 위에 얹고, 나의 뜨거운 손으로 네 차가운 손을 감싸고, 나의 두근거리는 심장을……(〈그리고 아이의 몸이 다시 따뜻해졌다〉라고 쓰여 있다……).[27] 그렇게 관능에 휘감긴 채 네가 잠에서 깨어난다 — 그리고 너는 나를 떠난다 — 두근거리는, 분방한 삶을 향해.

나타나엘, 여기 내 영혼의 모든 열기가 있다 — 그것과 함께 떠나라.

나타나엘, 너에게 열정을 가르쳐 주고 싶다.

나타나엘, 너를 닮은 것 곁에 머물러서는 안 된다. 절대 머물러 있지 마라, 나타나엘. 네 주변이 너를 닮은 모습을 띠는 순간, 혹은 네가 네 주변과 비슷해지는 순간, 그곳은 너에게 유익하지 못하다. 너는 즉시 그곳을 떠나야 한다. 너의 가족, 너의 침실, 너의 과거보다 너에게 더 위험한 것은 없다. 어떤 일에서든 너를 풍요롭게 해주는 것만을 취해라. 그리고 그것에서 넘쳐흐르는 쾌락이 다 마르도록 끝까지 향유해라.

나타나엘, 내가 너에게 순간들에 대해 말해 줄 것이다. 순간들이 네 삶의 현재 속에 너와 함께 있다는 느낌이 어떤 힘을

27 『구약 성서』의 「열왕기하」 4장 34절의 내용이다.

갖고 있는지 너는 깨달았는가? 네 삶의 아주 사소한 순간에 네가 충분한 가치를 부여하지 않았다면, 그것은 죽음에 대해 네가 충분히 끈질기게 생각하지 않았기 때문이다. 삶의 매 순간이, 이를테면 죽음이라는 아주 캄캄한 바탕 위로 뚜렷이 구분되지 않고서는, 그런 멋진 광채를 발산하지 못할 것이라 는 사실을 너는 이해하지 못하는가?

무엇이든 할 수 있는 시간적인 여유가 얼마든지 있다는 것 이 내게 약속되었고, 내게 증명되었다면, 나는 어떤 것도 하 려고 굳이 애쓰지 않을 것이다. 다른 모든 일을 할 수 있는 시 간 또한 가지고 있으면서 무언가를 시작하고 싶어 했으므로, 나는 일단 휴식부터 취할 것이다. 이런 형태의 삶은 끝나야 한다는 사실을 내가 알지 못한다면 ─ 그리고 내가 내 생을 다 살고 나면 매일 밤 기다리는 것보다 좀 더 깊은 잠, 좀 더 많이 망각하는 잠 속에서 휴식을 취하게 될 것이라는 사실을 알지 못한다면 ─ 내가 하는 일은 언제나 그저 아무래도 상 관없는 일에 지나지 않을 것이다…….

*

이렇게 고립된, 독특한 하나의 기쁨을 송두리째 맛보기 위 해 ─ 그 행복의 특별함 전체를 즉각 한순간 안에 농축시키 기 위해 ─ 나는 내 삶의 매 순간을 분리시키는 습관을 들였 고, 급기야는 가장 최근의 추억 속에서조차 나 자신을 알아 보지 못했다.

＊

나타나엘, 아주 단순히 표명하는 것에도 커다란 즐거움이 있다.

종려나무의 열매를 대추야자라고 부르는데, 그것은 아주 맛있는 음식이다.

종려나무 술을 라그미라고 부르는데, 그것은 이 나무의 수액을 발효시킨 것이다. 아랍 사람들은 그 술을 취할 정도로 마시지만, 나는 그것을 별로 좋아하지 않는다. 카빌리의 목동이 우아르디[28]의 아름다운 정원에서 내게 준 것도 라그미 한 잔이었다.

오늘 아침 수르스[29]의 오솔길을 산책하다 기이한 버섯을 발견했다.

그것은 주홍색 목련 열매처럼 하얀 피막에 싸여 있었다. 그 위로는 잿빛의 규칙적인 무늬가 있었는데, 속에서부터 스며 나온 미세한 포자분(胞子粉)임을 알 수 있었다. 껍질을 까보았더니, 그 안에는 질퍽한 물질이 잔뜩 고여 있었고, 가운데는 투명한 젤리 상태로 되어 있었는데, 그것에서 고약한 냄새가 풍겨 나왔다.

그 주위로 더 많이 벌어진 다른 버섯들이 있었는데, 이제

28 알제리의 비스크라 지역의 오아시스
29 Sources(샘터). 프랑스 남부의 작은 도시 님 근처에 있는 지드의 삼촌 소유의 농지를 이렇게 불렀다.

56

는 고목의 둥치에서 기생하는 납작해진 해면 모양의 곰팡이
처럼 보일 뿐이었다.

(이 부분은 튀니스로 떠나기 전에 썼지만, 어떤 사물이든
내가 살펴보는 순간부터 내게 얼마나 큰 중요성을 띠는지 너
에게 보여 주기 위해 여기에 옮겨 적는다.)

옹플뢰르(거리에서).

그리고 때때로, 오로지 나의 개인적인 삶에 대한 느낌을
내 안에 증폭시키기 위해 사람들이 내 주위에서 분주히 움직
이는 것 같았다.

어제 나는 여기 있었고, 오늘 나는 저기 있다.
세상에! 이 모든 사람들이 내게 무슨 행동을 하고 있는 것인가,
저들은 말하고, 말하고, 또 말한다.
어제 나는 여기 있었고, 오늘 나는 저기 있다고…….

둘에 둘을 더하면 여전히 넷이라고 나 자신에게 되뇌는 것
만으로도 모종의 행복감으로 나를 채우기에 충분했던 날들
을 경험으로 알고 있다 ― 그리고 테이블 위에 놓인 나의 주
먹을 보는 것만으로도…….
그리고 그것이 내게는 아무 상관 없었던 다른 날들도.

3장

빌라 보르게세.

이 수반(水盤) 속에서는⋯⋯ (어슴푸레하다)⋯⋯ 모든 물방울, 모든 햇살, 모든 존재, 하나하나가 쾌락 속에서 죽어 가고 있었다.

쾌락! 이 말을 끊임없이 되뇌고 싶다. 나는 이 말이 충족된-삶의 동의어였으면 좋겠다. 심지어 그저 생(生)이라고 말하는 것으로 충분했으면 좋겠다.

아! 신은 단순히 그것만을 목적으로 세상을 창조하지 않았다는 것! 이 사실은 스스로에게 이런저런 설명을 해보지 않고서는 이해할 수 없는 일이다⋯⋯.

이곳은 아주 상쾌한 청량감을 주는 장소인데, 이곳에서 자는 잠의 매력이란 생전 처음 발견하는 것처럼 느껴질 정도로 굉장하다.

그리고 그곳에서는 맛있는 음식이 우리의 식욕을 기다리

고 있었다.

밧줄을 꼬는 저 뱃사람들의 노래가 나를 성가시게 한다.

오! 그렇게나 늙었으면서도 그토록 젊은 대지여, 짧디짧은 인생의 그 씁쓸하고 달콤한 맛을, 그 진미(珍味)를, 네가 안다면, 네가 안다면!

겉모습에 대한 불멸의 관념이여, 임박한 죽음의 기다림이 어떤 가치를 순간에 부여하는지 네가 안다면!

오, 봄이여! 한 해밖에 살지 못하는 식물들은 그들의 가냘 픈 꽃을 더욱 다급하게 피운다. 인간에게 봄은 일생에 단 한 번밖에 없고, 기쁨을 추억하는 것은 행복에 새롭게 다가가는 길이 아니다.

아름다운 피렌체, 근엄한 학문과 화려한 사치와 꽃의 도 시, 무엇보다 진지한 도시, 도금양의 열매와 〈날렵한 월계수〉 화관.

빈칠리아타의 언덕. 그곳에서 나는 처음으로 짙푸른 하늘 속으로 구름이 녹아 없어지는 것을 보았다. 그 광경에 몹시

62

놀랐다. 비가 되어 떨어질 때까지 마냥 무거워지기만 할 것이라고 믿었던 구름이 그처럼 하늘 속으로 흡수될 수 있다는 사실을 미처 생각하지 못했던 것이다. 그런데 정반대였다. 나는 모든 구름송이들이 하나씩 사라지는 것을 지켜보았다 — 그리고 하늘에는 쪽빛만이 남아 있었다. 그것은 어떤 경이로운 죽음, 하늘 한복판에서의 소멸이었다.

로마, 핀초 언덕.

그날 나의 기쁨이 되어 준 것은 사랑과 흡사한 무엇이다 — 사랑은 아니다 — 어쨌든 사람들이 이야기 소재로 삼고 찾는 사랑은 아니다. 그리고 그것은 아름다움의 감정도 아니다. 그것은 여인에게서 오는 것이 아니었고, 내 마음에서 오는 것도 아니었다. 만약 내가 그것은 **빛**의 단순한 흥분일 뿐이었다고 쓴다면 네가 내 마음을 이해할까?

나는 그 정원에 앉아 있었다. 태양은 보이지 않았다. 그러나 마치 하늘에서 짙푸른 빛이 액체가 되어 흘러내리듯, 아주 미세하게 분산된 빛줄기들로 대기가 빛나고 있었다. 정말로 그랬다. 빛이 파동 치고 소용돌이쳤다. 이끼 위로는 물방울 같은 불꽃들이 서려 있었다. 정말로 그랬다. 그 커다란 오솔길에는 빛이 흐르는 것처럼 보였고, 흘러내리는 풍성한 햇살 속에서 황금빛 거품이 여기저기 가지 끝에 맺혀 있었다.

>
　나폴리. 바다와 태양을 마주한 조그만 이발소. 뜨거운 둑길. 안으로 들어가기 위해 발[簾]을 들어 올린다. 몸을 내맡긴다. 오래 걸릴까? 고요. 관자놀이 위로 땀방울이 맺힌다. 뺨 위로 비누 거품이 칠해지고, 가벼운 간지러움에 전율이 인다. 이발사는 면도를 한 다음 다듬더니, 더 섬세한 칼날로 다시 면도하고는, 따뜻한 물에 적신 조그만 해면을 문지르며 ─ 이것이 피부를 부드럽게 한다 ─ 입술을 추어올린다. 그런 다음 부드럽고 향긋한 물로 아직 남은 화끈거림을 씻어내고, 향유로 한 번 더 피부를 진정시킨다. 그런 다음 아직은 움직이지 않으려고, 나는 머리도 자르게 한다.

아말피 해안(밤에).

어떤 사랑일지 아직은 알지 못하지만
그 사랑을 기다리는 밤들이 있다.
　바다를 굽어보는 조그만 침실. 달빛이, 바다 위로 떨어지는 너무도 환한 달빛이 나를 잠에서 깨웠다.
　창문에 다가섰을 때, 나는 새벽이라고, 해가 뜨는 것을 보게 될 것이라고 믿었다……. 하지만 아니었다……. (벌써 완벽하게 성숙된, 꽉 찬 것이었다) ─ 달 ─ 『파우스트』 제2부에서 헬레나를 맞이하기 위해 떠 있던 것처럼, 부드럽고 부드럽고 부드러운 달이 둥실 떠 있었다. 텅 빈 바다. 죽은 듯 삶이 정지한 마을. 개 한 마리가 어둠 속에서 컹컹 짖는다…….

창가에는 무기력한 자들.

인간을 위한 자리는 없다. 이 모든 것이 어떻게 잠에서 깨어날지 알 수도 없다. 지나치게 애절한 개 울음소리. 해맞이는 없을 것이다. 잠들기가 불가능함. 너라면 무엇을 할까…….
(이것 혹은 저것을)

인적 없는 정원으로 나갈까?

해변으로 내려가 바닷물에 몸을 담글까?

달빛 아래 침울해 보이는 오렌지를 따러 갈까?

개를 쓰다듬어 주면 위로가 될까?

(아주 여러 번 나는 자연이 나에게 어떤 몸짓을 요구한다고 느꼈지만, 어떤 몸짓을 자연에게 해주어야 할지 알 수 없었다.)

오지 않을 잠을 기다릴까…….

＊

한 남자아이가 계단을 스치는 가지에 매달리면서, 담장에 둘러싸인 정원 안으로 나를 따라왔다. 계단은 그 정원을 따라 펼쳐진 테라스로 이어졌지만, 그 안으로 들어가는 것은 불가능해 보였다.

오, 나뭇잎 우거진 가지 아래에서 내가 어루만진 조그만 얼굴아! 아무리 짙은 그늘도 너의 화사한 광채를 가릴 수는 없을 것이다. 네 이마 위에 드리워진 곱슬머리의 그림자는 갈수록 더 짙어 보인다.

나는 덩굴과 나뭇가지 들에 매달려 몸을 늘어뜨리며 그 정원 안으로 내려갈 것이다. 그리고 커다란 새장보다 더 많은 노랫소리들로 충만한 그 작은 수풀들 아래에서 벅찬 사랑에 흐느껴 울 것이다 — 저녁이 다가올 때까지, 분수들의 신비로운 물을 금빛으로 물들이고, 그다음엔 더 깊은 어둠으로 물들일 밤이 소식을 알려 올 때까지.

그리고 나뭇가지 아래 포옹한 아름다운 두 몸.
나의 한 손가락 끝이 그의 진주못빛 살갗을 가볍게 스쳤다.
모래 위로 소리 없이 내딛는
그의 고운 두 발을 나는 보았다.

시라쿠사.

바닥이 평평한 배, 때로는 미지근한 비가 되어 우리에게까지 내려오는 낮게 드리운 하늘, 물풀들이 풍기는 개흙 냄새, 줄기들이 서로 몸을 비비는 소리.
물속 깊은 곳에 푸른 샘이 숨어 있어 물방울이 볼록볼록 솟아오르고 있다. 아무런 소리도 들리지 않는다. 외딴 시골, 나팔처럼 벌어진 이 천연 수반에서, 파피루스 풀들 사이로 마치 물봉오리가 피어나는 듯하다.

튀니스.

짙푸른 하늘에 필요한 것이라곤 오직 돛단배 하나를 위한 하얀색 물감, 그리고 물속에는 오직 그것의 그림자를 위한 녹색 물감.

밤. 어둠 속에서 반짝이는 반지들.

달, 맑은 빛 샘. 그 아래 사람들이 이리저리 거닐고 있다. 낮과는 다른 상념들.

사막의 달빛은 불길하다. 묘지를 배회하는 악마들. 푸른색 돌 타일 위로 오가는 맨발들.

몰타.

날은 아직도 꽤 밝지만 이제 그림자는 생기지 않을 무렵, 여름날 광장 위로 떨어지는 황혼의 환상적인 도취, 아주 특별한 흥분.

나타나엘, 내가 본 가장 아름다운 정원들을 네게 이야기해 줄 것이다.

피렌체에서는 사람들이 장미꽃을 팔고 있었는데, 어떤 날에는 도시 전체가 꽃향기로 그윽했다. 매일 저녁 나는 카시네 공원을 산책했고, 일요일이면 꽃이 없는 보볼리 정원을 거닐었다.

세비야의 히랄다 탑 근처에는 이슬람 사원의 오랜 안마당이 있다. 거기에는 오렌지 나무들이 곳곳에 대칭을 이루며 자라고, 나머지 부분에는 포석이 깔려 있다. 뜨거운 햇볕이 내리쬐는 한여름 날, 그림자는 아주 조그맣게 줄어든다. 담으로 둘러싸인 네모난 마당이다. 무척이나 아름다운 곳이다. 왜 그렇게 아름다운지 너에게 어떻게 설명할 수 있을까.

교외의 철책으로 둘러친 어떤 거대한 정원에는 더운 나라에서 온 많은 나무들이 자라고 있다. 나는 안으로 들어가지는 않고 철책 사이로 들여다보았다. 뿔닭들이 뛰어다니는 광경이 보였다. 거기에는 길들인 동물들이 많이 있을 것이라 상상했다.

알카사르[30]에 대해서는 너에게 무엇을 이야기해 줄까? 페르시아의 최고 걸작 같은 외관을 지닌 정원. 말하다 보니 나는 다른 어느 정원보다 그곳을 더 좋아하는 것 같다. 하피즈의 시를 다시 읽으면서 그곳을 생각해 본다.

> 나에게 포도주를 가져다주시오,
> 나의 옷에다 얼룩을 묻히고 싶소.
> 나는 사랑에 취해 비틀거리는데
> 사람들은 나를 현자라고 부르니 말이오.

30 Alcázar. 스페인어로 성(城)이라는 뜻이다. 여기서는 〈세고비아성 Alcázar de Segovia〉을 가리킨다. 스페인의 다른 수많은 성들과 마찬가지로 본래 아랍의 요새가 있던 곳에 지어진 성이다.

산책로에는 익살스러운 분수가 마련되어 있다. 그 길은 대리석으로 포장되어 있고, 가장자리에는 도금양과 실편백 나무가 줄지어 서 있다. 양쪽에는 대리석 수반들이 있는데, 왕의 애인들이 그곳에서 목욕했다. 장미, 수선화, 월계수 꽃들밖에는 보이지 않는다. 정원 깊숙한 곳에는 거대한 나무 한 그루가 서 있는데, 세로줄 무늬 참새 한 마리가 가지에 앉아 있을 광경을 상상해 봄 직하다. 궁전 가까이, 아주 형편없는 취향의 다른 수반들은 뮌헨의 레지덴츠궁 안뜰의 수반들을 떠올리게 한다. 거기에는 온통 조개껍질로 만든 조각상들이 있다.

어느 해 봄, 5월의 향초(香草)를 넣은 아이스크림을 맛보았던 곳은 뮌헨 궁전의 정원이다. 우리 옆에는 군악대가 지칠 줄 모르고 계속 음악을 연주하고 있었다. 기품은 없지만 음악을 사랑하는 청중. 저녁은 밤꾀꼬리들의 구슬픈 울음소리로 황홀했다. 그 새들의 노래는 어느 독일 시풍의 노래처럼 나를 나른함 속으로 밀어 넣었다. 쾌락이 어느 정도 이상 강렬해지면 인간이 넘어서기 힘든 지경이 되며, 이때는 울음까지 동반한다. 이 정원들의 황홀경 속에서 나는 내가 다른 곳에 있을 수도 있었을 것이라 상상했고, 그것은 내게 거의 고통스럽기까지 했다. 특히 온도를 즐길 줄 알게 된 것은 그해 여름이었다. 눈꺼풀은 그러한 쾌감을 즐기기에 아주 제격이었다. 열차 칸에서 보낸 어느 밤이 기억난다. 나는 오로지 선선한 바람의 가벼운 감촉을 맛보는 일에만 열중하며 열린 창문 앞에 한동안 서 있었다. 눈을 감고 있었다. 잠자기 위해서가 아니라, 그것을 위하여. 그날은 온종일 숨 막힐 지경으로 더운 하루였다. 그리고 저녁이 되자, 더운 기운이 아직 대기에 남아 있긴 했지만, 스쳐 지나가는 공기는 나의 뜨거운 눈꺼풀 위로 서늘한 액체처럼 느껴졌다.

그라나다의 헤네랄리페 별장. 테라스에는 협죽도가 심겨 있었지만, 내가 갔을 때 꽃은 피지 않았다. 피사 대성당의 캄포산토 묘지에서도, 피렌체의 산마르코 작은 수도원에서도, 바랐던 대로 흠뻑 핀 장미를 볼 수는 없었다. 그러나 로마에서는 가장 아름다운 계절의 핀초 언덕을 보았다. 견디기 힘든 오후 나절이면 사람들은 더위를 피해 그곳으로 왔다. 나는 근처에 숙소를 정하고, 매일 그곳으로 산책을 나갔다. 나는 병들어 있었고, 아무것도 생각할 수가 없었다. 자연이 내 몸 안으로 파고드는 경험을 했고, 신경 장애 덕분에 이따금씩은 내 몸에 아무런 경계를 느끼지 못했다. 이런 때면 내 몸은 외부와의 경계를 끈질기게 지탱해 나가다가도 관능에 젖어 들면서, 설탕처럼 수많은 미세 구멍으로 열리는 듯했다. 내가 녹아내리는 것이었다. 내가 앉아 있던 돌 벤치에서는, 나를 기진맥진하게 만드는 로마의 시가지를 볼 수 없었다. 보르게세 정원만 내려다보였는데, 저만치 서 있는 가장 키가 큰 소나무들의 꼭대기가 내 발끝 높이에 와 닿을 정도였다. 오, 테라스들아! 너희 위로 드높은 공간이 한껏 펼쳐졌다! 오, 공중의 항해여……!

밤마다 파르네세 궁전의 정원을 거닐었더라면 좋았을 테지만, 그곳에 들어가는 것은 허용되지 않았다. 그 감추어진 폐허 위의 멋진 식물들.

나폴리에는 해안을 따라 둑길처럼 낮게 펼쳐진 정원들이 있다. 이 정원들은 해가 들어오게 그냥 내버려 둔다.

님에는 라퐁텐 정원이 있는데, 그곳 샘터에 넘쳐나는 맑은 물은 운하로 흘러 들어간다.

몽펠리에에는 식물원이 있다. 어느 날 저녁 무렵 앙브루아즈[31]와 함께, 마치 아카데모스 정원[32]에 있기나 한 듯, 실편백 나무로 완전히 둘러싸인 어느 옛 무덤가에 가 앉았던 기억이 난다. 그때 우리는 장미 꽃잎을 씹으며 한가로이 대화를 나누었다.

어느 날 밤에는, 몽펠리에의 르페루 공원에서, 달 아래 은빛으로 물든 바다를 아득히 바라보았다. 급수탑에서 떨어지는 폭포수 소리가 우리 곁에서 사방으로 퍼져 나갔고, 하얀색 깃털로 장식한 흑고니들이 고요한 저수지에서 헤엄치고 있었다.

몰타에서는 거류민 구역의 정원에 가서 책을 읽었다. 치타베키아에는 아주 조그만 레몬 나무 숲이 있었는데, 사람들은 그것을 〈일보스케토〉라고 불렀다. 우리는 그곳이 좋았고, 잘 익은 레몬도 깨물어 먹었다. 첫입에는 신맛이 고통스러울 정도였지만, 그다음에는 청량한 향기가 입 속에 감돌았다. 고

31 시인 폴 발레리 Paul Valery(1871~1945)를 가리킨다.
32 고대 그리스에는 사색하고 대화를 나누며 산책하던 문화가 있었고, 아테네의 여러 정원이 아카데모스라는 신화적 영웅에게 바쳐졌다. 그 정원 중 한 곳에서 플라톤의 학교가 시작되었고, 영웅의 이름을 따서 〈아카데미〉라고 불렀다.

대에는 잔혹한 유형지이자 채석장이었던, 시라쿠사의 라토
미에서도 레몬을 깨물어 먹었다.

헤이그의 공원에는 사슴들이 돌아다녔는데, 사람을 별로
두려워하지 않았다.

아브랑슈의 정원에서는 몽생미셸섬이 보이는데, 저녁 무
렵이면 멀리 누워 있는 모래사장이 뜨겁게 달아오른 무슨 물
질처럼 보였다. 매력적인 정원을 가진 아주 작은 도시들도
있지만, 사람들은 도시도, 그 이름도 모두 잊어버린다. 그러
고는 그 정원을 다시 보고 싶어 하지만 그곳으로 돌아갈 방
법을 모른다.

모술의 정원에 대해 몽상해 본다. 사람들이 거기에는 장
미꽃이 가득하다고 내게 말했다. 니샤푸르의 정원들은 오마
르[33]가 노래했고, 시라즈의 정원들은 하피즈가 노래했다.[34]
우리는 니샤푸르의 정원을 절대 보지 못할 것이다.

하지만 비스크라에 있는 우아르디의 정원들은 내가 알고
있다. 그곳에서는 아이들이 염소를 친다.

튀니스에는 정원이라곤 묘지뿐이다. 알제의 수목원(온갖
종류의 종려나무들이 거기에 모여 있다)에서는, 한 번도 본
적이 없는 과일들을 먹었다. 그리고 블리다의 정원! 나타나
엘, 그곳에 대해 너에게 무슨 이야기를 해주면 좋을까?

아! 사헬![35] 너의 풀밭은 또 얼마나 부드러운지. 너의 오렌

---

33 Omar Khayyam(1048~1131). 페르시아의 시인이자 수학자, 철학자.
34 니샤푸르는 오마르의 고향이고, 시라즈는 하피즈의 고향이다.
35 사하라 사막 남쪽 경계 지역.

지 나무 꽃들! 네 그림자들! 네 정원의 향기는 또 얼마나 감미로운지. 블리다! 블리다! 어여쁜 장미여![36] 초겨울이라 내가 미처 너를 알아보지 못했었구나. 너의 신성한 숲[37]은 봄이 되어도 새것으로 바뀌지 않는 잎들로만 이루어져 있었다. 너의 등나무와 덩굴나무는 벽난로에 태울 마른 포도나무 가지 덩굴처럼 보였다. 눈이 산을 뒤덮으며 네게로 다가오고 있었다. 나는 방 안에서조차 몸을 녹일 수가 없었고, 비 내리는 너의 정원에서는 더욱이나 그럴 수가 없었다. 나는 피히테의 『지식학의 기초』를 읽고 있었고, 나 자신이 다시 신앙심으로 충만해지는 것 같았다. 나는 유순해졌다. 자신의 슬픔을 체념하고 받아들여야 한다고 말하곤 했다. 그리고 이 모든 것을 덕목으로 삼으려고 애썼다. 그러나 나는 그 위로 내 신발의 먼지를 털고 분연히 떠났다. 바람이 그 먼지를 어디로 실어 갔는지 누가 알까? 나는 예언자처럼 사막을 돌아다녔다. 모래 먼지, 너무도 건조한 풍화된 돌. 내 발밑에서 돌이 불타는 듯했다(태양이 돌을 어마어마하게 달구었기 때문이다). 사헬의 풀밭에 서 있는 내 발아, 이제는 좀 쉬어라! 부디 우리의 모든 말이 사랑에서 나온 것이기를!

블리다! 블리다! 사헬의 꽃! 어여쁜 장미여! 따뜻하고 향기로운 너를 나는 보았다. 겨울의 눈이 달아나자, 너는 잎과 꽃 들로 무성했다. 너의 성스러운 장미꽃 정원에는 하얀 이

36 블리다는 〈장미의 도시〉라는 별명으로 불린다.
37 블리다의 관문에 위치한 숲으로 이 도시의 설립자인 이슬람 성자의 묘가 있어서 그렇게 불린다.

슬람교 사원이 신비롭게 빛나고 있었다. 꽃 아래로 넝쿨이 휘어지고, 올리브 나무 한 그루가 흐드러지게 늘어진 등나무 꽃줄기에 가려 보이지 않았다. 오렌지 나무 꽃들에서 풍겨 나는 향기가 상쾌한 미풍에 실려 왔고, 가냘픈 밀감 나무들도 더불어 코끝을 향기롭게 자극했다. 추위에서 해방된 유칼리나무들은 가장 높은 가지의 꼭대기에서부터 오래된 껍질을 떨구고 있었다. 해묵은 껍질은, 햇볕 때문에 소용이 없어진 낡은 외투처럼, 겨울에만 유효한 나의 낡은 도덕처럼 가지에 매달려 덜렁대고 있었다.

블리다.

거대한 회향 줄기들(황금 햇살 아래, 혹은 쪽빛으로 물든 유칼리나무 잎사귀들 아래 황금색 꽃들이 싱싱한 초록 빛깔을 반사한다). 그해 초여름 날 아침, 우리가 따라가던 사헬 지대의 도로 위에서 그 줄기들은 비할 데 없이 찬란했다.

그리고 놀랐거나 태연한 유칼리나무들.

모든 사물이 자연에 가담한다. 자연에서 벗어나는 것은 불가능하다. 모든 것을 포위하는 물리 법칙들. 열차가 어둠 속을 내달린다. 아침 무렵 열차는 이슬로 덮인다.

선상(船上)에서.

얼마나 많은 밤을, 아! 나의 선실의 둥근 창, 닫힌 현창(舷窓)이여 — 얼마나 많은 밤을 간이침대에 누워 너를 향해 내 시선을 고정시켰던가! 나는 홀로 되뇌었다. 자, 저 창이 희뿌예지면 새벽이 온 것이다. 그러면 나는 일어나 내 울렁거림을 털어 낼 것이고, 바다 색깔도 엷어지겠지. 그리고 우리는 미지의 땅에 가 닿을 것이다. 새벽은 왔지만, 바다는 진정되지 않았고, 육지는 아직 멀리 있었다. 출렁대는 해수면 위로 나의 생각이 비틀거렸다.

내 온몸이 기억하는 울렁거림. 생각했다. 흔들거리는 저 장루(檣樓)에다 상념이나 하나 매달아 볼까? 거센 파도여, 바닷물이 저녁 바람에 흩뿌려지는 광경밖에는 내가 정녕 볼 수 없는 것인가? 나는 내 사랑의 씨앗을 파도 위에 뿌렸다. 저 넘실대는 파도, 불모의 벌판 위에 내 생각의 씨앗을 뿌렸다. 나의 사랑은 똑같은 모양으로 밀려오고 또 밀려오는 파도 속으로 가라앉아 버린다. 파도는 지나가고, 눈은 그 파도를 알아보지 못한다 — 일정한 형태 없는, 언제나 요동치는 바다여, 인간 세상에서 멀리 떨어진 채, 너의 파도는 아무 말도 하지 않는다. 어떤 것도 출렁임을 막지 못한다. 그러나 어느 누구도 파도의 침묵을 들을 수 없다. 물결이 아주 허약한 작은 배에 부딪혔을 뿐이지만, 그 소리에서 벌써, 우리는 풍랑의 격심하고 소란스러움을 상상한다. 큰 파도가 소리 없이 앞서고 또 뒤따른다. 끊임없이 이어지는 파도는 매번 똑같은 물방울을 밀쳐 올린다. 물방울의 위치를 거의 바꾸지도 않는다. 그저 동일한 양태만이 유유히 배를 따라 이동해 갈 뿐이다. 물은 잠시 물결에 합류하고는 곧 그 출렁임을 떠날 뿐 결코 따라가지 않는다. 모든 형태는 극히 짧은 순간 그 존재를 취할 뿐이다. 형태는 각각의 존재를 통해 지속되다가 곧 그것과 헤어진다. 나의 영혼아! 어떤 생각에도 얽매이지 마라. 떠오르는 생각은 모두 저 드넓은 먼바다의 바람에 던져 버려라. 그 바람이 너의 생각을 멀리 걷어 갈 것이다. 절대 너 자신이 그 생각을 하늘에까지 가져가지는 말아라.

요동치는 파도여, 바로 그대의 유동성이 나의 생각을 그토록 비틀거리게 만들었다! 너는 파도 위에 아무것도 짓지 못할 것이다. 그것은 어떤 무게 아래에서도 빠져나간다.

이 절망적인 표류 끝에, 이 정처 없는 방황 끝에 나를 감싸 안아 줄 항구는 과연 나타날 것인가? 회전 등대 곁, 견고한 제방 위에서, 마침내 안식을 찾은 내 영혼이 바다를 바라볼 그곳……

4장

1

어느 정원에서 — 피렌체의 언덕 위(피에솔레 맞은편의
언덕) — 그날 저녁 우리가 모였던 그곳에서.

　하지만 앙게르, 이디에, 티티르, 너희는 알지 못한다. — 메
날크가 말했다(나타나엘, 그리고 나는 지금 이 이야기를 내
이름으로 다시 너에게 말하고 있다) — 나의 젊음을 불사른
열정이 무엇인지 너희는 알지 못한다는 말이다. 나는 시간이
빨리 달아나 버리는 것에 분노했다. 선택을 해야 한다는 것
은 언제나 견디기 힘든 일이었다. 선택하기란 선호하는 것을
고르는 것이라기보다 내가 선호하지 않는 것을 밀쳐 내는 것
으로 보였으니까. 시간의 옹색함과, 시간에는 하나의 차원만
있을 뿐이라는 사실을 깨닫는 것은 끔찍한 일이었다. 나는
시간이 넓은 면적을 갖기를 바랐지만, 그것은 일직선일 뿐이
었다. 내 욕망들은 그 선 위를 달리며 불가피하게 서로 침해

하고 있었다. 나는 오직 이것 아니면 저것만을 했다. 하지만 이것을 하고 있으면 곧 저것이 아쉬워, 종종 아무것도 엄두를 내지 못한 채 애를 태워야만 했다. 무언가를 잡으려고 두 팔을 모으면 한 가지밖에 붙잡지 못할까 두려워, 언제나 두 팔을 활짝 벌린 채 허둥대며 말이다. 내 인생의 최대 실수는 다른 많은 것을 단념하는 결정을 내릴 줄 몰랐던 탓에, 어떤 공부에도 오래 머물지 않았다는 것이다. 어떤 것도 그 값에는 너무 비싼 것 같았고, 이론으로 나의 고민은 해결될 수 없었다. 아주 적은 금액이지만 돈을 들고(누구[38] 덕분인가?) 진미를 모아 놓은 시장 안으로 들어가기. 그 돈을 마음대로 쓰기! 선택하기란 영원히, 언제까지나, 나머지 전부를 포기하는 것이었고, 그 수많은 나머지는 단 하나의 어떤 것보다 선호할 만한 것으로 남아 있었다.

곧 이것밖에 소유하지 못하게 될 것이라는 두려움, 바로 그 두려움으로 말미암아, 지상에서의 모든 소유에 대한 반감이 내 안에서 일어났다.

상품들! 비축된 물품들! 혼연히 이루어지는 수많은 발견들아! 너희는 왜 자신을 선뜻 내어 주지 않는가? 지상의 재물은 (비록 그것이 무궁무진하게 대체될 수 있다고 할지라도) 소진된다는 것을, 내가 비운 잔은, 형제여, (비록 샘터가 가까이 있다고 할지라도) 너를 위해 다시 채워지지 않는다는 것

---

38 여기서 〈누구〉를 뜻하는 원문의 Qui는 대문자로 시작하는데, 신을 가리키는 것으로 볼 수 있다.

을 나는 알고 있다. 그러나 너희들, 비물질적인 관념들아! 육체 속에 억류되지 않은 생명의 형태들아, 학문들아, 그리고 신의 인식, 진리의 잔들, 마르지 않는 잔들아, 우리의 갈증이 아무리 격심해도 너희를 고갈시킬 수는 없고, 우리가 입술을 새로이 내밀 때마다 너희의 물은 언제나 신선하게 넘쳐흐른다. 그런데 너희는 왜 우리의 입술 위로 흐르는 것에는 그리도 인색한가? — 이제 나는 알게 되었다, 이 크고 성스러운 샘물의 물방울들이 모두 서로 동등한 가치를 지닌다는 것을, 그리고 가장 작은 물방울도 우리를 도취시키기에 충분하며 어떤 결함도 결여도 없는 신의 완전성과 총체성을 우리에게 계시해 준다는 것을. 그러나 그 시절, 격정의 광기에 사로잡힌 내가 무엇인들 바라지 않았겠는가? 나는 삶의 모든 형태를 부러워했다. 다른 사람이 무언가를 행하는 것을 보면 그것이 무엇이든 나는 나 자신이 하면 좋겠다고 — 내 말을 잘 이해해 주기를 바란다 — 〈했더라면〉이 아니라, 〈하면〉 좋겠다고 생각했다. 왜냐하면 피로와 고통이 아주 조금 두렵기는 했으나, 그것들이 내 삶의 교양을 축적한다고 믿었기 때문이다. 나는 파르메니드를 3주 동안 질투했다. 그가 터키어를 배우고 있었기 때문이다. 두 달 후에는 천문학을 알아 가는 테오도즈를 질투했다. 그렇게 나 자신을 한정 짓고 싶지 않았던 나는 결국 자신에 대해 가장 모호하고 가장 불확실한 모습만을 그릴 뿐이었다.

「우리에게 너의 삶을 이야기해 다오, 메날크.」 알시드가 말했다. 그리고 메날크가 다음과 같이 말을 이었다.

······열여덟 살에 고등학교 교육 과정까지 모두 마쳤을 때 정신은 학업으로 지쳐 있었고, 마음은 공허했다. 삶은 따분했고, 몸은 견딜 수 없는 속박으로 격분했다. 나는 방랑의 열정을 불태우며 정처 없이 길을 떠났다. 그리고 너희가 알고 있는 모든 것을 경험했다. 봄, 대지의 냄새, 피어나는 들꽃들, 강 위에 서린 아침 안개, 그리고 초원 위로 어슴푸레 내려앉는 저녁 안개. 나는 여러 도시를 통과해 갔고, 어디서도 멈추고 싶지 않았다. 나는 생각했다. 지상의 어느 것에도 집착하지 않는 자, 부단히 움직이고 변하는 것들을 가로질러 끝 모를 격정을 몰고 다니는 자, 진정 행복하리. 나는 가정, 가족, 사람들이 휴식을 얻게 될 것이라고 생각하는 모든 장소들을 혐오했다. 한결같은 애정, 변함없는 사랑, 사상에 대한 집착을 — 정의를 위태롭게 하는 모든 것을 — 혐오했다.[39] 그리고 새로운 것을 만날 때마다 우리는 자신이 그것을 언제든지 받아들일 준비가 된 유연한 존재임을 느낄 수 있어야 한다고 되뇌었다.

여러 책들이 자유란 임시적인 것, 자유란 자기 예속 상태, 혹은 적어도 자기 헌신을 선택하는 것일 뿐이라고 내게 보여주었다. 마치 엉겅퀴의 씨앗이 뿌리 내릴 기름진 흙을 찾아 공중을 떠도는 것처럼, 그런 다음 그 씨앗이 한곳에 머물러

39 여기서 지드의 〈배덕주의〉를 읽을 수 있다. 이것은 어느 하나의 가치나 열정을 고집하는 고정 관념에 정착하지 않고, 모든 전체주의적·배타적 폐쇄성을 거부하고, 미지의 새로운 세계로의 끊임없는 모험을 추구하는 〈노마디즘〉, 그리고 나와 다른 것을 편견 없이 받아들일 줄 아는 〈자유〉와 〈유연성〉에 대한 그의 옹호와 일맥상통한다.

있을 때만 꽃을 피울 수 있는 것처럼 말이다. 그러나 인간을 인도하는 것은 논리가 아니라고, 모든 논리에는 반대 논리가 있고, 단지 문제는 그 반대 논리를 발견하는 것이라고 학교에서 배웠기에, 나는, 때로는 기나긴 여행 중에도 그 반대 논리를 찾는 일에 몰두하곤 했다.

나는 끝없는 기다림 속에서 살아갔다. 그것은 어떤 미래의 기다림이었고, 감미로운 설렘이었으며, 그 미래가 무엇이든 상관없었다. 늘 대기해 있는 대답 앞에서 제기되는 질문처럼 쾌락을 향유하고픈 갈증이 쾌락 앞에서 생겨났고, 갈증을 느끼는 즉시 쾌락이 응답한다는 것을 스스로 깨달았다. 나의 행복은, 내 앞에 샘물이 있을 때마다 매번 그것이 나에게 갈증을 일깨워 주었다는 사실, 그리고 펄펄 끓는 태양 아래 갈증을 해소해 줄 물이 없는 사막에서는 내가 청량한 샘물보다는 오히려 뜨거운 열정을 더 좋아했다는 사실에서 비롯했다. 저녁에는 기적 같은 오아시스가 있었다. 그 샘물은 온종일 바라던 것이기에 더욱 신선했다. 태양에 짓눌려 졸음에 빠진 듯한 거대한 모래벌판 위에서 — 너무도 뜨거운 열기에 대기는 떨고 있었다 — 나는 가라앉지 못한 생명의 고동이 지평선 위에서 실신하며 경련하고 있는 것을, 그리고 그 생명이 내 발끝에서 사랑으로 부풀어 오르는 것을 느꼈다.

매일, 매시간, 내가 찾아 헤맨 것은 오직 자연의 침투였고, 그것은 매번 더 단순해져 갔다. 나는 자신에게 지나치게 속박되지 않는 값진 소질을 타고났다. 과거의 추억은 오직 나의 삶에 단일성을 부여하기 위해 필요한 작용 외에 나에 대한 어떤 영향력도 없었다. 그것은 마치 테세우스를 그의 옛 사랑과 이어 주면서도 그가 가장 새로운 경치들 사이로 걸어가지 못하게 방해하지는 않는 그 신비로운 실[40]과 같았다. 그 실도 끊겨져야 했지만…… 경이로운 재생들! 나는 아침 산책을 하며 어떤 새로운 존재의 느낌을, 내 직관이 감지하는 싱그러움을 종종 맛보았다 —「시인의 재능이여.」 나는 외쳤다. 「너는 끊임없는 만남의 재능이다.」— 그리고 모든 방향으로부터 맞아들였다. 나의 영혼은 교차로에 열린 주막이었다. 들어오고 싶어 하는 것은 무엇이든 들어왔다. 나의 영혼은 무엇이든 받아들일 수 있을 만큼 유순하고 유연해져서, 상냥한 사람들이 하는 것처럼, 내 모든 감각들을 통해 기꺼이, 세심하게 마음을 쓰고, 단 하나의 개인적인 생각도 갖지 않을 정도로 오로지 귀 기울이기만 하는 자가 되었다. 그리고 스쳐 지나가는 모든 감정을 포착하고, 아주 소소한 반응마저 감지하는 자가 되었으며, 이제 어떤 것 앞에서도 이의를 제기하지 않고, 어떤 것도 나쁘게 여기지 않게 되었다. 더불어 추함에 대한 나의 아주 작은 혐오조차 아름다움에 대한 나의 사랑의 근거가 되지 않는다는 것을 곧 알게 되었다.

　나는 무기력감을 싫어했다. 그것이 권태로 인해 생겨난다는 것을 알고 있었기 때문이다. 대신 사물의 다양성에 희망을 걸고 싶었다. 나는 아무 데서나 휴식했다. 들판에서 잠을 잤고, 키 큰 밀 이삭들 사이로 새벽의 떨림을 보았고, 너도밤

---

40 이 대목에서 그리스 신화의 〈아리아드네의 실〉을 떠올리는데, 지드가 그것을 결혼의 고삐로 해석하고 있음을 미루어 짐작할 수 있다.

나무 숲 위로 까마귀들이 깨어나는 것을 보았다. 아침에는 풀밭에서 얼굴을 씻었고, 떠오르는 태양이 내 젖은 옷을 말려 주었다. 소들이 끄는 수레에 무겁게 실린 풍요로운 수확물이 노랫가락에 이끌려 집으로 돌아가는, 내가 본 그날의 풍경보다 더 아름다운 시골이 있다고 누가 말하겠는가!

내 기쁨이 어찌나 크던지, 그것을 누군가에게 이야기함으로써 무엇이 그 기쁨을 그토록 내 안에 생동시키는지 가르쳐 주고 싶은 때가 있었다.

저녁이 되면, 생전 처음 가보는 마을에서 낮에 흩어졌던 가족이 다시 모이는 광경을 보았다. 하루 일과로 지친 아버지가 일터에서 귀가하고, 아이들이 학교에서 돌아왔다. 집 현관문이 한순간 반쯤 열리고, 빛과 온기와 웃음이 반긴다. 그다음 문이 닫히고 밤이 깊어 간다. 방랑하는 그 어떤 것도 이제는 그 안으로 들어가지 못했다. 으스스, 추위에 떠는 바깥바람.— 가족이여, 나는 너를 혐오한다! 폐쇄적인 안식처, 굳게 닫힌 문, 행복의 배타적인 소유. 때때로 어둠에 가려진 채 창에 기대어 한 가정의 일상적인 모습을 오랫동안 바라보았다. 아버지는 저기, 램프 가까이 앉아 있고, 어머니는 바느질을 하고 있었다. 할아버지 혹은 할머니의 자리는 비어 있었고, 한 아이가 아버지 곁에서 공부를 하고 있었다 ─ 그리고 그 아이를 나의 방랑길로 데려가고픈 욕망으로 내 가슴이 부풀어 올랐다.

다음 날 아이를 다시 보았다. 하교하고 있었다. 그다음 날엔 그에게 말을 걸었다. 나흘 뒤에 아이는 나를 따르기 위해 모든 것을 버렸다. 나는 벌판의 찬란함 앞에서 그의 눈을 뜨게 해주었다. 아이는 벌판이 자신을 위해 활짝 열려 있음을 깨달았다. 그래서 나는 그가 방랑의 맛을 더 잘 알도록, 마침내 더 유쾌해지도록 — 나와도 헤어지고 자신의 고독을 알게 되도록 — 그의 영혼을 가르쳤다.

홀로, 나는 자부심으로 벅차오르는 기쁨을 맛보았다. 나는 새벽이 되기 전에 일어나는 것을 좋아했다. 밀밭 위로 태양을 부르는 것이다. 종달새는 나의 변덕스러운 열정을 노래했고, 이슬은 내 몸단장을 위한 화장수였다. 나는 과도한 소식(小食)을 즐기곤 했다. 어찌나 적게 먹었던지 머리가 가벼워졌고, 모든 감각이 취한 듯이 느껴졌다. 이후 여러 종류의 술을 마셔 봤지만, 어떤 술도 그 단식의 현기증을 — 나는 안다 — 해가 뜬 다음 건초 더미에 쓰러져 졸음에 빠져들기 전, 환한 햇살 속에서 들판이 비틀거릴 때의 그 느낌을 맛보여 주지는 못했다.

때때로 나는 가지고 다니던 빵을, 반쯤 실신한 상태에 이르기 때까지 그대로 보관하곤 했다. 그러면 자연이 덜 기이하게 느껴지고, 내 안으로 더 잘 침투해 들어오는 것 같았다. 외부 세계가 그렇게 내 안으로 흘러들었고, 활짝 열린, 자유로운 나의 모든 감각들을 통해 나는 내 곁에 있는 자연을 맞아들였다. 모든 것이 내 안의 향연에 초대되었다.

내 영혼은 마침내 격정으로 가득 차올랐다. 서정성은 나의 고독 속에서 격렬해졌고, 저녁 무렵이면 나는 그로 인해 지쳐 있었다. 자부심으로 나 자신을 지탱하고 있었지만, 그럴 때면 그 전(前)해 나의 기분이 지나치게 격앙되지 않도록 진정시켜 주던 일레르가 그리웠다.

그와 함께 있을 때 저녁 무렵이면 우리는 수다를 떨곤 했다. 그는 시인이었고, 모든 조화들을 이해할 수 있었다. 우리에게 자연의 모든 효과는 그 속에서 각각의 원인을 읽을 수 있는 열린 언어 같은 것이 되어 갔다. 우리는 날아다니는 모습을 통해 곤충들을 구별하고, 노랫소리를 통해 새들을, 그리고 모래 위에 남겨진 여인들의 발자국을 통해 그녀들의 아름다움을 구별하는 법을 배웠다. 모험에 대한 갈증이 그를 집어삼켰고, 그 갈증의 위력이 그를 대담하게 만들었다. 우리들 가슴의 젊음이여, 어떤 영광도 결코 너의 가치에 비기지는 못할 것이다! 우리는 모든 것을 강렬한 희열과 함께 들이켬으로써 우리의 욕망을 지치게 만들려고 애썼지만, 헛된 일이었다. 우리의 생각 하나하나가 모두 열정이었다. 감각으로 느끼는 행위는 우리에게 독특한 씁쓸함을 지니고 있었다. 우리는 멋진 미래를 기대하며 우리의 찬란한 젊음을 소모했다. 미래를 향한 길이 마냥 길게만 느껴진 적은 결코 없었다. 그 길 위로, 우리는 산울타리에서 딴 꽃을 씹으며 성큼성큼 걸어갔다. 꿀처럼 달콤하면서 그윽하게 쓴맛이 우리의 입 안으로 가득 번졌다.

이따금 파리에 들러, 근면했던 내 어린 시절이 흘러갔던 아파트에 며칠 혹은 몇 시간을 머물곤 했다. 그곳은 모든 것이 조용했다. 텅 빈 집에 가구들이 커다란 천으로 덮여 있었다. 누구인지 모르는 한 여인의 세심한 손길이 느껴졌다. 수

년간 잠겨 있었던 덧창을 열지도, 장뇌유 냄새가 잔뜩 밴 커튼을 걷어 올리지도 않은 채, 램프를 들고 나는 이 방 저 방을 옮겨 갔다. 공기는 냄새로 가득 차 무겁게 느껴졌다. 오직 내 침실만이 늘 사용할 준비가 되어 있었다. 방들 중 가장 어둡고 가장 조용한 서재에는, 책꽂이와 책상 위의 책들이 내가 과거에 놓아두었던 대로 질서 정연하게 자리를 지키고 있었다. 때로는 그중 한 권을 펼쳐 보았다. 한낮에 불을 밝힌 램프 앞에서 시간을 잊는 것이 행복했다. 때로는 그랜드 피아노를 열고 옛 노랫가락의 리듬을 기억 속에서 되찾으려고 애썼다. 나의 기억은 너무도 불완전했지만, 그 때문에 슬퍼하기보다는 그냥 연주를 멈춰 버렸다. 그런 다음 날 나는 또다시 파리에서 멀리 떠나 있었다.

천성적으로 사랑을 갈망하는 내 가슴은 액체처럼 모든 방향으로 퍼져 나갔다. 어떤 기쁨도 나 자신의 것이 아닌 것 같았다. 나는 만나는 사람마다 기쁨으로 초대했다. 즐길 사람이 나 혼자뿐일 때가 있었다면, 그것은 오직 나의 강한 자만심 때문이었다.

어떤 사람들은 나의 에고이즘[41]을 비난했고, 나는 그들의 어리석음을 질책했다. 나는 남자든 여자든 어느 한 사람을 사랑하는 게 아니라 우정을, 애정을, 혹은 사랑을 사랑하겠다는 포부를 가지고 있었다. 한 사람에게 사랑을 줌으로써

41 이 개념은 이기적 자기중심주의를 의미하기보다, 이 세상의 유일한 존재로서의 〈나〉라는 감정을 바탕으로 내밀 일기와 같은 형식을 통해 자신을 분석하고 〈자아〉를 배양하고 자신만의 삶의 원칙을 세움으로써 세계 인식에서 오직 자기 자신을 참조하는 자기중심주의라고 하겠다.

다른 누군가에게서 사랑을 빼앗고 싶지 않았기에, 나는 나 자신을 주기만 할 뿐이었다. 다른 누군가의 육체나 마음을 독차지하는 것도 원하지 않기는 마찬가지였다. 자연을 대할 때도 그랬듯이, 이 측면에서도 방랑자인 나는 어디서도 멈추지 않았다. 어떤 선호도 나에게는 부당한 일로 여겨졌다. 모두에게 남아 있기를 원했으므로 어느 누구에게도 나 자신을 주지 못했다.

나는 각각의 도시마다 한 가지 방탕의 추억을 연결시켰다. 베네치아에서는 가면무도회의 무리에 휩쓸렸다. 조그만 배 위에서 비올라와 플루트의 합주를 들으며 사랑을 맛보았고, 다른 배들이 젊은 남녀를 가득 싣고 뒤따랐다. 우리는 새벽을 기다리기 위해 리도섬으로 향했다. 그러나 정작 해가 떴을 때 우리는 지쳐 잠들어 있었다. 음악이 멈춰 버린 탓이었다. 그러나 나는 그 거짓 쾌락 끝에 남은 피로와 깨어날 때의 그 혼미한 취기, 그리고 전날의 쾌락을 시들한 것으로 만들던, 깨어나는 순간의 그 현기증까지도 사랑했다. 다른 항구들에서는 대형 선박들의 선원들과 어울리기도 했다. 우리는 어둑한 골목으로 내려갔다. 그러나 나는 경험해 보고픈 내 안의 욕망, 우리를 시험하는 그 유일한 욕망을 책망하고 있었다. 그러곤 좁고 누추한 술집 근처에 뱃사람들을 남겨 두고, 고요한 항구로 되돌아왔다. 거기서, 쾌락의 도취를 가로질러 내 귓전에 이르던, 야릇하고 애절한 그 골목길 소음의 추억으로부터 밤이 내리는 무언의 충고를 간파할 수 있었다. 나는 들판의 보물들이 더 좋았다.

그러나 스물다섯 살 되던 해, 여행에 지친 것은 아니었지만 이 방랑 생활이 키운 과도한 자만심에 요동치던 나는, 나 자신이 어떤 새로운 모습을 갖출 만큼 성숙했음을 마침내 깨닫게 되었다. 아니, 나 스스로 그렇게 믿었다.

　　「왜?」 내가 그들에게 말했다. 「왜 나에게, 다시 길 떠날 계획에 대해 언급하는 거지? 모든 길가에 새로운 꽃들이 활짝 피어 있다는 사실을 나는 잘 알고 있다. 하지만 지금 그 꽃들이 기다리는 것은 바로 너희이다. 꿀벌들이 꿀을 모으는 것도 한때일 뿐, 그다음 그들은 보물지기가 된다.」 나는 방치했던 아파트로 돌아갔다. 가구를 덮고 있던 천을 모두 걷어 내고 창문을 열었다. 방랑자였던 탓에 본의 아니게 모아 두었던 저금으로, 나는 귀중품이나 깨어지기 쉬운 물건들, 항아리 혹은 희귀 서적들을 샀고, 특히 회화에 대한 나의 지식 덕분에 아주 저렴한 가격에 그림을 구입하여 내 주변을 장식했다. 15년 동안 나는 수전노처럼 재물을 모으고, 온 힘을 다해 재산을 증식시켰다. 그리고 지식을 쌓았다. 이젠 쓰이지 않는 언어들까지 배워서 많은 책을 읽을 수 있었고, 여러 악기들의 연주법을 배웠으며, 매일 매시간을 유익한 공부에 할애했다. 역사와 생물학이 특히 나를 사로잡았다. 그리고 온갖 문학을 맛보았다. 나는 우정을 두루 쌓기도 했는데, 나의 넓은 아량과 신분의 품격 덕분에 그들에게서 우정을 훔치지 않아도 되었다. 우정은 세상 어느 것보다 더 소중했지만, 그것에도 나는 집착하지 않았다.

　　쉰 살에 때가 왔고, 나는 모든 것을 팔았다. 나 자신의 확실한 취향과 물품 하나하나에 대한 나의 지식 덕분에 가치가 상승하지 않을 어떤 것도 소유하지 않았기에, 이틀 만에 막대한 재산을 현실화할 수 있었다. 내가 원하면 언제든지 자유롭게 처분할 수 있는 방식으로 그 전체를 투자했고, 더 이상은 이 세상에서 어떤 사적인 것도 보관하고 싶지 않았으므로, 모든 것을 완전히 다 팔아 치운 것이다. 아주 사소한 과거의 추억 하나 남김없이 모두.

나와 함께 들판으로 나갔던 미르틸에게 말했다. 「이 매혹적인 아침, 이 안개와 빛, 이 탁 트인 공기의 신선함, 네 존재의 이 심장 박동! 여기에 네가 너 자신의 전부를 쏟아부을 수만 있다면, 이 모든 것의 감각이 얼마나 더 많은 쾌락을 너에게 줄 수 있을 것인가. 너는 이 모든 것 속에 존재하고 있다고 믿지만, 네 존재의 가장 값진 부분은 너로부터 유리되어 있다. 네 아내, 네 아이들, 네 책들과 연구가 그 부분을 점유하고는, 신을 향한 너의 길목에서 가로채 버린다.

너는 이 강렬한 생명의 감각을 — 그 외의 것을 망각하지 않으면서 — 바로 이 현재의 순간에, 즉각적이고 온전하게 맛볼 수 있다고 믿는가? 네 생각의 습관에 속박받는 너는 과거 속에, 미래 속에 살고 있어서, 어떤 것도 생각의 간섭 없이 직관적으로 인식하지 못한다. 하지만 미르틸, 즉각적으로 포착된 삶의 바로 그 순간 속에 있지 않으면, 우리는 아무것도 아니다. 과거는 미래의 어떤 것도 태어나기 전에, 현재의 순간 속에서 죽어 버린다. 순간들! 미르틸, 너는 순간순간마다 지금-여기 있음이 얼마나 큰 힘을 발휘하는지 알아야 한다!

왜냐하면 삶의 매 순간은 본질적으로 대체 불가능하기 때문이다. 가끔씩은 너 자신을 한순간에 집중시킬 줄 알아야 한다. 미르틸, 네가 그러기를 원한다면, 네가 그럴 줄 안다면, 이 순간 속에서 너는 더 이상 아내도 자식도 없이, 지상에서 홀로 신과 마주하고 있을 것이다. 그러나 너는 그들을 기억한다. 그리고 너의 모든 과거를, 너의 모든 사랑들을, 이 땅에서의 모든 관심사들을 너 자신과 함께 짊어지고 있다. 마치 잃어버릴까 두려운 듯. 나로 말하자면, 나의 온 사랑이 매 순간 새롭게 놀라는 기쁨을 위해 나를 기다리고 있다. 나는 그것을 늘 느끼지만 결코 알아보지는 못한다. 미르틸, 너는 신이 얼마나 다양한 형태를 띨 수 있는지 짐작조차 하지 못한다. 한 형태를 너무 오래 바라보고 그것에 반해 버리면 맹목이 된다. 너의 열렬한 사랑이 고착되는 것이 마음 아프다. 너의 그 집요한 열정이 퍼져 나가기를 바란다. 너의 모든 닫힌 문들 뒤에 신이 지키고 서 있다. 신의 어떤 모습도 사랑받을 만하며, 모든 것은 신의 모습이다.」

……현금화한 재산으로, 나는 맨 먼저 선박 한 척을 빌려 친구 세 명, 선원들, 그리고 소년 수습 선원 네 명을 태우고 바다로 떠났다. 그들 가운데 가장 못생긴 아이에게 반했지만, 그의 부드러운 손길조차 큰 파도를 응시하는 것보다 더 좋지는 않았다. 저녁이 되면 전설적인 항구로 들어갔고, 때로는 밤새도록 사랑을 찾아 헤매다 동이 트기 전에 그곳을 떠났다. 베네치아에서는 아주 아름다운 화류계의 여인을 알았는데,

그녀를 사랑하며 사흘 밤을 보냈다. 그녀 곁에서 나는 나의 다른 사랑들에게서 얻은 쾌락을 잊어버렸다. 그렇게나 그녀는 아름다웠다. 나는 그녀에게 나의 배를 팔았다. 아니 그것은 선물로 준 것이었다.

코모 호반에서는 호화 호텔에서 몇 달을 묵었는데, 더없이 상냥한 악사들이 그곳에 모여들었다. 나는 얌전하면서도 대화에 능숙한 멋진 여인들을 그곳에 초대했고, 매혹적인 음악에 젖어 담소를 나누며 저녁 시간을 보냈다. 그런 다음 계단 아래쪽으로 물결이 찰랑거리는 완만한 대리석 층계를 내려가 배에 몸을 싣고, 차분한 노질의 리듬에 맞춰 정처 없이 떠다니며 우리의 사랑을 잠재우곤 했다. 선잠이 든 채로 돌아올 때도 있었는데, 배가 정박하는 순간 우리는 홀연히 잠에서 깨어났다. 그런 밤이면 이두안은 내 팔에 매달려 말없이 계단을 올라왔다.

이듬해 나는 방데 지방의 해안에서 멀지 않은 드넓은 정원에 있었다. 시인 세 명이 나의 거처에서 내가 베풀어 주었던 환대를 노래했다. 그들은 물고기와 식물이 있는 연못들, 포플러 나무 길, 외따로 서 있는 떡갈나무들, 물푸레나무들이 여기저기 멋지게 배치된 공원의 풍경을 이야기했다. 가을이 오자 나는 가장 큰 나무들을 베어 버리게 하고, 나의 집을 황폐하게 만드는 즐거움을 맛보았다. 많은 서클 회원들이 잡초 우거진 오솔길을 따라 어슬렁거리며 거닐던 모습을 이젠 정원 그 어디에서도 찾지 못할 것이다. 가로수 길 곳곳에서 벌목 인부들의 도끼질 소리가 들려왔다. 길을 가로지르던 나뭇가지에 드레스가 걸리곤 했다. 쓰러진 나무들 위로 펼쳐진 가을이 눈부셨다. 나뭇가지들 위로 내려앉은 그 찬란함이 어찌나 아름답던지, 시간이 한참 흐른 뒤에도 나는 다른 것을 생각할 수가 없었다. 거기서 내가 늙어 버렸음을 알아차렸다.

이후 나는 알프스 산악 지대 남쪽, 오트잘프 지방의 별장에서 지냈고, 몰타에서는 향기로운 치타베키아 숲 근처, 하얀 대저택에서 지냈다. 그곳의 레몬 맛은 오렌지처럼 달콤새큼하다. 크로아티아의 달마티아 지역에서는 사륜마차를 타고 돌아다녔고, 피렌체에서는 그날 저녁 피에솔레와 마주 보는 언덕 위, 지금 내가 있는 이 정원에 너희를 초대했다.

나의 행복이 이런 사건들 덕분이라고는 너무 말하지 마라. 물론 그런 축제 분위기가 나에게 우호적이긴 했지만, 나는 그것을 이용하지 않았다. 나의 행복이 부(富)의 도움으로 이루어졌다고는 믿지 마라. 지상에 어떤 집착도 없는 내 마음은 가난하게 남아 있고, 나는 미련 없이 기꺼이 죽을 것이다. 나의 행복은 열정으로 이루어졌다. 나는 어떤 것도 가리지 않고, 모든 것을 통해 미친 듯이 열렬하게 사랑했다.

2

우리가 서 있던 그 웅장한 테라스는(나선형 계단이 그곳에 이른다) 도시 전체를 굽어보고 있었다. 그곳은 마치 울창한 나뭇잎들 위에 정박한 거대한 배와 같았고, 때로는 도시를 향해 전진하는 것처럼 느껴졌다. 올여름, 이따금씩 나는 도시를 관조하며 저녁의 한적한 분위기를 맛보기 위해 도시의 소란을 통과한 다음, 이 상상의 선박, 드높은 갑판 위로 올라가곤 했다. 온갖 소음들의 웅성거림이 솟구치며 사라져 갔다. 그것은 마치 파도처럼 이곳으로 밀려와 부서지는 것 같았다. 파도는 계속 몰려왔다. 그러곤 장중한 물결이 되어 밀쳐 올라와 벽에 부딪히며 부풀어 올랐다. 하지만 나는 파도가 더이상 이르지 못하는 곳까지 더 높이 올라갔다. 맨 꼭대기, 테라스에서는 나뭇잎의 떨림과 밤의 격정적인 부름 외에는 아무 소리도 들리지 않았다.

털가시나무와 거대한 월계수 들이 반듯한 가로수 길을 이루고는 하늘의 가장자리에 가 닿으며 끝이 났다. 그곳에서 테라스도 끝이 났다. 그러나 둥그스름한 난간들은 때때로 공중으로 튀어나와 하늘 속으로 돌출한 발코니가 되었다. 나는 그곳에 가 앉아 상념에 도취되곤 했다. 그곳에서 나는 파도를 헤치며 항해하고 있는 것만 같았다. 어둑한 언덕들이 도시 저편에 서 있었고, 그 위로 하늘이 황금색으로 물들어 있었다. 가느다란 나뭇가지들이 내가 있던 테라스에서부터 찬란한 석양을 향해 몸을 굽히거나, 잎을 거의 다 벗은 채 밤을 향해 몸을 던지고 있었다. 도시로부터 연기 같은 것이 올라오고 있었다. 그것은 조명 아래 떠다니는 먼지였는데, 더 많은 불빛이 반짝이는 광장들 위로 나지막히 떠오르고 있었다. 이따금씩 너무 더운 그 밤의 황홀한 대기 속으로 어디선가 쏘아 올린 폭죽이 마치 자연 발생적인 것처럼 솟아올랐다.

그것은 선을 그리며, 날카로운 소리를 따라 공중으로 날아올라 진동하고 빙글빙글 돌더니, 신비로운 폭발음과 함께 터지고는 다시 떨어졌다. 나는 창백한 황금색의 불꽃을 터뜨릴 때가 특히 좋았다. 그것은 아주 천천히 떨어지며 극도의 무심함으로 흩어졌는데, 그 후로는 별이 너무도 경이롭게 여겨졌을 뿐만 아니라, 별들 또한 이 급작스러운 요정의 마법으로 탄생한 것으로 믿길 정도였다. 불티들이 사라진 다음에도 별이 남아 있어 볼 수 있다는 게 놀라울 지경이었다……. 그다음 하늘에 걸려 있는 별자리를 천천히 하나씩 알아보았다— 그렇게 불꽃놀이의 황홀감이 지속되었다.

「사건들은,」 조제프가 말을 이었다. 「내가 동의하지 않은 방식으로 나를 제멋대로 움직였어.」

「어쩔 수 없지!」 메날크가 대꾸했다. 「난 존재하지 않는 것은 존재할 수 없던 것이라고 생각하고 싶어.」

3

그리고 그날 밤 그들은 나무 열매들을 노래했다. 다음은 메날크와 알시드, 그리고 거기에 모인 몇몇 다른 친구들 앞에서 힐라스[42]가 부른 노래이다.

42 헤라클레스의 사랑을 받았던 미소년. 베르길리우스의 『목가』에 등장하는 인물이기도 하다.

석류 열매의 롱드

그렇다, 석류 알갱이 세 개를 맛보는 것만으로도 프로
세르피나[43]가 그것들을 기억하기에는 충분했다.

그대들은 앞으로도 오랜 시간 찾을 것이다,
영혼의 불가능한 행복을.
관능의 쾌락들과 감각의 쾌락들아,
살과 감각의 쓰라린 쾌락들아,
어느 누가 너희를 비난하여 즐거워진다면
그는 그렇게 하라고 하자 — 나에겐 그렇게 할 무모함이 없다.

— 물론, 디디에여, 열성적인 철학자여, 나는 그대를 찬탄한다,
사상에 대한 그대의 신념 때문에 그대가 정신의 기쁨보다
더 나은 기쁨은 없다고 믿는다 할지라도.
하지만 어느 정신에게나 그런 사랑이 가능한 건 아니지 않는가.

물론 나 역시 사랑한다,
내 영혼의 덧없는 전율들을,
마음의 기쁨들을, 정신의 기쁨들을 —
그러나 내가 찬양하는 것은 바로 너희, 쾌락들이다.

43 로마인들이 섬겼던 지옥의 여신으로, 원래 식물의 발아를 돕는 농업의
여신이었다가 그리스 신화의 페르세포네와 동일시되었다.

풀처럼 부드러운, 혹은 산울타리의 꽃들처럼 매혹적인,
손길에 닿자마자 잎새를 떨구는 가슴 저린 조팝나무 꽃보다
혹은 낫에 베인 초원의 자주색 개자리 꽃보다
더 빨리 시드는 관능의 기쁨.

시각 ─ 우리의 감각들 중에 가장 안타까운 것…….
만질 수 없는 모든 것은 우리를 안타깝게 한다.
우리의 눈이 탐내는 것을 손이 붙잡을 때보다
정신은 우리가 생각하는 것을 더 쉽게 붙잡는다.
오! 네가 만질 수 있는 것을 욕망하기를.
나타나엘, 그러나 더 완전한 소유를 찾으려 애쓰지 마라.
내 감각의 가장 달콤한 기쁨은
해갈의 순간이었다.

그래! 벌판 위로 해가 뜰 때 안개가 감미롭고,
태양이 감미롭다.
우리의 맨발 아래 촉촉한 흙이,
바닷물에 젖은 모래가,
우리가 몸을 담그는 샘물이 감미롭고,
그늘 속에서 내 입술이 가 닿은 미지의 입술이 감미롭다…….
그러나 과일들 ─ 과일들에 대해서는, 나타나엘, 무슨 말을
할까?
오! 네가 그것을 먹어 본 적이 없다면,
나타나엘, 그것이야말로 나를 슬프게 한다.

그것은 감미로운 과육에 즙이 넘쳐흘러,

피 흘리는 살처럼 달고,

상처에서 솟아나는 피처럼 붉었다.

그것은, 나타나엘, 어떤 특별한 갈증도 필요로 하지 않는다.

사람들은 그것을 황금 바구니에 담아 대접했다.

그 맛은 처음엔 세상없이 밍밍하여 구역질이 날 지경이었다.

우리 고장의 어떤 과일 맛도 연상되지 않았고,

너무 익어 버린 구아버의 맛이 떠올랐다.

게다가 과육은 철이 지나 버린 것 같았고,

그것을 먹고 난 뒤 입 안에는 떫은맛만 남았다.

다시 새로운 과일을 먹지 않고서는 그 맛을 지울 수가 없었다.

그 과일의 맛을 즐긴다 한들

그 쾌감은 그 과즙을 맛보는 순간뿐이었다.

그다음에는 그 밍밍하고 구역질 나는 맛이 더 강해졌기에,

그 순간은 그만큼 더 상쾌하게 느껴졌다.

바구니는 빠르게 비워졌고,

마지막 것은 나눠 먹기보다는

차라리 남겨 두었다.

아! 이럴 수가! 나타나엘, 누가 말할 것인가,

먹고 난 다음, 우리 입술 위로 번진 그 쓰라린 작열감이 어떠했
는지?

어떤 물도 우리의 입술에서 그 고통을 씻어 내지 못했고,

그 열매에 대한 욕망은 영혼 깊숙한 곳까지 우리를 괴롭혔다.

사흘 동안 우리는 그 과일을 찾아 시장을 구석구석 뒤지며 헤

매 다녔다.

하지만 그 과일의 철은 이미 끝나 버렸다.

나타나엘, 우리의 여정에서

우리에게 다른 욕망들을 일깨워 줄 새 과일들은 과연 어디에
있을까?

*

바다를 마주하고 석양을 바라보며
테라스에서 먹게 될 과일들이 있다.
얼음 속에 담가 절인 것들도
약간의 리큐어 술을 담고 설탕에 절인 것들도 있다.

담장으로 둘러싸여 눈에 잘 띄지 않는 정원들이 있는데,
그곳에서 자란 나무들에서 따서
한여름의 그늘에서 먹는 것들도 있다.
우리는 조그만 탁자 몇 개만 준비하자.
가지를 뒤흔들면
곧 더위에 지친 파리들이 깨어날 것이고,
우리 주위로 우수수 떨어진 알맹이들을
우리는 질그릇에 주워 담을 것이다.
그 향기만으로도 우리는 벌써 매혹될 것이다.

입술에 껍질 자국이 남아서 갈증이 아주 심할 때가 아니면 먹

지 않는 과일들도 있다.

　우리는 모래투성이의 길을 걷다가
　가시 돋친 잎사귀들 사이로 반짝이는 그것들을 발견한 적이 있다.
　그것들을 따려는 우리의 손이 가시에 긁혀 살갗이 찢어졌지만,
　우리의 갈증은 충분히 해소되지 못했다.

　태양 아래 구워지게 놔두기만 해도
　잼이 되는 과일들도 있다.
　겨울이 되어도 여전히 시큼하게 남아 있어서
　깨물면 이가 시큰거리는 것들도 있지만,
　여름에도 과육이 차갑게 느껴지는 것들도 있다.
　사람들은 조그만 술집 구석에서
　돗자리 위에 웅크리고 앉아 그것들을 먹는다.

　더 이상 구할 수 없게 되자마자
　그것에 대한 추억이 갈증을 일으키는 과일들도 있다.

*

　나타나엘, 석류나무 열매에 대해 이야기해 줄까?
　동방의 그 시장에서는 동전 몇 닢에 석류 열매를 팔고 있었다.
　갈대 채반 위에 진열되어 있던 것들이 굴러떨어졌다.
　몇 개가 먼지 속에서 구르고 있었고
　맨발의 아이들이 주우러 다녔다.

즙은 채 익지 않은 나무딸기처럼 살짝 새큼했다.
꽃은 꼭 밀랍으로 만든 것처럼 보였고,
과일과 같은 색깔을 띠고 있었다.

조심스레 보관된 보물, 벌집 같은 칸막이,
풍성한 맛,
오각형의 건축물.
껍질이 쪼개지고, 알갱이들이,
핏빛 알갱이들이 쪽빛 컵 속으로 떨어진다.
칠보 세공을 한 청동 접시 위에는 다른 것들, 황금색 알갱이들
이 있다.

시미안, 이제 무화과를,
그 열매의 숨겨진 사랑을 노래하라.

이제 내가 무화과를, 그 은밀하고 아름다운 사랑을
노래하겠네 ─ 그녀가 말했다.
안으로만 피는 꽃.
결혼이 거행되는 곳은 밀폐된 방.
어떤 향기도 그것의 사랑을 밖으로 이야기하지 않네.
어떤 것도 그곳에서 새어 나오지 않아,
일체의 향기는 달콤한 즙과 풍미가 되니,
매혹을 뿜지 않는 꽃이나, 과육은 환락을 품었다네.
열매는 무르익은 꽃일 뿐.

내가 무화과를 노래했으니 — 그녀가 말했다.

이제 그대가 모든 꽃들을 노래하라.

「그래.」 힐라스가 말을 이었다. 「우리는 모든 열매를 다 노래하지 않았어.

시인의 재능이란 자두를 두고도 감동할 줄 아는 재능을 가리키지.

(나에게 꽃은 오직 열매의 약속이란 의미를 지닐 뿐이다.)

너는 자두에 대해 이야기하지 않았어.」

차가운 눈 속에서 달콤하게 익어 가는

울타리의 새큼한 야생 자두.

물크러지도록 익었을 때에만 먹는 모과.

장작불 곁에서 껍질을 터뜨리는

가랑잎 색깔의 밤.

「몹시 추운 어느 날, 눈 덮인 산속에서 따 먹은 블루베리가 기억나는군.」

「난 눈을 좋아하지 않아.」 로테르가 말했다. 「그것은 정말 신비로운 물질이야. 땅에 내려왔으면서도 아직은 땅에서의 체류를 자신의 운명으로 받아들이지 않거든. 나는 그 기괴한 하얀색이 싫어. 풍경이 지워져 버리거든. 차가워. 생명을 용납하지 않아. 눈이 생명을 품고 보호한다는 것쯤은 나도 알아. 하지만 생명은 오직 눈을 녹이면서 태어날 뿐이야. 그래서 난 눈이 회색으로 더러울 때가 좋아. 반쯤 녹아서 거의 물이 되다시피 한 상태가 되면 식물을 위해서도 좋잖아.」

「눈에 대해 그렇게 말하지 마. 눈도 아름다울 수 있어.」 윌리크가 말했다. 「너무 강렬한 사랑으로 녹는 곳에서만 눈이 슬프고 고통스러울 뿐이지. 너는 사랑을 더 좋아하기 때문에 반쯤 녹은 눈을 더 좋아하는 것이고. 눈은 자신이 지배하는 곳에서는 아름다워.」

「그런 곳이라면 우린 가지 않을 거야.」 힐라스가 말했다. 「내가 〈잘됐다〉라고 말하는 곳에서 네가 〈어쩔 수 없지〉 하고 말할 필요는 없어.」

*

그날 밤, 우리는 각자 발라드 형식으로 노래했고, 멜리베[44]의 시는 이러했다.

가장 고명한 연인들의 발라드

슐레이카여,[45] 그대를 위하여
나는 하인이 부어 주는 술을 그만 마셨습니다.

44 베르길리우스의 『목가』에 등장하는 농민으로, 멜리베는 자유와 해방을 표현하는 인물이다.
45 아랍 전설에서, 성서에 등장하는 보디발의 아내에게 부여된 이름. 그녀는 요셉을 유혹하려 하지만 성공하지 못한다.(『구약 성서』「창세기」 39장 7~15절 참조)

보압딜[46]왕이시여, 그대를 위하여

나는 그라나다, 헤네랄리페 궁전의 협죽도에 물을 주었습니다.

시바의 여왕 발키스여, 그대가 남쪽 나라에 와서 나에게 수수께끼를 냈을 때 나는 솔로몬이었습니다.

다말[47]이여, 나는 그대를 갖지 못하는 괴로움에 죽어 가던 그대의 이복 오빠 암논이었습니다.

밧세바여, 내 궁전의 가장 높은 테라스에까지 황금 비둘기를 쫓아 올라가다, 욕조 안으로 들어가는 그대의 나신을 굽어보았을 때, 나는 그대의 남편으로 하여금 나를 위해 목숨을 바치게 한 다윗이었습니다.

술람의 여인이여, 그대를 위해 나는 사람들이 거의 종교적이라고 믿는 노래들을 불렀습니다.

포르나리나[48]여, 나는 그대의 품에서 애욕에 겨워 비명을 지르던 자입니다.

조베이드[49]여, 나는 이른 아침 광장으로 이르는 길에서 당신이 만난 노예입니다. 그때 나는 텅 빈 바구니를 머리에 이고 있었지요. 당신은 그것을 시트론, 레몬, 오이, 다양한 향료들과 갖가지 사탕들로 채워 주었어요. 나는 당신의 마음에 들었고, 피곤함을 하소연했지요. 그러자 당신은 나를 당신의 두 자매와 세 왕자 승려들 곁에서 하룻밤을 묵게 해주었어요. 우리는 다른 사람들의 이야

46 그라나다의 마지막 왕. 1492년 함락된 자신의 도시를 바라보며 흘린 눈물로 유명하다. 헤네랄리페는 그의 여름 궁전이다.
47 다윗왕의 딸.
48 화가 라파엘로가 사랑했던 루마니아 여인.
49 『천일야화』의 「바그다드의 다섯 아가씨」 이야기에 등장하는 여인.

기를 듣는 데 열중했고, 또 각자 자기 이야기를 했지요. 내 차례가 되었고, 나는 이렇게 이야기했어요. 「조베이드여, 당신을 만나기 전의 내 삶에는 이야기가 없었습니다. 그러니 지금이라고 어떻게 할 이야기가 있겠습니까? 혹시 당신이 내 삶의 전부는 아닐까요?」 그렇게 말하면서 바구니를 머리에 인 짐꾼은 과일을 우걱우걱 먹어 댔지요. (아주 어릴 적에 나는 『천일야화』에서 이야기되던 설탕에 절인 젤리를 그렇게나 맛보고 싶어 했다. 이후 그것을 먹어 본 적이 있는데, 장미 향유를 넣은 것이었다. 한 친구는 여주 열매로 만든 것도 있다고 말했다.)

아리아드네여, 나는 잠시 머물다,
나의 길을 계속 가기 위하여
그대를 바쿠스에게 버리고 떠나간 테세우스입니다.

나의 아름다운 에우리디케여, 그대에게 나는
나를 따라오는 그대가 성가셔서,
한 번의 눈길로 그대를 지옥으로 되돌려 버린 오르페우스입니다.

그다음엔 모프소스[50]가 노래했다.

---

50 베르길리우스의 『목가』에 나오는 목동.

부동산의 발라드

강물이 불어 오르기 시작했을 때
산으로 피신한 자들이 있었다.
다른 사람들은 생각했다 — 진흙이 우리의 들판을 기름지게 만
들 거야.
또 다른 사람들은 생각했다 — 파멸이다.
또 다른 사람들은 아무 생각도 하지 않았다.

강물이 아주 높이 부풀어 올랐을 때도
아직 나무들이 보이는 곳들이 있었다.
집 지붕들이 보이는 곳들도 있었고,
종탑들, 담장들, 그리고 더 멀리는 언덕들이 보이는 곳들도 있
었다.
그리고 더 이상 아무것도 보이지 않는 곳들도 있었다.

가축을 언덕 위로 몰아 간 농부들이 있었고,
자식들을 배에 실어 간 이들도 있었다.
패물을 가져간 이들,
식량, 문서들, 그리고 물에 뜰 수 있고 돈이 될 만한 모든 것을
가져간 이들도 있었으며,
아무것도 가져가지 않은 이들도 있었다.
이들은 휩쓸려 간 배를 타고 도망갔다가
전혀 낯선 땅에서 깨어난 자들이다.

아메리카에서 깨어난 자들도 있었다.
중국에서, 페루의 해안에서 깨어난 자들도 있었다.
영원히 잠에서 깨어나지 못한 자들도 있었다.

그다음엔 구즈만이 노래했다.

질병의 롱드

끝부분만 옮겨 적는다.

……이집트, 다미에타에서 나는 열병에 걸렸다네.
싱가포르에서는 내 몸이 하얀색과 연보라색의 발진으로 장식
되는 것을 보았지.
불의 땅, 티에라델푸에고 제도에서는 이빨이 모두 빠져 버렸고,
콩고 근처에서는 악어가 내 한쪽 발을 먹어 치웠다네.
인도차이나에서는 신경 쇠약증이 나를 덮치더군.
이 병은 내 피부를 감탄스러울 정도로 푸르게 만들어서 투명한
것처럼 보이게 했고,
내 눈은 감동에 겨워 더 크게 벌어진 것 같았다네.

나는 한 찬란한 도시에 살고 있었다. 온갖 범죄들이 저녁마다
그곳에서 벌어지고 있었지만, 항구에서 멀지 않은 곳에서는, 죄수
들을 다 채우지 못한 갤리선들이 늘 떠 있었다. 어느 날 아침 나는
그중 한 배에 올라타고 항구를 떠났다. 그 도시의 총독이 나의 변

덕스러운 욕구에 마흔 명의 노 젓는 힘을 실어 준 것이다. 우리는 사흘 밤을 꼬박 항해했다. 죄수들은 나를 위해 놀라운 힘을 소모했고, 단조로운 노동의 피로는 그들의 거센 활력을 잠재웠다. 파도의 물살을 끝없이 휘저으며 지쳐 가던 그들은 점점 몽상 속으로 빠져들며 아름답게 변해 갔으며, 그들의 과거 추억은 막막한 바다 위로 사라져 갔다. 그리고 저녁 무렵, 우리는 수로들이 누비는 한 도시, 황금빛 혹은 잿빛의 어느 도시 속으로 들어갔다. 그 도시가 구릿빛인가 황금빛인가에 따라 사람들은 암스테르담 혹은 베네치아라고 불렀다.

4

저녁이었다. 피렌체와 피에솔레 사이의 중간쯤에 위치한 피에솔레 언덕 기슭의 정원들, 보카치오의 시절에 판필로와 피아메타가 노래하던 그 정원들에서 — 강렬하던 태양이 스러지고 — 캄캄하지는 않은 밤에, 시미안, 티티르, 메날크, 나타나엘, 엘렌, 알시드와 몇몇 다른 사람들이 모여 있었다.

날씨가 몹시 더웠으므로 테라스 위에서 달콤한 다과로 가볍게 식사를 한 다음, 우리는 숲속 오솔길을 타고 내려와 있었다. 음악이 그치자 우리는 월계수와 떡갈나무 아래를 배회하며, 털가시나무 숲이 그늘을 만들어 주는 샘가, 풀밭에 누워 여유롭게 한낮의 피로를 풀 때를 기다리고 있었다.

나는 무리를 바꾸어 옮겨 다녔고, 모두가 사랑 이야기를 하고 있었지만 두서없는 이야기들만 들릴 뿐이었다.

「쾌락은 무엇이든 다 좋은 것이야. 모두 맛볼 가치가 있어.」엘리파스가 말했다.

「하지만 모든 사람이 모든 쾌락을 맛볼 필요는 없어. 선택해야 해.」티뷜이 말했다.

좀 더 떨어진 곳에서는 테랑스가 페드르와 바시르에게 말하고 있었다.

「난 알제리 산악 지대에 사는 카빌리 민족의 한 여자아이를 사랑했어. 그 아이는 검은색 피부에 완벽한 몸매를 지니고 있었는데, 이제 막 성숙 단계에 들어서 있었지. 그 아이의 관능에는 소녀티가 강하게 남아 있으면서도 벌써 모든 걸 다 알아 버린 듯한, 당황스러울 정도의 심각함이 있었지. 그 아이는 내 삶에서 낮의 권태이자 밤의 환희였어.」

그리고 시미안이 힐라스와 대화를 나누고 있었다.

「그건 자주 먹어 달라고 졸라 대는 앙증맞은 과일이야.」

힐라스가 흥얼거리고 있었다.

길가에서 몰래 따 먹었던 그 작은 열매들처럼, 우리에게는 너무 시어서 좀 더 달콤했더라면 하고 아쉬워하는 작은 쾌락들이 있다네.

우리는 샘터 근처의 풀밭 위에 앉았다.

......어느 밤새의 노래가 잠시 내 곁에 머물며 저들의 이야

기보다 나의 마음을 더 끌었다. 내가 다시 그들의 대화에 귀를 기울였을 때는 힐라스가 이야기하고 있었다.

……그리고 우리의 감각들은 제각기 자기의 욕망들을 갖게 되었다네. 내가 집으로 돌아왔을 때, 나의 식탁에는 나의 하인과 하녀 들이 앉아 있었지. 거기에는 아주 작은 자리도 나를 위해 남아 있지 않았다네. 귀빈석은 갈증이 차지하고, 다른 작은 갈증들이 가장 좋은 자리에 앉으려고 다투었다. 식탁 전체가 싸움판이었네. 하지만 그들은 나와 맞설 때는 서로 뜻이 잘 맞았지. 내가 식탁에 다가가려 했을 때, 그들 모두가 나에게 대항하여 일어났으니까. 벌써 취한 상태에서 말이지. 그들은 나를 내 집에서 내쫓았다네. 나를 밖으로 끌어낸 것이지. 그래서 나는 집에서 나와 그들을 위해 포도를 따러 갔다네.

욕망들아! 멋진 욕망들아, 으깬 포도즙을 가져와 너희의 거대한 잔을 다시 채워 줄 테니, 너희가 취해 잠들어 있는 동안 내가 내 집으로 다시 들어가게 해다오. 그래서 내가 또다시 자줏빛[51] 옷을 입고 담쟁이덩굴 관을 쓰고는, 그 관으로 나의 근심을 가릴 수 있게 해다오.

취기가 나를 덮쳤고, 이따금씩 새들이 노래를 멈추었지만, 나는 아무것에도 더 이상 귀를 기울일 수가 없었다. 밤은, 마치 나만 홀로 그를 응시하는 듯, 점점 침묵하는 것 같았다. 때로는 어떤 목소리들이 어둠을 뚫고 올라와 우리의 서로 다른

51 최고의 존엄을 상징하는 색깔이다.

목소리들에 섞여 드는 것 같았다.

우리 역시, 우리 역시 — 그 목소리들이 때때로 말했다 — 영
혼의 한심스러운 권태를 경험했네.
욕망은 우리가 평온하게 일하도록 내버려 두질 않아.
……올여름 나의 모든 욕망들은 목말라했네.
내 욕망들이 사막을 건넌 것만 같았지.
하지만 나는 그들에게 마실 것을 도저히 줄 수 없었네.
그들이 너무 마셔서 아프다는 것을 알고 있었기 때문이지.

(어떤 포도송이들 속에는 망각이 잠들어 있었네. 꿀벌이 먹는
포도송이가 있었고, 태양이 꾸물거리며 오래 머무는 것처럼 보이
는 포도송이도 있었네.)
어떤 욕망이 매일 저녁 내 머리맡에 와 앉았고,
매일 새벽 머리맡에서 나는 그를 발견한다네.
그가 밤새도록 나를 지켜본 것이지.
나는 걸었네. 내 욕망을 지치게 만들고 싶었네.
하지만 내 몸만 피곤해졌을 뿐이지.

이제 클레오달리즈가 노래한다.

나의 모든 욕망들의 롱드

나는 그날 밤 무슨 꿈을 꾸었는지 도무지 알지 못한다.

내가 깨어났을 때, 나의 모든 욕망들이 목말라했다.

잠을 자는 동안 그들이 사막을 건너고 또 건너온 것 같았다.

욕망과 권태 사이에서

우리의 불안이 망설인다.

욕망들아! 너희는 지치지도 않는가?

오! 오! 오! 오! 지나가는 이 작은 쾌락! ― 그리고 미래에 서둘러 지나가 버리고 말 쾌락!

아! 어쩌나! 나의 고통을 어떻게 연장시킬지는 알고 있지만, 나의 쾌락만큼은 어떻게 길들여야 할지 나는 알지 못한다.

욕망과 권태 사이에서 우리의 불안은 망설인다.

전 인류가 잠들기 위해 침대에서 뒤척이는 환자 같았다 ― 인간은 휴식을 찾지만 잠조차 얻지 못한다.

우리의 욕망들은 벌써 많은 세상을 지나왔지만,

한 번도 충족되지 못했다.

그리고 휴식의 갈증과 쾌락의 갈증 사이에서

온 자연이 괴로움에 뒤척인다.

황량한 아파트 안에서

우리는 비탄에 젖어 외쳤다.

우리는 탑 위로 올라갔고,

거기서는 어둠밖에 보이지 않았다.

암캐였던 우리는 메마른 강둑, 비탈을 따라가며
고통에 못 이겨 울부짖었다.

아우레스 산악 지대에서 우리는 암사자가 되어 포효했고, 사막에는 물이 많지 않으므로, 암낙타가 되어 염수호의 회색 해조를 뜯어 먹고 속 빈 마른 줄기의 즙을 빨아 먹었다.

제비가 된 우리는 양식도 없이
바다를 건너고 또 건넜다.

메뚜기 떼가 되어, 양식을 구하기 위해 모든 것을 황폐하게 만들어야만 했다.

해초였던 우리는 폭풍우에 뒤흔들렸고,
눈송이였던 우리는 바람에 뒹굴었다.

오, 거대한 휴식을 위해 나는 자비로운 구원의 죽음을 희망한다. 마침내 기진맥진해진 내 욕망이 새로운 윤회의 고리에 더 이상 참여할 수 없기를! 욕망아! 나는 너를 방랑의 길로 끌고 다녔다. 들판에서 너를 비탄에 빠뜨렸고, 대도시에서 너를 취기에 절게 했지만 만족시키지는 못했다 — 달빛 휘황한 밤 속에 너를 담갔고, 세상 곳곳으로 너를 데리고 다니며, 파도 위에서 얼러 주고 물결 위에서 잠재우고 싶어 했다. 욕망아! 욕망아! 내가 너에게 무엇을 해줄까? 너는 무엇을 원하는가? 네가 싫증 내지는 않을 것인가?

달이 떡갈나무 가지들 사이로 나타났다. 단조롭지만 예전만큼이나 아름다웠다. 이제 우리는 무리를 지어 두런거리고 있었고, 흩어진 문장 조각들만 내 귀에 들릴 뿐이었다. 저마다 나머지 모든 사람들에게 사랑을 이야기하고 있었지만, 아무도 자기 말을 들어 주는 이가 없을까 걱정하는 듯 보이지는 않았다.

그런 다음 대화의 매듭들이 해체되었다. 더욱 짙어진 떡갈나무 가지들 너머로 달이 스러지고 있었고, 그들은 나란히 누워 아직도 지속되는 몇몇 남녀의 말을, 이제는 무슨 뜻인지 이해하지도 못한 채, 나뭇잎들 사이로 듣고만 있었다. 그들의 목소리는 더욱 가라앉았고, 얼마 지나지 않아서는 이끼 위로 흐르는 시냇물의 속삭임에 녹아들어 겨우 우리의 귓전에 이를 뿐이었다.

그때 시미안이 일어나 담쟁이덩굴로 관을 만들어 썼다. 나는 찢어진 잎사귀들의 냄새를 맡았다. 엘렌은 드레스 위로 머리카락을 풀어 헤쳤고, 라셀은 잠잘 채비를 갖추기 위해 눈을 적셔 줄 젖은 이끼를 따러 갔다.

달빛은 완전히 사라졌다. 나는 나를 가득 채운 매혹에 슬프도록 취해 누워 있었다. 나는 사랑에 대해 아무 말도 하지 않았다. 그렇게, 길을 떠나 발길 닿는 대로 마음껏 내달리기 위해 아침을 기다리고만 있었다. 벌써 오래전부터 나의 지친 머리는 졸고 있었다. 몇 시간을 잤다 — 그리고 새벽이 왔을 때, 나는 길을 떠났다.

5장

1

비가 많은 노르망디 땅, 길들여진 들판⋯⋯.

너는 말하곤 했다. 봄이 오면, 내가 알고 있는 어느 나뭇가지 아래에서 우리 함께 지내자고. 이끼가 자욱하게 뒤덮은 그곳, 하루의 어느 때에, 대기는 온기로 가득할 것이고, 지난해 그곳에서 노래 부르던 새도 다시 노래 부를 것이라고 — 그러나 그해 봄은 더디게 찾아왔고, 지나치게 서늘한 대기는 다른 기쁨을 가져다주었다.

여름은 따분하고 무기력했다 — 너는 한 여인이 올 것이라 기대했지만 헛된 일이었다. 너는 말하곤 했다. 여하튼 다가올 가을이 이 실망들을 보상하고 나의 권태를 위로해 줄 것이라고. 그녀는 오지 않을 것이다, 내 짐작이다 — 그래도 큰 숲들은 붉게 물들겠지. 아직 온기가 느껴지는 날, 나는 지난해 마른 잎들이 아주 많이 떨어졌던 그 연못가에 가 앉아 저

녁이 오기를 기다릴 것이고, 다른 날 저녁 무렵에는 마지막
햇살이 내려앉을 숲 가장자리를 향해 내려갈 것이다. 하지만
올가을에는 비가 많이 내렸다. 썩은 수풀들은 아주 조금 가
을 색깔로 물들었고, 연못가는 물이 넘쳐 네가 와 앉을 수도
없었다.

*

올해 나는 들판에서 줄곧 분주한 시간을 보냈다. 수확과
경작을 참관했기 때문이다. 그러면서 나는 가을이 깊어 가는
광경을 목격할 수 있었다. 전례 없이 포근했지만 비가 많이
내린 계절이었다. 9월 말경에 한번은 무시무시한 광풍이 불
어와 열두 시간 동안 멈추지 않더니, 나무들을 한쪽만 말려
버렸다. 바람을 맞지 않고 남아 있던 나뭇잎들은 곧 황금빛
으로 물들었다. 내가 사람들로부터 어찌나 멀리 떨어져 살았
던지, 이런 일조차 나에게는 여느 사건 못지않게 중요하게
이야기해야 할 것처럼 느껴졌다.

*

이런 날들이 있고 저런 날들이 있다. 아침들이 있고 저녁
들이 있다.

무력감에 빠진 채 새벽이 되기도 전에 일어나는 아침들이
있다 ― 오, 회색빛 가을 아침! 그토록 열정적인 뜨거운 밤샘

끝에 휴식을 취하지 못한 채 깨어나는 너무도 지친 영혼이 아직 더 잠자기를 바라며 죽음의 맛을 가늠해 보는 아침! ― 내일, 나는 추위에 떠는 이 시골을 떠난다. 들판에는 풀 위로 서리가 자욱하게 뒤덮였다. 나는 알고 있다, 굶주릴 때를 대비하여 땅속 비밀스러운 곳에 빵과 뼈다귀를 저장해 둔 개처럼, 그렇게 비축해 둔 쾌락을 어디에서 찾을 수 있을지를. 나는 또 알고 있다, 개울이 굽이도는 오목한 모퉁이에 이르면 따뜻한 공기가 살며시 감돌고 있다는 것을, 아직 잎이 지지 않은 황금빛 보리수나무 한 그루가 숲 울타리 위로 솟아 있다는 것을, 대장간 집 어린 아들의 등굣길에는 어떤 미소와 따뜻한 사랑의 몸짓이 있다는 것을, 더 멀리서는 수북이 쌓인 낙엽들이 냄새를 풍기고, 내가 지나치며 미소 지어 보일 한 여인이 있고, 오두막집 근처에서 그녀가 어린 아들에게 뽀뽀하는 모습이 나를 기다리고 있다는 것을, 그리고 대장간의 망치 소리가 가을에는 아주 멀리서부터 들려온다는 것을……. 그뿐인가? ― 아! 잠이나 자자! ― 너무도 소소한 것이다 ― 그리고 나는 희망을 갖고 기다리는 일에 너무 지쳤다…….

*

새벽의 어슴푸레함 속에서 떠나는 끔찍한 출발들. 영혼과 몸의 떨림. 현기증. 우리는 아직 뭘 더 가져갈 수 있을까 찾는다. 「메날크, 떠나는 것이 그렇게도 좋은 이유가 무엇인가?」

그가 대답했다. 「미리 느껴 보는 죽음의 맛.」

그렇다. 분명 떠남이란 나에게 필수적이지 않은 모든 것을 포기하는 것과 그리 다르지 않다. 아! 나타나엘, 우리가 살아가는 데 없어도 되는 것들이 또 얼마나 많이 있을까! 결국 사랑으로, 사랑과 기다림과 희망으로 ─ 이것들이야말로 우리가 진정으로 소유한 유일한 것들이기에 ─ 충분히 채워질 수 있을 만큼 결코 충분히 헐벗지 못한 영혼들.

아! 우리가 마찬가지로 충분히 잘 살 수 있었을 모든 장소들! 행복이 넘쳐흐를 장소들. 부지런한 농가들, 더없이 힘든 들판의 노동, 피로, 수면의 무한한 평온⋯⋯.

떠나자! 그리고 어디여도 상관없을 때에만 발길을 멈추자⋯⋯!

2

승합 마차 여행

나는 과도하게 품위를 지키도록 강요하는 도시의 복장들을 벗어던졌다.

*

그가 거기, 바로 내 곁에 있었다. 그의 심장 박동에서 나는 그가 살아 있는 생명체임을 느꼈다. 그 작은 몸의 체온이 나를 뜨겁게 달구었다. 그는 내 어깨에 기대어 잠들어 있었다. 나는 그의 숨소리를 들었다. 그의 따뜻한 숨결이 거북했다. 그러나 그를 깨울까 봐 꼼짝하지 않았다. 마차는 빼곡한 승객들로 아주 비좁았고, 그것이 덜컹거릴 때마다 그의 조그만 머리가 흔들렸다. 다른 승객들도 잠든 채, 밤의 나머지 한 조각을 그렇게 소진시키고 있었다.

분명 그러했다. 나는 사랑을, 또다시 사랑을, 그리고 다른 많은 사랑들을 또 알아 나갔다. 그러나 당시의 그 애정에 관해 내가 아무 말도 해서는 안 되는 것일까?

분명 그러했다. 나는 사랑을 경험했다.

*

나는 떠도는 모든 것을 가볍게 스쳐 지나갈 수 있기 위해 기꺼이 방랑자가 되었다. 그리고 어디서 몸을 따뜻이 데워야 할지 모르는 모든 것에 대해 애정을 품었고, 방랑하는 모든 것을 열정적으로 사랑했다.

*

4년 전 — 기억난다 — 나는 지금 다시 통과하고 있는 이 작은 도시에서 어느 날, 하루가 저물어 갈 무렵 잠시 한때를 보낸 적이 있다. 지금처럼 그때도 계절은 가을이었다. 그날 역시 일요일이 아니었고, 기온이 상승한 오후 나절이 이미 지나간 때였다.

이 아름다운 고장을 굽어보는 테라스 모양의 한 정원이 도시의 변두리를 향해 활짝 열릴 때까지 — 기억난다 — 지금처럼 거리를 거닐었다.

지금 나는 그때의 그 길을 따라가고 있고, 모든 것을 기억할 수 있다.

과거의 내 발자국 위로, 그때의 감동 위로 나는 다시 걸음을 내딛는다…… 돌 벤치가 하나 있었고, 그곳에 가 앉았는데 — 여기다! — 그곳에서 책을 읽었는데, 무슨 책이었더라? — 아! 베르길리우스였다 — 그때 빨래하는 여인들의 방망이 소리가 올라오고 있었지 — 바람은 잠잠했다 — 꼭 오늘처럼.

아이들이 학교에서 나오고 있다. 이것도 기억난다. 거리에는 그날처럼 행인들이 지나가고 있다. 그날도 해가 지고 있었다. 이제 저녁이 되었으니, 낮의 노래들이 곧 그치겠지……

이게 전부다.

「하지만 시가 되려면 그 정도로는 충분하지 않아.」 앙젤이 말했다.

「그럼 이것은 그만두자.」 내가 대답했다.

*

우리는 동이 트기 전에 서둘러 일어나는 경험도 했다.
마부가 안마당에서 마차에 말을 맨다.

양동이에 쏟아지는 물로 포석을 씻는다. 펌프 소리.

생각이 너무 많아 잠을 잘 수가 없던 자의 얼얼한 머리. 떠나야 할 곳들. 작은 방. 여기는 내가 잠시 머리를 뉘고는, 느끼고, 생각하며, 밤을 지새운 곳이다 ― 우리는 모두 죽기 마련이다! 그것도 아무 곳에서! (더는 살아 있지 않은 순간부터 모든 장소는 아무 곳이면서 아무 곳도 아니다.) 살아 있는 동안 나는 여기 있었다.

거쳐 간 방들! 한 번도 슬프기를 바란 적이 없는 출발의 경이로움! 나에게 열광은 언제나 **이것**을 그 순간 바로 그 현장에서 향유하는 것에서 생겨난다.

그러니 **이** 창가에서 잠시만 더 머리를 기울이자……. 떠나야 할 한 순간이 오고 있다. 나는 즉각, 이 순간이 그보다 앞선 순간이기를 바란다……. 거의 다 지나가 버린 이 밤의 끝자락에서 행복의 무한한 가능성을 향해 또다시 마음을 쏟기 위해.

매혹의 순간이여, 드넓은 창공에 여명의 물결을 퍼부어라…….

승합 마차가 준비되었다. 떠나자! 방금 내가 생각한 모든 것이 나처럼 탈주의 어지러운 도취 속으로 빠져들기를…….

숲을 통과하기. 향기로운 냄새를 머금은 상이한 온도들의 지대. 가장 훈훈한 구역에서는 흙냄새가 올라오고, 가장 차가운 구역에서는 축축이 썩어 가는 나뭇잎 냄새가 풍긴다 ― 감고 있던 눈을 다시 뜬다. 그렇다. 저기에는 나뭇잎들이 있고, 여기에는 파헤쳐 놓은 부식토가 있다…….

오, 〈열광의 대성당!〉 ─ 공중에 높이 치솟은 너의 탑! ─
너의 탑 꼭대기에서 내려다보면 ─ 마치 흔들거리는 쪽배 위
에 떠 있는 듯하다 ─ 지붕 위로 걸어다니는 황새들이 보
였다.

교조적이고 뻣뻣한 자세로,

기다란 다리로,

천천히 ─ 긴 다리를 쓰는 것은 매우 어려우니까.

주막.

밤이면 나는 곳간 구석에 가 잤다.

다음 날 아침 마부가 건초 더미 속에 파묻혀 있는 나를 찾
으러 왔다.

주막.

……버찌 브랜디를 세 잔째 마셨을 때, 뜨거운 피가 내 정
수리에서 흘러내리기 시작했다.

네 잔째에는 가벼운 취기를 느끼기 시작했고, 모든 사물들
이 가까이 다가오는 듯하여, 나는 팔만 벌리면 무엇이든 다

잡을 수 있을 것 같았다.

다섯 잔째에는, 내가 있던 홀이, 세계가, 마침내 더욱 숭고한 조화를 이루는 것 같았고, 그 속에서 나의 숭고한 정신이 더욱 자유롭게 증대되고 있었다.

여섯 잔째에는 조금 피곤해지면서 잠이 들어 버렸다.

(우리의 모든 감각적 쾌락들은 거짓말처럼 불완전했다.)

주막.

주막에서나 찾을 수 있는 텁텁한 포도주를 마셔 본 적이 있다. 내 기억에 그것은 보라색 맛으로 남아 있고, 정오의 짙은 졸음을 가져온다. 저녁의 도취를 경험한 적도 있는데, 그때는 오직 생각의 힘만으로도 땅이 온통 뒤흔들리는 것처럼 느껴진다.

나타나엘, 지금부터 내가 너에게 도취에 대해 말해 줄 것이다.

나타나엘, 가장 단순한 욕구의 해소조차 나에게는 종종 하나의 도취였다. 그만큼 만족이 있기도 전에 나는 벌써 욕구들로 취해 있었다. 그래서 방랑길에 오른 나는 먼저, 주막보다 나의 배고픔을 더 찾으려 애썼다.

도취 — 아주 이른 새벽부터 걸었으므로 배고픔이 식욕이 아니라 어지러움이 되었을 때의 그 허기의 도취. 저녁까지 걷고 났을 때의 그 갈증의 도취.

그런 때에는 아무리 간소한 식사도 내게는 폭식처럼 지나친 것
이 되었고, 나는 살아 있음의 강렬한 느낌을 열정적으로 맛보았
다. 그러면 내 감각들의 관능 덕분에, 그 감각들을 건드리는 모든
대상은 손으로도 만질 수 있을 만큼 생생한 행복이 되었다.

나는 생각을 경미하게 왜곡시키는 도취를 맛보았다. 어느 날
마치 겹쳐진 망원경 자루들이 길게 빠져나오듯 생각이 꼬리를 물
고 전개되어 가던 기억이 떠오른다. 끝에서 두 번째 생각은 언제
나 벌써부터 가장 미묘하게 느껴졌다. 그리고 그것에서부터 언제
나 더욱 섬세한 생각이 또다시 생겨났다. 어느 날에는 생각들이
어찌나 둥글던지 정말로 그것들을 굴러가게 내버려 두기만 하면
되었던 기억도 난다. 어느 날에는 생각들이 어찌나 유연하던지 모
든 생각들이 연달아 서로의 형태를 띠며 뒤바뀌던 기억도 난다.
어떤 때에는 두 개의 생각이 영원토록 평행선을 그으며 뻗어 나
가기를 바라는 것 같기도 했다.

본래의 자신보다 더 선량하고, 더 훌륭하고, 더 덕성스럽고, 가
진 게 더 많다고 믿게 만드는 도취를 나는 맛보았다.

가을.

들판에서 큰 밭일이 있었고, 저녁이 되자 밭고랑에서 안개
가 피어올랐다. 지친 말들은 발걸음이 더욱 느려졌다. 마치
그곳에서 처음으로 흙냄새를 맡는 듯, 매일 저녁이 나에게는
도취였다. 그 무렵이 되면, 밭두렁 위, 낙엽들 사이에 앉아 노

동요를 들으며 들판 저 깊숙한 곳에서 노곤해진 태양이 잠드는 광경을 바라보는 것이 좋았다.

습한 계절, 비가 많은 노르망디 땅······.

산책 ― 황야, 그러나 모질지 않은 땅 ― 벼랑 ― 숲들 ― 차가운 개울 ― 그늘에서의 휴식, 한담 ― 다갈색 고사리.

아! 우리는 생각하곤 했다, 초원이여, 우리는 왜 여행 중에 너를 만나지 못했던가, 그리고 우리는 왜 말을 타고 너를 횡단하려 했던가. (초원은 완전히 숲으로 둘러싸여 있었다.)

저녁 산책.
밤 산책 ―.

산책.

······존재한다는 것이 나에게는 어마어마하게 관능적인 것이 되었다. 나는 생명의 모든 형태들, 물고기와 식물의 형태들까지 맛보고 싶었을 것이다. 감각들의 모든 기쁨들 사이에서 나는 특히 촉감의 기쁨들이 부러웠다.

가을, 들판에 외딴 나무 한 그루 주위로 가벼운 소나기가 지나가고, 갈색 가랑잎들이 떨어지고 있었다. 빗물이 땅속 깊숙이 흙을 적셔 뿌리에게 오랫동안 마실 물을 준다고 생각했다.

그 나이의 나는 맨발로 젖은 흙을 밟기를, 찰랑거리는 물웅덩이의 물을, 진흙의 서늘함이나 온기를 직접 느끼기를 무척이나 좋아했다. 내가 왜 그렇게 물을 좋아하고 특히 물에 젖은 사물들을 좋아했는지 나는 알고 있다. 그것은 온도의 변화에 따른 감각의 차이를 공기보다 물이 우리 몸에 더 즉각적으로 느끼게 해주기 때문이다. 나는 가을의 젖은 바람을 좋아했다…… 비가 많은 노르망디 땅.

라로크.

수레들이 수확물을 싣고 냄새를 풍기며 돌아왔다.

곳간은 건초로 가득했다.

잔뜩 무거워진 수레들아, 비탈에 부딪히고 바큇자국들 사이에서 흔들거리던 수레들아, 너희는 건초를 만드는 억센 청년들 가운데 마른 풀 더미 위에 누운 나를 몇 번이고 들판에서 데려와 주었다!

아! 언제 다시 건초 더미 위에 누워 저녁이 오기를 기다릴 수 있을까……?

저녁이 오고 있었다. 사람들이 곳간에 이르는 동안, 농가의 안마당에는 마지막 햇살이 늦게까지 서성이고 있었다.

3

농장

농부여!

농부여! 너의 농장을 노래해 다오.

나 거기서 잠시 쉬고 싶구나 — 그리고 너의 곳간에서 풍겨 나오는 건초의 향기가 상기시키는 여름을 꿈꾸고 싶구나.

너의 열쇠를 들어라. 하나씩. 그리고 문을 하나하나 내게 열어 다오…….

첫 번째 문은 곳간의 문이다…….

아! 세월이 늘 그 자리에 있어 준다면……! 아! 나는 왜 곳간 가까이, 건초 더미의 온기 속에서 휴식하지 않는가……! 주체할 수 없는 열정으로 방랑하며 광야의 척박함을 정복하려 하기보다…… 차라리 그랬더라면, 지금은 추수하는 농부들의 노래를 듣고 있을 터인데. 잔뜩 실은 수확물, 더없이 소중한 비축 식량의 무게에 압도된 수레들이 — 나의 욕망이 물어 오기를 기다리는 대답들처럼 — 집으로 돌아오는 광경을, 평온한 안도의 마음으로 목격하고 있을 터인데. 나의 욕망들을 채워 줄 것을 찾아 벌판으로 떠나는 대신, 여기서 한가로이 그 욕망들을 듬뿍 채워 줄 터인데.

웃는 시간이 있다 — 그리고 웃고 난 다음의 시간이 있다.

즐거운 시간이 있다, 물론 — 그다음엔 즐거웠던 순간을 추억하는 시간이 있다.

나타나엘, 틀림없이 그 풀들이 넘실거리는 광경을 바라보던 사람은 다름 아닌 나, 바로 나 자신이었다 — 베어 낸 모든 사물들이 그러하듯 그 풀들 또한 시들어서, 이제는 건초 냄새를 풍기고 있다 — 그때 나는 그 풀들이 생생하게 살아, 초록빛이 황금빛으로 물들고 저녁 바람에 흔들거리는 광경을 바라보았다 — 아! 잔디밭 가장자리에 누워 있던 우리, 왜 우리는 키 큰 풀들이 우리의 사랑을 아늑하게 맞아 주던 그 시절로 돌아갈 수 없는가!

　들짐승들이 나뭇잎 아래로 돌아다니고 있었다. 짐승들이 돌아다니는 오솔길은 도시의 큰 가로수 길과도 같았다. 몸을 굽혀 땅을 들여다보면 이 나뭇잎에서 저 나뭇잎으로, 이 꽃에서 저 꽃으로 수많은 벌레들이 이동하는 것을 볼 수 있었다.

　나는 꽃의 성질과 초록의 광택에 따라 땅의 습도를 알 수 있었다. 어떤 풀밭은 데이지 꽃으로 뒤덮여 있었다. 그러나 우리의 사랑은 잔디밭을 즐겨 이용했는데, 우리가 선호하던 것들 중 어떤 것들은 산형화(繖形花)로 온통 하얗게 뒤덮여 경쾌했고, 어떤 것들은 커다란 어수리 꽃 무리가 꽤 넓고 두껍게 퍼져 있었다. 저녁 무렵 그 꽃들은 더욱 깊어진 풀들 사이에서, 마치 줄기에서 분리된 듯 피어오르는 안개 위로 넘실거리며, 반들거리는 해파리들처럼 자유롭게 떠다니는 것 같았다.

*

　두 번째 문은 곡식 창고의 문이다.

산더미같이 쌓인 낟알들아, 이제는 너희를 찬양할 차례이다. 곡식들, 다갈색 밀알들, 기다림 속에 저장된 보물, 더없이 귀중한 비축.

부디 우리의 빵이 바닥나 버리기를! 곡식 창고들아, 내가 너희의 열쇠를 갖고 있다. 산더미같이 쌓인 낟알들아, 너희가 저기 있다. 나의 배고픔이 지치기 전에 너희를 과연 다 먹을 수 있을까? 모든 들판에서는 하늘의 새들이, 곡식 창고에서는 쥐들이, 우리의 식탁에서는 모든 가난한 자들이 너희를 먹을 것이니…… 나의 배고픔이 끝날 때까지 과연 너희가 남아 있을까……?

낟알들아, 나는 너희를 한 줌 간직하고 있다. 그 한 줌을 나의 비옥한 밭에 뿌린다. 그 한 줌을 적절한 계절에 뿌린다. 한 알이 백 알을 낳고 다시 천 알을 낳고…….

낟알들아! 나의 배고픔이 가득한 곳에, 낟알들아, 너희는 넘치도록 많아질 것이다!

먼저 조그만 초록 풀의 모습으로 땅을 뚫고 올라오는 밀알들아, 누렇게 익은 그 어느 이삭이 너희의 고개 숙인 줄기를 지탱하게 될지 말해 다오!

황금빛 짚단, 깃털 장식을 닮은 이삭 묶음 — 내가 심은 한 줌의 씨앗들…….

*

세 번째 문은 우유 가공장의 문이다.

휴식, 침묵. 치즈가 다져지는 체반 아래로 끝없이 듣는 물방울.
금속 통 속에는 압착되는 버터 덩어리. 7월의 혹염이 기승을 부리
는 날에는 응고된 우유 냄새가 더 신선하고 더 무미하게 느껴진
다……. 아니다. 무미하지는 않다. 그 맵싸함이 너무도 은밀하고 너
무도 엷어, 코 속 깊숙한 곳에서만 느껴졌고, 그것은 냄새라기보
다 이미 맛이었다.

우유를 휘저어 크림을 버터로 만드는 교유기(攪乳器)는 극도로
청결하게 유지된다. 양배추 잎사귀들 위에 놓인 조그만 버터 덩어
리들. 농부 아내의 불그레한 손. 창문은 항상 열려 있지만, 고양이
와 파리가 들어오지 못하도록 금속 망사가 팽팽하게 쳐져 있다.

한 줄로 나란히 정렬된 사발들 속에는, 크림이 완전히 떠오를
때까지 우유가 점점 더 노란색을 띠어 가고 있다. 크림이 표면으
로 천천히 올라오면서 부풀고 주름이 잡히면 유청이 생겨나는데,
우유에서 크림이 완전히 분리되었을 때 걷어 낸다……. (하지만 나
타나엘, 나는 너에게 이 모든 것을 이야기해 줄 능력이 부족하다.
내게는 농사를 짓는 친구가 있는데, 이 일에 대해 아주 잘 말해 줄
수 있다. 그는 각 요소들의 유용성에 대해 설명해 준 다음, 마지막
으로 이 우유 찌꺼기조차 그냥 버려지는 게 아니라는 사실을 내
게 가르쳐 주었다.) (노르망디 지방 사람들은 그것을 돼지에게 준
다. 하지만 그보다 더 좋은 사용처가 있다는 것 같다.)

*

네 번째 문은 외양간으로 열린다.

외양간은 견디기 힘들 정도로 후덥지근하다. 하지만 암소의 냄새는 푸근하다. 아! 농가의 아이들과 함께 소들의 다리 사이로 뛰어다니던 그 시절로 돌아갈 수만 있다면! 땀에 젖은 그들의 몸 냄새는 얼마나 달콤했던가. 우리는 달걀을 찾아 꼴 시렁 귀퉁이를 뒤졌고, 몇 시간이고 암소들을 바라보았다. 쇠똥이 땅바닥으로 털썩 떨어져 터지는 광경을 바라보며, 어느 소가 먼저 똥을 싸는지 내기를 하곤 했다. 또 어느 날엔 암소 한 마리가 갑자기 송아지를 낳을 것만 같아 겁에 질려 도망갔던 일도 기억난다.

*

다섯 번째 문은 과일 저장고의 문이다.

햇볕이 내리쬐는 창틀 앞에 포도송이들이 끈에 묶여 매달려 있다. 포도 알 하나하나가 깊은 생각에 잠긴 듯 긴 시간을 들여 무르익는다. 은밀하게 빛을 되새김질한다. 그렇게 포도는 향기로운 당분을 공들여 만든다.

배들. 수북이 쌓아 놓은 사과들. 과일들아! 나는 단물이 뚝뚝 떨어지는 너희의 살점을 베어 먹었다. 그리고 씨를 땅에 뱉었다. 씨앗들아, 싹을 틔워라! 우리가 쾌감을 다시 맛볼 수 있도록.

섬세한 아몬드, 경이의 약속, 핵과(核果)의 씨. 기다림 속에서 잠든 사랑스러운 봄. 두 여름 사이에 먹는 씨앗, 여름이 통과해 간 씨앗.

나타나엘, 그다음 우리는 씨앗이 싹을 틔울 때의 고통을 생각할 것이다(씨앗을 뚫고 나오기 위한 초목의 노력은 정말 감탄스러울 정도이다).

그러나 지금은 이 경이로움을 맛보자. 꽃가루받이는 언제나 쾌락을 동반한다. 과일은 달콤한 맛으로 감싸이고, 모든 생명 탄생의 인내는 기쁨으로 감싸인다.

과육, 사랑의 감미로운 증거.

*

여섯 번째 문은 압착실의 문이다.

아! 나는 왜 지금, 창고 아래 — 더위가 한풀 꺾인 그곳 — 사과 압착기 가까이, 즙을 짜낸 사과의 시큰한 냄새에 둘러싸여 네 곁에 누워 있지 않는가. 아! 술람의 여인이여! 우리가 함께라면, 압착된 젖은 사과들 사이에서 우리 육체의 관능이 더 천천히 소진되는지, 혹은 사과 옆에서 — 달콤한 과일 향기에 의해 지탱되어 — 더 오래 연장되는지 알아보련만…….

멧돌 소리가 나의 추억을 부드럽게 얼러 준다.

*

일곱 번째 문은 증류실로 열린다.

어슴푸레한 빛. 불을 지핀 화덕. 컴컴한 기계들. 구리 대야들이 어둠 속에서 모습을 드러낸다.

증류기. 그곳에 신비로운 방울들이 소중하게 맺힌다. (나는 소나무에서 송진을, 병약한 야생 벚나무에서 진액을, 고무나무에서 하얀 즙을, 꼭대기를 자른 종려나무에서 액즙을 받는 장면을 본 적이 있다.) 주둥이가 좁은 호리병. 어떤 아련한 도취가 그 속에 농축되었다가 한꺼번에 여울져 나온다. 과일 속에 들어 있는 감미롭고 강렬한 모든 것을 지닌, 꽃 속에 간직된 감미롭고 향기로운 모든 것을 지닌 — 정수(精髓).

증류기. 아! 황금 물방울이 곧 배어 나올 것이다. (버찌를 농축한 즙보다 더 맛있는 것이 있고, 초원처럼 향기를 풍기는 다른 증류수들도 있다.) 나타나엘! 이것이야말로 정말 기적 같은 광경이다. 봄 전체가 여기에 완전히 농축된 것처럼 느껴진다…… 아! 나의 도취 속에서 이 계절이 하나의 연극 무대처럼 펼쳐지기를. 이제 곧 아무것도 분별해 볼 수 없을 이 캄캄한 공간에 파묻혀 마시기를 — 내가 열망하는 이국 전체의 비전을 — 나의 정신을 해방시키기 위해 — 나의 육신에 다시 불어넣어 줄 이 봄을 송두리째 마시기를…….

*

여덟 번째 문은 차고의 문이다.

아! 나는 나의 황금 술잔을 부수었다 — 나의 정신이 다시 맑아진다. 취기는 행복의 대체일 뿐이다. 마차들아! 어떤 형태의 도주도 가능하다. 동토의 나라라면, 썰매야, 내가 너희의 질주를 위해 나의 욕망들을 매달아 주마.

나타나엘, 우리는 세상을 향해 나아갈 것이다. 우리는, 하나씩, 차례로 모든 것을 이루고야 말 것이다. 내 말안장의 가죽 케이스에는 황금이 들어 있다. 그러나 나의 트렁크 안에는 추위를 거의 좋아하게 만들 모피 옷들이 있다. 바퀴들아, 어느 누가 도주하는 동안 너희의 회전수를 헤아리겠는가? 사륜마차들아, 이동이 자유로운 집들아, 우리의 덧없는 열정이 중단된 쾌락을 위해 너희를 휘몰아 가기를! 쟁기들아, 소들이 우리의 밭고랑 사이로 너희를 끌고 다니기를! 멧돼지의 코가 하는 것처럼 땅을 파라. 헛간에 방치된 보습이 녹슬고 있다. 그리고 이 모든 기구들아…… 가장 아름다운 고장을 갈망하는 자를 위해 기다리는 — 너희에게 욕망의 수레가 묶이기를 기다리는 — 이 모든 기구들아, 너희는 무위의 상태에서 인내심으로 기다리는, 우리 존재들의 가능성들이다…….

전속력으로 내달리는 우리의 질주를 따라 눈보라가 솟구치며 우리를 바싹 뒤쫓아 오기를! 썰매들아! 내가 나의 모든 욕망들을 너희에게 매달아 주마…….

마지막 문은 벌판을 향해 열린다.

· ·

6장
린케우스

보기 위해 이 세상에 태어나
파수꾼으로 일하며[52]

— 괴테(『파우스트』 2부)

52 괴테의 「망루지기 린케우스의 노래」, 『파우스트』 2부 5막. 린케우스는
그리스 신화에서 최고의 천리안을 가진 영웅으로, 어두운 곳이나 멀리 있는
사물을 식별하는 매의 눈에, 사물의 내부를 꿰뚫어 보는 투시 능력을 지녔다.

신의 계율들아, 너희가 나의 영혼을 괴롭혔다.

신의 계율들아, 너희는 열인가? 스물인가?

너희는 너희의 한계를 어디까지 좁히려는가?

너희는 금지된 것이 언제나 더 늘어만 간다고 가르치려는가?

내가 아름답게 느꼈을 지상의 모든 것에 대한 갈증에 새로운 형벌이 약속되어 있다고 가르치려는가?

신의 계율들아, 너희는 나의 영혼을 병들게 했다.

너희는 나의 갈증을 풀어 줄 유일한 물을 벽으로 둘러쳐 버렸다.

……그러나 나타나엘, 지금 나는 인간의 미묘한 잘못들에 대한 연민이 차오르는 것을 느낀다.

*

나타나엘, 모든 일들이 신의 경지에 이를 만큼 완벽하게 자연스럽다는 사실을 내가 너에게 가르쳐 줄 것이다.

나타나엘, 내가 너에게 모든 것에 대해 이야기해 줄 것이다.

목동아, 쇠붙이가 없는 양치기 지팡이를 너의 두 손 안에 쥐여 줄 테니, 어떤 주인도 따른 적이 없는 양들을 우리 함께 이 세상 어디로든 부드럽게 이끌어 주자.

목자여, 지상의 모든 아름다운 것을 향해 내가 너의 욕망들을 이끌어 줄 것이다.

나타나엘, 너의 입술을 새로운 갈증으로 타오르게 하고 싶다. 신선함이 가득한 잔들을 너의 입술에 갖다 대고도 싶다. 나는 마셨다. 입술의 갈증을 풀어 줄 샘물이 어디 있는지도 알고 있다.

나타나엘, 내가 너에게 샘물에 대해 이야기해 줄 것이다.

바위틈 사이로 솟아나는 샘물이 있고,
빙하 아래에서부터 솟아오르는 샘물이 있다.
어떤 샘물은 어찌나 짙푸른지 더욱 깊어 보인다.
(시라쿠사의 키아네 샘이 경이로운 것도 이 때문이다.)
하늘빛 샘물. 식물들로 가려진 수반. 파피루스 풀들 사이로 볼록볼록 솟아오르는 물. 우리는 쪽배 위에서 몸을 기울였다. 청옥(靑玉) 빛깔의 작은 조약돌들 위로 하늘빛 물고기들이 헤엄치고 있었다.

오래전 카르타고에 물을 대던, 자구완의 님페 샘에서는 아직도 물이 솟아나고 있다.

보클뤼즈에서는 땅에서 물이 솟아나오는데, 마치 오래전부터 물이 흘러온 것처럼 물의 양이 많아서 벌써 큰 강이라고 부를 수 있을 정도이다. 우리는 이 강물의 지하 수원지로 거슬러 올라갈 수도 있다. 여러 동굴을 통과하면서 물줄기에 어둠이 스며든다. 햇불의 빛이 흔들리며 잦아든다. 그러다 어느 곳에 이르면, 어찌나 어두운지, 〈안 돼, 이젠 도저히 더 거슬러 올라갈 수가 없어〉 하고 생각하게 된다.

바위를 화려하게 채색하는 물도 있는데, 그것은 철분을 함유하고 있다.

유황을 함유한 샘물은 색깔이 녹색이어서 우선 보기에는 독이 들어 있는 것처럼 보인다. 그러나 나타나엘, 그 따뜻한 물에 몸을 담그면 피부가 아주 매끄럽고 부드러워져서 목욕을 하고 난 다음의 감촉은 훨씬 감미롭다.

저녁이 되면 안개가 그 위로 날아오르듯 피어나는 샘들도 있다. 안개는 밤 동안 주변을 떠다니다 아침이 되면 서서히 사라진다.

작고 아주 단순한 샘들이 이끼와 등심초 사이에서 생기를 잃은 채 말라 가고 있다.

빨래하는 여인들이 찾아오는 샘물, 물레방아를 돌리는 샘물도 있다.

무궁무진한 샘! 솟구치는 물. 샘 밑에 감추어진 풍부한 물. 숨어 있는 물의 저장소. 입 벌린 항아리. 단단한 바위가 쪼개 질 것이고, 산이 키 작은 덤불들로 덮일 것이다. 그리고 척박 한 고장들이 기뻐할 것이고, 사막의 모든 쓰라린 고통이 꽃을 피울 것이다.

우리의 갈증이 마실 수 있는 것보다 더 많은 물이 땅에서 솟아난다.

끊임없이 새로 솟아나는 물, 다시 떨어지는 하늘의 수증기.

벌판에 물이 부족하다면, 벌판이여 산으로 물을 마시러 오라 — 아니면 지하의 수로들이여, 산에서부터 벌판을 향해 물을 운반하라. 그라나다의 놀라운 수로들 — 저수지들, 샘 솟는 동굴들 — 확실히, 샘물에는 비범한 아름다움들이 있다 — 그 속에 몸을 담그는 놀라운 쾌감. 수반(水盤)이여! 수반 이여! 우리는 정화된 몸으로 너에게서 다시 나올 것이다.

여명 속의 태양처럼,
밤이슬 속의 달처럼,
흐르는 너의 물안개 속에서
우리는 피로한 팔다리를 씻을 것이다.

샘물에는 비범한 아름다움들이 있는데, 특히 지하로 스며 드는 물이 있다. 훗날 그것은 수정을 가로지른 것처럼 맑은 물이 되어 지상에 나타난다. 그 물을 마시는 것에는 놀라운 환희가 있다. 그것은 공기처럼 엷고, 존재하지 않는 듯 무색인 데다 무맛이다. 이처럼 우리가 오직 그것의 엄청난 청량감으로만 그 존재를 알아차릴 수 있으니, 이것을 샘물의 숨겨진 미덕이라 하지 않을까. 나타나엘, 사람들이 샘물을 마시고픈 욕망을 느낄 수 있음을 이제 알겠는가?

   내 감각들의 가장 큰 기쁨은
   그것은 목마름이 해소되는 순간들이었다.

   나타나엘, 이제 내가 나의 해소된 갈증에 대해 네게 이야기해 줄 것이다.

해소된 나의 목마름들의 롱드

   넘치도록 가득 채운 잔을 향해
   우리의 입술이 서로의 입술을 향할 때보다 더 열렬하게 다가갔으므로,
   한껏 채운 잔들이 그토록 빨리 비워졌다.

   내 감각들의 가장 큰 기쁨,
   그것은 목마름이 해소되는 순간들이었다……

                          *

   압착한 오렌지즙,

시트론, 레몬과 함께
준비하는 음료들이 있다.
이것들은 시큼하면서도 달콤하여
타는 목을 시원하게 해준다.

이가 닿기도 전에
입술만 갖다 대도 깨져 버릴 것 같은
아주 얇은 유리잔에 담아 마실 때,
음료는 더욱 감미롭게 느껴진다.
밀착된 잔과 입술 사이에 거의 아무것도 없기 때문이다.
나는 고무 컵으로도 마셨는데
술이 입술까지 올라오게끔
두 손으로 컵을 누르곤 했다.
태양 아래에서 종일토록 걸었던 날 저녁에는
주막에서 투박한 유리잔에 담아 준 걸쭉한 시럽을 마셨다.
이따금씩 저수지에서 마신 아주 차가운 물이
저녁의 어둠을 더 잘 느끼게 해주었다.
부대 속에 보관하던 물을 마시기도 했는데,
타르 칠을 한 양가죽 냄새가 물맛에 배어 있었다.

개울가에 거의 엎드린 자세로,
몸을 담갔어도 좋았을 물을 마시기도 했다.
맑은 물 깊숙이, 흔들거리는 하얀 조약돌이 보이기에
벗은 두 팔을 바닥까지 집어넣었다……

시원함이 내 어깨로도 파고들었다.

목동들은 손으로 물을 떠 마셨고,
나는 그들에게 밀짚으로 물을 빨아 마시는 법을 가르쳐 주었다.
어떤 여름날에는, 햇살이 가장 뜨거운 시간 동안
해소시켜야 할 극심한 갈증을 찾아
타오르는 태양 아래 걷기도 했다.

끔찍하게 더웠던 여행 도중이었다. 어느 날 한밤중에 땀에 흠
뻑 젖은 채 일어나, 흙으로 빚은 단지 속의 얼음처럼 차가운 물을
함께 들이켜던 일을, 벗이여, 그대는 기억하는가?

웅덩이, 여인들이 내려가는 은밀한 우물. 빛을 본 적이 없는 물,
응달의 맛. 바람이 자유로이 지나가는 물.
터무니없이 투명한 물, 더 단단하게 얼어붙은 느낌이 들게끔
하늘색이었으면 싶은, 아니 초록색이었으면 싶은 ─ 그리고 아니
스 열매 향을 가볍게 풍기는 ─ 물.
내 감각들의 가장 큰 기쁨,
그것은 목마름이 해소되는 순간들이었다.

아니다! 하늘의 모든 별들, 바닷속의 모든 진주들, 바다 기
슭의 모든 흰 깃털들을 나는 아직 다 헤아리지 못했다.
나뭇잎의 중얼거림들도, 새벽빛의 미소들도, 여름의 웃음
들도, 아직…… 그리고 지금 난 또 뭘 말할 것인가? 나의 입

이 침묵한다고 해서, 너는 나의 가슴이 휴지 상태에 있다고
생각하는가?

오, 창공의 짙푸름으로 흠뻑 젖은 들판이여!
오, 꿀에 흠뻑 전 들판이여!

밀랍을 잔뜩 싣고, 꿀벌들이 올 것이다…….

나는 돛과 활대의 격자무늬 뒤로 새벽이 숨어 있는 어두운
항구를 여러 곳에서 보았다. 아침에는 조그만 배들이 거대한
선박들 사이로 슬그머니 미끄러져 가는 광경을 보았다. 닻줄
아래로 지나가기 위해 사람들은 허리를 굽히곤 했다.

밤에는, 어둠 속을 파고들며, 깊숙이, 더 깊숙이 빛을 향해
떠나가는 수많은 대형 범선들을 보았다.

*

진주만큼 빛나지는 않는다. 물처럼 그리 반짝거리지도 않
는다. 그럼에도 오솔길의 돌멩이는 반들거린다. 내가 걷고
있던 그늘진 오솔길에서 돌멩이들이 빛을 온화하게 받고 있
는 것이다.

하지만 야광에 대해서는, 아! 나타나엘, 너에게 무엇을 말
해 줄까? 물질은 수없이 많은 미세한 구멍들을 접점으로 정
신과 무한히 소통하고, 모든 법칙들을 수락하는 순응적인 성
질을 띤다. 그리고 완전히 투명하다. 저녁에 붉게 물들었다

가 밤에 엷은 빛을 발산하는 이 이슬람 도시의 벽을 너는 보지 못했다. 낮 동안 빛이 벽 속으로 깊숙이 쏟아져 들어가면, 정오에 이르러 벽은 금속처럼 하얘진다. 그 속에 빛이 고이는 것이다. 밤이 되면 도시는 마치 낮을 되새기며 빛을, 겨우 들릴 듯 은연한 목소리로 이야기하는 것 같다 — 도시들아, 너희는 나에게 투명한 존재처럼 느껴졌다! 언덕에서 보면, 저기, 감싸 안는 듯 포근한 거대한 어둠 속에서, 텅 빈 속이 빛으로 채워진 설화 석고 램프처럼 — 성스러움을 숭배하는 마음을 상징하는 이미지이다 — 너희는 은은하게 빛을 발산하고 있었다. 수많은 미세 구멍이 열린 듯, 우유 빛깔의 희미한 광채가 너희 안에서 주변으로 천천히 흘러나오고 있었다.

그늘에 잠긴 길 위의 하얀 돌멩이들. 빛을 받아들이는 그릇들. 광야의 석양 아래 무성하게 핀 하얀 야생화들. 이슬람 사원의 대리석 타일. 바닷속 동굴의 꽃, 말미잘······. 모든 하얀색은 비축되었던 빛의 발산이다.

나는 빛을 받아들이는 능력에 따라 존재를 판단하는 법을 배웠다. 낮 동안 햇빛을 받아들일 줄 아는 어떤 것들은, 그다음 밤이 되면 마치 빛의 세포처럼 모습을 드러냈다 — 정오의 벌판을 가로지르던 물이, 더 멀리서, 캄캄한 바위 아래로 미끄러지더니 금박 보석을 무더기로 흘려보냈다.

하지만 나타나엘, 여기서 나는 너에게 오직 사물들에 대해 말하고 싶을 뿐,

보이지 않는 현실에 대해서는 침묵하고 싶다 — 왜냐하면

……그 놀랍도록 싱싱하던 해조가 우리가 그것을 바닷물에서 꺼냈을 때 광택을 잃어버리는 것처럼……

그처럼…… 등등.

— 풍경의 한없는 다채로움이, 그 속에 담긴 행복이나 명상 혹은 슬픔의 모든 형태들을 우리가 아직 다 경험하지 못했다는 사실을 끊임없이 보여 주고 있었다. 어린 시절, 이따금씩 슬픔이 충분히 가시지 않던 어떤 날, 브르타뉴 지방의 황량한 벌판에서 나는 나의 슬픔이 내 안에서 문득 빠져나갔음을 느꼈다. 나의 슬픔이 풍경 속에 받아들여지고 이해되었다고 느꼈던 것이다 — 그리고 그렇게, 내 앞에 있는 슬픔을 나는 기쁜 마음으로 바라볼 수 있었다.

영원한 새로움.

그는 아주 단순한 어떤 일을 한다. 그리고 말한다.

나는 이것이 만들어진 적도, 생각된 적도, 이야기된 적도 없었다는 사실을 깨달았다네 — 그리고 갑자기, 모든 것이 최초의 완벽한 순결성을 지닌 것처럼 내 앞에 나타났지. (현재의 순간 속에 완벽하게 흡수된 세계의 모든 과거.)

7월 20일 새벽 2시.

기상(起床) — 신이란 그 누구보다 기다리게 해서는 안 되는 존재이다, 하고 외치며 나는 일어났다. 아무리 일찍 일어났다 해도, 우리는 언제나 이미 세상을 누비며 다니고 있는 삶을 본다. 더 일찍 잠자리에 든 삶은 먼저 준비되어 우리를 기다렸다.

새벽이여, 너희는 우리의 가장 소중한 기쁨이었다.
봄은 여름의 새벽!
날마다 하루의 봄은 새벽!
무지개가 떴을 때
우리는 아직 일어나 있지 않았다……
……게다가 아주 이른 아침도 결코 아니었다.
그렇다고 달을 보기 위해 필요한 만큼
충분히 늦은 저녁도 아니었다……

잠.

여름날 정오의 잠을 맛보았다 ─ 한낮의 잠 ─ 아주 이른 새벽부터 시작된 노동을 마치고 난 다음 녹초가 된 잠.

2시 ─ 아이들이 낮잠 자는 시간이다. 숨 막히는 정적. 음악을 연주할 수도 있지만, 하지 않는다. 두툼한 무명천 커튼의 냄새. 히아신스와 튤립. 빨아 놓은 침대 시트.

5시 ─ 땀에 흠뻑 젖어 깨어난다. 두근거리는 가슴. 전율. 가뿐한 머리. 무엇이든 할 수 있는 몸 상태. 사물들이 너무도 감미롭게 엄습해 들어올 것만 같은, 모든 세포가 구멍을 열어젖힌 몸. 저물어 가는 태양과 노란 잔디밭. 낮의 끝자락에서 활짝 뜨인 눈. 오! 석양이 분비하는 향기로운 사색의 술! 차례로 펼쳐지는 저녁의 꽃들. 미지근한 물로 이마를 씻기. 외출……. 과실수 담장. 태양 아래 담으로 둘러친 정원들. 길. 방목장에서 돌아오는 가축들. 감탄은 이미 충분히 했기에 — 일몰을 볼 필요는 없다.

귀가. 램프 옆에서 일을 다시 시작하기.

나타나엘, 잠자리에 대해 너에게 무엇을 말해 줄까?

나는 건초 더미 위에서 잤다. 밀밭의 고랑에서도 잤다. 태양이 내리쬐는 풀밭에서도 잤고, 밤에는 목초가 쌓인 곳간에서도 잤다. 나뭇가지에 해먹을 매달기도 했다. 커다란 배의 갑판 위에 누워 파도에 흔들리며 잠을 자기도 했다. 혹은 현창의 흐리멍덩한 구멍을 마주하며 선실의 좁은 침대 위에서도 잤다. 방탕한 여자가 나를 기다리던 침대도 있었고, 내가 사춘기 소년을 기다리던 침대도 있었다. 너무도 부드러운 천을 깔아 놓은 침대는, 나의 육체처럼, 사랑을 위해 준비된 것만 같았다. 야영지에서는 딱딱한 바닥에서 자기도 했는데, 거기서 나는 조난자나 다름없이 느껴졌다. 달리는 야간열차 칸에서 한순간도 덜컹거리는 느낌을 떨쳐 버리지 못하고 선잠을 잔 적도 있다.

나타나엘, 잠들기 위한 아주 멋진 준비가 있다. 그리고 아주 멋지게 깨어나는 방법도 있다. 그러나 아주 멋진 잠이란 없다. 나는 오직 현실이라고 믿는 한에서만 꿈을 좋아한다.

아무리 근사한 잠도
　　깨어나는 순간만큼의 가치는 없으니까.

　활짝 열린 창문을 마주하며, 마치 하늘 바로 밑에 누운 것
처럼 잠자는 습관을 들인 적이 있다. 너무나 더운 7월의 밤이
면, 달빛 아래서 완전히 벌거벗은 몸으로 잠을 잤다. 새벽이
되자마자 티티새의 노래가 나를 깨웠다. 나는 차가운 물속에
온몸으로 뛰어들며, 의기양양하게, 아주 일찍 나의 하루를
시작했다. 쥐라산맥의 계곡들은 오래지 않아 눈으로 가득 뒤
덮였다. 나의 창문은 그중 어느 계곡을 향하고 있었다. 나의
침대에서는 한 숲의 가장자리가 보였다. 까마귀류의 새들이
날아가고 있었다. 정확히는 몸집 작은 까마귀들이. 아침 일
찍 가축 떼들의 방울 소리가 나를 깨웠다. 나의 집 근처에 샘
터가 있었는데, 목동들이 소 떼를 물 먹이러 그곳으로 데려
오는 것이었다. 이 모든 것이 기억에 떠오른다.
　브르타뉴의 주막들에서는 막 세탁한 향긋한 빨래와 투박
한 침대 시트의 촉감을 좋아했다. 벨일섬에서는 뱃사람들의
노래가 나를 깨웠다. 창문으로 달려가면 멀어져 가는 배들이
보였다. 그런 다음 나는 바다로 내려갔다.
　정말 멋진 집들이 있지만, 그 어느 곳에서도 나는 오래 머
물고 싶지 않았다. 내 뒤로 닫히는 문이 두려운 탓이다. 그것
은 함정이다. 정신적인 것을 가두고는 굳게 닫혀 버리는 감
방이다. 유랑하는 삶은 목동의 삶이다. (나타나엘, 나의 지팡
이를 네 손에 쥐어 줄 테니, 이제는 네가 양을 보살펴라. 나는

이제 지쳤으니 네가 떠나야 할 차례다. 산천은 활짝 열려 있고, 포만감을 느껴 본 적이 없는 가축 떼들은 언제나 새로운 먹이를 찾아 울고 있다.)

나타나엘, 이따금 기이한 집들이 나를 붙잡았다. 숲 한가운데 있는 집들도 있었고, 물가에 있는 집들도 있었다. 넓은 집들도 있었다. 그러나 타성에 젖어 그것들을 눈여겨보지 않게 되는 순간, 훤히 내다보이는 창 너머를 볼 수밖에 없어 그 집들에 놀라지 않게 되는 순간, 그리고 생각을 하기 시작하려는 순간, 나는 즉시 그 집들을 떠났다.

(나타나엘, 새로움에 대한 이 격앙된 욕망을 너에게 설명할 길이 없다. 나의 욕망이 건드리는 그 어떤 사물도 그로 인해 신선함이 훼손되는 것 같지는 않았다. 그러나 나의 돌연한 감각은 처음부터 벌써 너무도 강렬하여, 그다음에는 어떤 반복으로도 커지지 않았다. 따라서 동일한 도시, 동일한 장소에 되돌아가는 일이 내게 자주 벌어졌다면, 그것은 이미 알고 있는 윤곽 속에서 하루의 혹은 계절의 더욱 인상적인 변화를 느끼고 싶었기 때문이다. 그리고 내가 알제에서 살 때 날마다 작은 무어인 카페에 앉아 일몰의 시간을 보낸 것은, 매일 저녁 달라지는 각 존재의 아주 미세한 차이를 감지하고, 시간이 아주 작은 하나의 동일한 공간을 천천히 변화시키는 광경을 바라보고 싶었기 때문이다.)

로마, 핀초 언덕 근처, 나의 창문은 거리와 거의 같은 높이에 있었다. 감방처럼 쇠창살이 쳐져 있던 창문을 통해 꽃 파는 아가씨들이 나에게로 다가와 장미꽃을 내밀곤 했다. 공기는 장미꽃 향기에 흠뻑 젖어 있었다. 피렌체에서는 내 책상을 떠나지 않고서도 범람한 누런 아르노강을 볼 수 있었다. 비스크라의 테라스 위로 메리엠이 달빛 아래 밤의 거대한 정적을 뚫고 도착했다. 그녀는 유리문의 문턱에 이르자, 나지막이 웃음을 터뜨리며 온몸을 감싸고 있던 하얀색의 찢어진 커다란 하이크[53]를 떨구었다. 내 방 안에는 달콤한 과자들이 그녀를 기다리고 있었다. 그라나다의 내 방 벽난로 위에는 촛대 대신 수박 두 개가 놓여 있었다. 세비야에는 파티오[54]들이 있었는데, 바닥이 옅은 색의 대리석으로 포장되어 있었고, 그늘과 흐르는 물의 시원함으로 채워져 있었다. 마당 한가운데, 넓고 얕은 수반 속으로 졸졸 흘러 들어가 찰랑거리는 물.

북풍을 막아 주고 남유럽의 햇빛을 흡수하는 두꺼운 벽. 남쪽 지역의 모든 혜택들에는 솔직하게 열린, 방랑하는, 굴러다니는 집…… 우리에게 방이란 무엇일까, 나타나엘? 풍경화 속의 오두막, 비바람을 막아 줄 피신처.

창문들에 대해 내가 또 다른 이야기를 할 것이다. 나폴리, 저녁, 발코니 위에서의 수다, 여인들의 화사한 드레스 곁에서 젖어 드는 몽상들. 반쯤 내려진 커튼이 무도장의 시끄러운 무리로부터 우리를 조용하게 떼어 놓았다. 너무도 조심스럽게 말이 오간 탓에 난처하기까지 해서, 우리는 한동안 말

53 북아프리카 여성들이 온몸에 두르는 하얀색 혹은 검은색의 커다란 직사각형 천.
54 건물에 둘러싸인 안뜰.

없이 가만히 앉아 있기도 했다. 견딜 수 없이 설레는 오렌지 나무 꽃향기. 여름 밤새들의 노래가 정원에서 올라왔다. 그 다음엔 그 새들마저 이따금 침묵했다. 그때가 되면 파도 소리가 아주 희미하게 들려왔다.

발코니, 등나무와 장미 나무 줄기로 만든 바구니들, 저녁의 휴식, 미지근한 공기.
(오늘 저녁, 폭풍우가 비통하게 울부짖으며 내 창을 타고 흘러내린다. 나는 무엇보다 그 폭풍우를 더 사랑하려고 애쓴다.)

나타나엘, 이제 내가 도시들에 대해 이야기해 줄 것이다.
나는 잠든 스미르나[55]를 본 적이 있다. 그 자태가 꼭 누워 있는 소녀 같았다. 나폴리는 관능에 취해 목욕하는 여인 같다면, 튀니지의 자구완은 밝아 오는 새벽빛에 뺨이 발갛게 물들던 카빌리 산악 지대의 어느 목동을 닮았다. 알제는 내리쬐는 태양 아래에서 사랑에 전율하고, 밤이면 사랑의 황홀경에 빠져 몽롱하다.
북쪽 지역에서는 달빛 아래 잠든 마을들을 보았다. 집들의 외벽은 번갈아 가며 파란색과 노란색으로 칠해져 있었고, 그 주위로 평야가 펼쳐져 있었다. 밭에는 어마어마한 건초 더미

55 현재 튀르키예의 이즈미르 항구를 가리킨다. 스미르나는 그리스 신화의 등장인물을 가리키기도 하는데, 그녀가 아프로디테보다 더 아름답다고 자랑하던 그녀의 아버지에게 분노한 이 여신의 저주를 받아 아버지와 간음하게 되는 비극적인 인물로 그려진다.

들이 널브러져 있었다. 사람들이 텅 빈 들판으로 나왔다가, 잠든 마을로 돌아간다.

도시들이 있고 또 도시들이 있다. 가끔씩 우리는 그 도시들을 그곳에 세우게 된 이유가 무엇인지 알지 못한다 — 오! 동방의, 남방의 도시들. 테라스 형태의 평평한, 하얀색 지붕들이 들어찬 도시들. 밤이 되면 정열적인 여인들이 그곳에 와서 몽상에 잠겼다. 온갖 쾌락들, 사랑의 축제. 광장 위의 가로등들은 이웃 언덕에서 보면 어둠 속의 인광(燐光)처럼 보인다.

동방의 도시들! 작열하는 축제. 그곳 사람들이 성스러운 거리라고 부르는, 방탕한 여인들로 북적이는 카페들의 거리, 몹시도 요란한 음악이 그 여인들을 춤추게 만드는 거리. 하얀색 옷을 입은 아랍인들이 그곳을 돌아다니고, 아이들도 보였다 — 사랑을 알기에는 너무 어려 보이지 않던가? (어미 새의 품 안에 있는 새끼 새보다 더 뜨거운 입술을 지닌 아이들도 있었다.)

북쪽 지역의 도시들! 선창들, 공장들, 매연이 하늘을 가리는 도시들. 기념물들, 회전 탑, 아치들의 거만한 자태. 큰 가로(街路)를 신나게 뛰어다니는 무리들, 친절한 군중. 비 온 뒤에 번들거리는 아스팔트, 밤나무들이 기운을 잃어 가는 가로수 대로, 언제나 우리를 기다리는 여인들. 밤들이 있었다. 나를 부르는 아주 나지막한 목소리에도 기절해 버릴 것만 같은 나른한 밤들.

11시 ─ 폐점 시각. 철제 덧문이 닫히는 날카로운 소리. 도시들. 밤, 텅 빈 거리를 지나갈 때, 쥐들이 재빨리 하수구로 되돌아가고 있었다. 지하실의 채광 환기창을 통해 웃통을 벗은 남자 몇 명의 빵 만드는 모습이 보였다.

─ 오! 카페들! ─ 우리의 광란은 밤이 깊도록 계속되었다. 술과 말의 취기가 마침내 졸음을 쫓아 버렸다. 카페들! 그림과 거울로 도배된 호화로운 카페들이 있었다. 거기에서는 아주 우아한 사람들만 보였다. 다른 작은 곳에서는 사람들이 익살스러운 풍자 가요를 불렀고, 여인네들은 속치마를 아주 높이 들어 올리며 춤을 추었다.

이탈리아에서는 여름날 저녁이면 광장 위로 카페들이 넘쳐난다. 그곳에서 사람들은 맛있는 레몬 아이스크림을 먹는다. 알제리에는 대마를 피우는 카페가 있는데, 그곳에서 나는 살해당할 뻔했다. 1년 뒤에 그 카페는 경찰이 폐쇄해 버렸다. 그곳에 수상한 자들만 자꾸 몰려들었기 때문이다.

다시 카페들…… 오! 무어인 카페들! ─ 가끔씩 어떤 이야기꾼 시인이 그곳에서 장황하게 이야기를 늘어놓았다. 알아듣지도 못하는 그의 이야기를 들으려고 그곳에 가서 얼마나 많은 밤을 보냈던가……! 아, 밥엘데르브의 그 조그만 카페, 오아시스 경계 지역의 그 흙으로 지은 오두막집도 있다! 침묵의 장소이자 해거름의 장소여 ─ 더 멀리, 온통 사막이 뻗어 가기 시작하는 그곳에서, 더욱 숨 막히는 하루를 보낸 다음 더욱 평온한 어둠이 내리는 것을 볼 수 있기에 — 그렇다, 난 다른 어느 곳보다 이 카페가 더 좋다. 내 곁에서 단조로운 피리 소리가 황홀경에 빠져들고 있었다 — 그리고 하피즈가 찬양하던 시라즈의 작은 카페여, 네가 생각난다. 장미꽃들이 그의 몸을 스치던 그 테라스 위에서 말없이, 하인이 따라 주는 술에 취하고 사랑에 취하는 하피즈, 잠든 하인 옆에서 시를 지으며 밤새도록 날이 밝기를 기다리는 그 하피즈가 찬양하던 네가.

(시인인 나로서는, 단순히 모든 사물들을 열거하면서 모든 사물을 노래하기만 하면 되는 시대에 태어났으면 좋겠다. 그러면 나의 감탄은 사물 하나하나에 차례로 멈추었을 것이고, 나의 찬사는 그 사물의 아름다움을 입증해 보였을 것이며, 그것만으로도 시가 될 이유는 충분했을 것이다.)

*

나타나엘, 우리는 아직 나뭇잎을 함께 관찰해 보지 못했다. 나뭇잎의 온갖 곡선들…….
우거진 나뭇잎들, 이쪽저쪽으로 출구가 뚫린 초록색 동굴들, 실낱같은 미풍에도 위치가 바뀌는 동굴 깊숙한 끄트머리, 유동성, 일렁거리는 형태들, 들쭉날쭉한 벽면들, 가지들의 탄력적인 조합, 둥글게 움직이는 규칙적인 운동, 아주 얇고 작은 잎들 그리고 작은 구멍들…….

　무질서하게 흔들리는 가지들…… 왜냐하면 잔가지들의 탄
력성이 서로 다른 탓에 바람에 대한 그들의 저항력이 제각기
달라지므로 바람이 그들에게 주는 충격 또한 달라지고……
― 다른 주제로 넘어가자…… 무슨 주제? ― 구성이 문제 되
는 게 아니므로 여기서 굳이 선택이 필요하진 않을 것이다…
… 고정 관념에 얽매이지 않는 유연성, 나타나엘, 바로 그 유
연성이 필요하다!

　　　　　　― 그러므로 모든 감각들의 돌연한,
동시적인 긴장을 통해, (표현하기가 어렵다) 자신의 생명력
에서 우러나온 느낌 자체가 외부와의 접촉 전체에 집중된 감
각이 되도록 하기…… (역으로도 말할 수 있다) ― 내가 거기
있다. 내가 그 구멍을 차지하고 있다. 그 구멍 속으로 다음의
것들이 깊숙이 파고든다 ―

　　　　　　　　나의 귓속으로 ―
　　　　　　끊이지 않는 저 물소리가, 커졌다가
　　　　　　다시 잦아드는 저 끊임없는 바람 소
　　　　　　리가, 메뚜기들의 간헐적인 소리가,
　　　　　　등등.
　　　　　　　　나의 눈 속으로 ―
　　　　　　개울물 속의 저 찬란한 햇빛이, 저
　　　　　　소나무들의 흔들림이…… (앗! 다람
　　　　　　쥐다)…… 저 이끼 속에 구멍을 파

고 있는 내 발의 움직임이, 등등.

　　　　　나의 살 속으로 ―

이 안개의 축축함의, 이 이끼의 폭신함의, (아! 어느 나뭇가지가 나를 찌르지……?) 내 손이 짚고 있는 내 이마의, 내 이마 위에 올려진 내 손의 (감각이), 등등.

　　　　　나의 코 속으로 ―

……(쉿! 다람쥐가 다가온다), 등등.

　그리고 이 모든 것이 다 함께, 등등, 하나의 꾸러미로 모아진다 ― 이것이 살아 있음이다 ― 그게 전부인가? ― 아니다! 언제나 다른 것들은 또 있는 법이다.

　그러면 너는 내가 감각 현상들이 만나는 장소일 뿐이라고 믿는 것인가? ― 나의 삶은 언제나 **그것** 더하기 나 자신이다. 나 자신에 대해서는 훗날 너에게 말해 줄 것이다. 하지만 오늘은 그 어떤 것도

정신의 갖가지 형태들에 대한
롱드도

가장 좋은 벗들에 대한
롱드도

모든 만남에 대한

발라드도

너에게 읊어 주지 않을 생각이다.

이 발라드에는 특히 아래의 구절들이 들어 있었다.

코모에도, 레코에도 포도는 무르익어 있었다. 나는 한 거대한 언덕 위에 올라갔다. 그곳에선 옛 성들이 무너져 가고 있었고, 포도는 거북할 정도로 달콤한 냄새를 풍겼다. 콧구멍 깊숙한 곳까지 침투해 들던 그 냄새는 오히려 맛에 가까워서, 냄새를 맡은 다음 그것을 먹었을 때 나는 어떤 색다른 맛도 발견하지 못했다 ― 그러나 너무도 목마르고 너무도 배고팠던 나는 몇 송이를 먹는 것만으로도 취하기에 충분했다.

……그러나 이 발라드에서 나는 특히 남자와 여자에 대해 말했는데, 지금 내가 이 발라드를 읊지 않는 것은 이 책에서 인물들을 만들고 싶지 않기 때문이다. 너도 알아차렸듯이, 이 책에는 아무도 등장하지 않는다. 그리고 나 자신부터 여기서는 환영에 지나지 않는다. 나타나엘, 나는 탑지기, 린케우스다. 이미 상당히 오랜 시간 밤이 흘러왔다. 나는 탑 꼭대기에서 너희, 새벽빛을 향해 아주 높이 외쳤다! 아무리 찬란하게 빛나도 지나치지 않을 새벽빛이여!

나는 밤이 끝날 때까지 새로운 빛에 대한 희망을 지켰다. 지금은 보이지 않지만, 나는 여전히 기다린다. 나는 어느 쪽에서 첫 새벽빛이 모습을 드러낼지 알고 있다.

그렇다, 한 민족 전체가 채비를 하고 있다. 탑 꼭대기로 거리의 웅성거림이 들려온다. 빛이 탄생하리라! 축제 분위기에 들뜬 군중은 벌써 떠오르는 태양 쪽으로 걸어가고 있다.

「밤에 대해 말해 보라! 파수꾼이여, 그대는 밤에 대해 무엇을 말할 텐가?」

「나는 떠오르는 한 세대를 보고, 가라앉는 한 세대를 본다네. 떠오르는 한 거대한 세대를, 생(生)을 향한 환희의 군단 전체를 끌어 올리는 한 거대한 세대를 본다네.」

탑 꼭대기에서는 무엇이 보이는가? 린케우스, 나의 형제여, 그곳에서는 무엇이 보이는가?

안타깝고, 안타깝다! 다른 예언자는 우는 대로 내버려 두어라. 밤이 오면 낮 또한 오기 마련이다.

그들의 밤이 오면, 우리의 낮 또한 올 것이다. 그러므로 잠자고 싶은 자는 잠들어라. 린케우스! 지금 너의 탑에서 내려오라. 빛이 탄생하고 있다. 벌판으로 내려오라. 모든 사물들을 하나하나 더 가까이에서 바라보아라. 린케우스, 오라! 가까이 오라. 여기에 햇빛이 있다. 우리는 그 빛의 실재를 믿는다.

7장

아민타스의 살갗이 검다 한들 무슨 상관인가.[56]
— 베르길리우스

56 베르길리우스의 『목가』에 나오는 시구. 아민타스는 기원전 4세기 마케도니아의 왕이다.

항해.

1895년 2월.

마르세유에서 출발.

거센 바람. 찬란한 대기. 철 이른 훈기. 흔들리는 돛대들.

부서지는 파도로 깃털 장식을 뽐내는 바다. 파도에 야유당하는 선박들. 호방한 기상이 압도하는 이미지들. 과거 모든 출발의 추억.

항해.

새벽을 기다렸던 게 몇 번이던가⋯⋯.

⋯⋯의기소침해진 바다 위에서⋯⋯.

그리고 나는 새벽이 오는 것을 보았다. 그렇다고 바다가 잠잠해지지는 않았다.

관자놀이 위로 흐르는 땀. 무기력. 자포자기의 순간들.

바다 위에서의 밤.

악착같은 바다. 갑판 위로 퍼붓는 물. 추진기의 성난 고함······.

오! 불안의 땀!

몹시 지친, 낙담한 내 머리를 떠받치는 베개······.

그날 저녁, 갑판 위로 뜬 달은 꽉 차 있었고 휘황찬란했다 — 하지만 나는 그 달을 보기 위해 갑판에 올라가지 않았다.

— 파도를 기다림 — 급작스럽게 부서지는 물 더미. 숨 막힘. 다시 부풀어 오르고, 다시 떨어지기 — 나의 무력함. 여기서 나는 도대체 무엇이란 말인가? — 병마개 — 파도 위에 떠다니는 보잘것없는 병마개 하나.

파도의 망각에 나 자신을 내맡기기. 체념의 쾌감. 하나의 사물로 존재하기.

밤의 끝.

꽤 쌀쌀한 아침, 사람들이 양동이로 길어 올린 바닷물로 갑판을 씻는다. 환기 — 나무 바닥을 문지르는 브러시들의 소리가 나의 선실까지 들려온다. 엄청난 충격의 순간들 —

선실의 창문을 열고 싶었다. 땀에 젖은 이마와 관자놀이 위로 불어오는 바닷바람이 너무 드세다. 현창을 다시 닫고 싶었다……. 간이침대. 그 위로 다시 쓰러지고 만다. 아! 항구에 이르기 전까지 수도 없이 겪었던 그 모든 끔찍한 현기증. 백색의 선실 벽 위로 반사된 이미지들과 그림자들이 회전목마처럼 빙글빙글 돌아갔다. 비좁은 공간.

보는 일에 지친 나의 눈…….

밀짚 빨대로 차가운 레모네이드를 마신다…….

그런 다음 마치 회복기의 환자처럼 새로운 육지 위에서 깨어난다 — 꿈에도 상상하지 못했던 일들이다.

알제.

밤새도록 파도에 가만가만 흔들거리다,
아침에는 바닷가 모래밭에서 잠을 깬다.

언덕들이 휴식하러 내려앉는 고원 지대,
석양에 하루하루가 스러진다.
바다가 밀려와 부서지는 모래사장,
우리의 사랑이 잠들러 오는 밤…….

밤은 거대한 정박지처럼 우리에게 올 것이다.
상념들, 햇살들, 우수에 찬 새들이
햇빛에 지쳐 휴식하러 올 것이다.
잡목이 우거진 숲속에서는 그늘 전체가 고요해진다…….
그리고 초원에는 잔잔한 물. 풀이 우거진 샘들.

……그리고 긴 여행에서 돌아오는 순간.
잔잔한 바다 기슭 — 항구에 정박한 배들.
우리는 볼 것이다, 떠도는 새들과 닻을 내린 배가
잠잠해진 물결 위에 잠든 모습을 —
침묵과 우정의
드넓은 정박지를 열어 주기 위해 우리에게 다가온 저녁을.
— 모든 것이 잠든 시간이다 —

1895년 3월.

블리다! 사헬의 꽃! 겨울에는 시들고 매력 없는 꽃이여, 나에게는 봄에 보는 너의 모습이 아름다웠다. 비 오는 어느 날 아침이었다. 하늘은 나른하고 잔잔하고 슬펐으며, 너의 나무들의 꽃향기가 너의 긴 오솔길에서 방황하고 있었다. 너의 고요한 수반에는 분수가 솟아오르고, 멀리 병영에서는 나팔 소리가 들려왔다.

여기, 다른 정원이 있다. 방치된 숲. 이곳에는 올리브 나무 아래로 하얀색 이슬람 사원이 희미하게 빛나고 있다 — 성스러운 숲! 오늘 아침, 나의 몸은 사랑의 근심으로 기진해 있고, 나의 상념은 한없이 지쳐 휴식하기 위해 이곳으로 온다. 넝쿨들아, 너희를, 너희가 피운 놀랍도록 아름다운 꽃들을 지난겨울에 보았다니 생각지도 못한 일이었다. 균형 잡힌 가지들 사이에 핀 보라색 등나무 꽃, 고개 숙인, 향로 모양의 꽃송이들. 그리고 오솔길, 금빛 모래 위로 떨어진 꽃잎들. 물소리들, 젖은 듯 축축한 소리, 수반 가장자리에 찰랑대는 물소리. 거대한 올리브 나무들, 하얀색 조팝나무 꽃들, 라일락 꽃 수풀, 가시덤불, 장미 덤불. 홀로 이곳에 와서 겨울을 추억하니 너무도 나른해져, 아! 봄조차 놀랍지 않다. 그런데 더욱 근엄하기를 바라기까지 하다니 — 그토록 아름다운 매력이 고독한 산책자를 오라 하며, 아! 그에게 미소 짓지만, 정작 텅 빈 오솔길들에는 욕망들만이 아첨하는 수행원들처럼 가득 차 있기 때문이다. 지나치게 고요한 수반에서 들려오는 저 물의 속삭임에도 불구하고 주변에 감도는 세심한 침묵이 부재하는 것들을 너무도 확연하게 짚어 준다.

*

나의 눈꺼풀을 시원하게 적시러 갈 샘터를 나는 알고 있다,
성스러운 숲, 그곳으로 가는 길을,
그곳 나뭇잎들을, 그 숲속 빈터의 서늘함을 나는 알고 있다.
저녁, 모든 것이 침묵할 줄 알 때,

그리고 벌써 바람의 애무가 사랑보다는 잠으로
우리를 이끌 때, 나는 그곳으로 갈 것이다.
차가운 샘물 위로 온 밤이 내려앉겠지.
하얗게 떨며, 아침이 얼음물에 비쳐 보이겠지.
맑음과 순수함의 샘.
동이 틀 무렵
새벽빛 속에서 다시 발견하지 않을까,
지난날의 모든 광채와 모든 사물을, 또다시 놀라움과 함께
그 속에서 발견하던 그때의 새벽빛이 지니던 그 맛을⋯⋯?
언젠가 그곳으로 가, 내가 나의 뜨거운 눈꺼풀을 씻을 때.

나타나엘에게 보내는 편지.

  나타나엘, 이렇게 빛을 마신다는 것이, 그리고 이 집요한
열기가 주는 관능의 황홀감이, 끝내는 무엇으로 변할 수 있
는지 너는 상상하지 못한다⋯⋯. 하늘 속으로 올려다보이는
올리브 나무 가지, 언덕 위로 펼쳐진 하늘, 어느 카페의 문에
서 새어 나오는 피리의 노랫가락⋯⋯. 알제는 너무도 더운 데
다 축제로 온통 소란스럽게만 느껴져, 사흘간 그곳을 떠나
있고 싶었다. 반면 내가 피신해 간 블리다에는 오렌지 나무
꽃이 한창이었다⋯⋯.
  나는 아침부터 밖으로 나가 산책한다. 굳이 살피려 애쓰지
않아도 모든 것이 보인다. 그리고 내 안의 감각들이 한 번도

들어 본 적이 없는 놀라운 심포니를 만들며 서로 조화를 이룬다. 시간이 흐르고, 태양이 기울면서 그 운행도 느려지는 것처럼, 나의 흥분 또한 반응 속도를 늦춘다. 그러면 나는 사람이든 사물이든 내가 열광할 수 있는 대상을 선택한다. 그러나 동시에 나의 선택이 끊임없이 움직이기를 바란다. 나의 감동은 고정되는 즉시 생기를 잃어버리기 때문이다. 그래서 나는 매번, 새로운 순간마다, 아직 아무것도 보지 않았고 아무것도 맛보지 않았던 것처럼 느끼게 된다. 달아나는 대상을 붙잡으려는 추격의 혼란 속에서 나는 길을 잃고 방황한다. 어제는 태양을 좀 더 오래 보기 위해 블리다를 굽어보는 언덕에 올라, 산등성이를 내달리며, 저물어 가는 태양 아래 타오르는 듯한 구름이 하얀 테라스들을 발갛게 물들이는 광경을 보았다. 나무 아래에서는 그늘과 침묵을 문득 발견하고, 달빛 속을 배회한다. 그리고 헤엄치는 듯한 감각을 자주 느낀다. 그만큼 환하고 따뜻한 대기가 나를 감싸 안으며 천천히, 부드럽게 나를 들어 올려 주는 것이다.

……지금 내가 걸어가는 길이 나의 길이라고, 더없이 훌륭하게 그 길을 가고 있다고 나는 믿는다. 나는 어떤 거대한 믿음의 습관을 간직하고 있다. 만약 서약이라도 했다면 사람들은 종교라 부를 그런 것 말이다.

비스크라.[57]

57 비스크라는 알제리 북동 지역에 위치한 도시이다. 여기에 묘사되고 있

> 여자들이 한 명씩 문 앞에서 기다리고 있었다. 문 뒤에는 직선 계단이 가파르게 위로 이어져 있었다. 그녀들은 심각한 표정으로, 우상처럼 분장한 얼굴로, 주화를 엮어 만든 머리띠를 두른 채 거기, 문턱에 앉아 있었다. 밤이 되면 그 거리는 활기를 띠었다. 계단 꼭대기에 등불이 타고, 여자들은 층계를 따라 내려오며 형성되는 빛의 둥지 안에 제각기 우두커니 앉아 있었다. 그녀들의 얼굴은 번쩍거리는 금빛 머리띠의 그늘 속에 가려져 있었다. 그곳의 모든 여자들이 그렇게 나를, 특별히 나를 기다리고 있는 것만 같았다. 계단을 오르기 위해 사람들은 조그만 주화 한 닢을 머리띠에 보태 주었다. 그러면 여자가 일어나 등잔을 끄고, 그녀의 좁은 아파트 안으로 들어갔다. 그곳에서 조그만 잔으로 커피를 마신 다음 나지막한 긴 의자 위에서 몸을 섞었다.

비스크라의 정원들.

아트만, 너는 나에게 이런 편지를 쓰곤 했다. ⟨지금 나는 당신을 기다리는 종려나무 아래에서 양 떼를 지키고 있어요. 당신은 꼭 돌아올 거예요! 그때는 봄이 나뭇가지에 걸려 있겠죠. 우리는 산책을 할 것이고, 우리 마음속에는 어떤 생각

는 거리는 ⟨울레드나일⟩이라는 매춘부 거리로, 원주민들 사이에서 ⟨성스러운 거리⟩라고 불린다. 울레드나일 부족의 딸들은 매춘부나 무희 신분으로 알려져 있으며, 식민지 시대에 이국적 정취를 이야기하던 많은 작가들의 글에 꽤 자주 등장하던 소재이다.

도 없을 거예요······〉

— 아트만, 양치기 소년아, 너는 이제 종려나무 아래에서 나를 기다리며 봄이 오지 않을까 살피지 않아도 된다. 내가 왔고, 나뭇가지에 봄이 돋아났다. 우리는 산책을 하고, 우리 마음속에는 어떤 생각도 다 지워졌다.

비스크라의 정원들.

오늘은 흐림. 향기를 머금은 미모사. 습한 훈기. 두툼한 혹은 굵직한 빗방울들이 마치 대기 속에서 생성 중인 듯 허공을 둥둥 떠다닌다······. 육중한 빗방울이 나뭇잎 위에 머물렀다가 갑자기 툭 굴러떨어진다.

······어느 여름날의 비가 생각난다 — 하지만 그것도 여전히 비라고 할 수 있을까? — 초록빛과 장밋빛으로 가득한 종려나무 정원 위로 떨어지던 그 미지근한 물방울들, 어찌나 크고 무겁던지, 나뭇잎들과 꽃잎들과 나뭇가지들이 마치 사랑의 선물로 엮은 꽃다발이 확 풀려 한꺼번에 물 위로 쏟아져 내리듯이 우수수 떨어졌다. 먼 곳에서 이루어질 수분(受粉)을 위해 꽃가루를 싣고 가느라 개울물이 노랗게 탁해져 있었다. 수면 위로 잉어들이 입을 뻐끔뻐끔 벌리는 소리가 들려왔다.

비 내리기 전, 남풍이 거칠게 헐떡이며 아주 뜨거운 입김을 땅속 깊숙이 불어넣더니, 지금 오솔길 나뭇가지 아래에는 짙은 안개가 자욱하다. 축제가 한창이던 벤치들을 보호하려는 듯, 미모사들이 가지를 굽힌다 — 그곳은 열락(悅樂)의 정원이었다. 모직 옷을 입은 남자들과 줄무늬 하이크로 몸을 감싼 여인들은 습기가 자신들의 옷 속으로 스며들기를 기다렸다. 그들은 여전히 벤치에 앉아 있었으나, 모든 목소리는 침묵했다. 그리고 빗물이 옷을 무겁게 적시고 몸을 씻도록 내버려 두면서, 여름 한가운데를 한순간 쏴 지나가는 빗줄기 소리에 저마다 귀를 기울이고 있었다 — 공기의 축축함과 나뭇잎들의 무성함은 내가 사랑을 위해 순순히 벤치에 앉아 그들 곁에 남아 있을 정도로 대단한 것이었다 — 다음, 비가 지나가고 나뭇가지들에서만 물이 흘러내릴 때, 모두 신발을 벗고 맨발로 젖은 땅을 밟았다. 그 부드러운 흙의 촉감은 관능의 것이었다.

*

아무도 산책하지 않는 정원에 들어가기. 하얀 양털 옷을 입은 두 아이가 그곳으로 나를 안내한다. 아주 긴 정원이고, 안쪽에 문 하나가 나 있다. 더 키가 큰 나무들. 더욱 낮은 하늘이 나뭇가지 끝에 걸려 있다 — 담들 — 마을들이 온통 비를 맞고 있다 — 그리고 저기, 산들, 개울을 이루며 흘러내리는 물, 나무의 자양분. 엄숙하고 황홀한 꽃가루받이. 떠도는 향기.

복개천들, 도랑들(나뭇잎과 꽃잎이 뒤섞여 있다) — 물이 느리게 흘러서 〈세기아〉라고 부르는 관개 수로들.

위험한 매력을 지닌, 가프사[58]의 로마 수영장들 — 노래하는 자에게 그림자는 불길하다[59] — 밤은 이제 구름 한 점 없이 깊고, 아주 엷은 안개가 서려 있다.

(아랍인의 관습에 따라 하얀 양모 옷을 입은 그 아이는 아주 예뻤고 이름이 〈아주스〉였는데, 그 뜻은 〈특별히 사랑하는 사람〉이다. 다른 아이의 이름은 〈우아르디〉였고, 장미의 계절에 태어났다는 뜻이다.)

— 아, 공기처럼 따뜻했던 물,
  그 물에 우리의 입술을 적셨다⋯⋯.

어두운 물, 밤에는 — 달빛이 그 물을 은빛으로 물들이기 전까지는 — 분간할 수가 없을 것 같았다. 그 물은 나뭇잎들 사이에서 태어나는 것 같았고, 밤의 짐승들이 그 속에서 뒤척이며 흥분했다.

비스크라 — 아침에.

새벽부터 완전히 새로워진 대기 속으로 — 혈기 왕성하게 — 뛰쳐나가기.

58 튀니지의 남쪽 도시로, 유구한 역사를 가지고 있다.
59 Nocet cantantibus umbra. 베르길리우스의 『목가』에 나오는 구절.

협죽도 가지 하나가 오슬오슬한 아침 공기 속에서 감격에 겨워 부르르 떨 것이다.

비스크라 — 저녁에.

그 나무에는 노래하는 새들이 있었다. 그 새들은 새라면 그럴 수 있을 것이라고 상상했던 것보다 아! 더 소리 높여 노래하고 있었다. 새들이 나뭇가지에 가려 보이지 않았기에 — 그 나무 자체가 외치는 것 같았다 — 모든 잎사귀들이 외치는 것 같았다. 나는 생각했다. 새들이 저러다가는 죽고 말 것이라고, 저것은 너무도 강렬한 열정이라고. 하지만 그날 저녁, 새들에게 무슨 일이 일어난 것일까? 밤이 지나고 나면 아침이 새로 태어난다는 사실을 그들은 알지 못하는 것일까? 영원히 잠들게 될까 봐 두려운 것일까? 하룻저녁 사랑으로 완전히 지쳐 버리기를 바라는 것일까? 마치 그다음에는 그들이 영원한 밤 속에 남아 있어야만 할 것처럼. 봄 끝자락의 짧은 하룻밤! — 아! 여름날 새벽이 그들을 깨워 줄 때의 환희! — 그래서 그들은 그다음 날 저녁에는 그곳에서 죽는 것이 조금 덜 두려울 수 있을 만큼만 그들의 잠을 기억할 것이다.

비스크라 — 밤에.

고요한 덤불들, 그러나 메뚜기들의 날카로운 사랑 노래로 주위의 사막이 진동한다.

세트마.

날이 길어지고 있다 — 저기 길게 누워 있다. 무화과나무 잎사귀는 더욱 넓어졌고, 그것을 구기면 손에서 향기가 난다. 줄기는 우유 같은 액체를 분비한다.

더위가 다시 심해진다 — 아! 나의 양 떼들이 저기 오고 있다. 내가 사랑하는 목동의 피리 소리가 들려온다. 그가 올 때까지 기다릴까? 아니면 그를 맞으러 갈까?

시간의 더딤 — 지난해의 마른 석류 하나가 완전히 터져 딱딱해진 채로 아직 가지에 매달려 있다. 같은 가지에는 벌써 새로운 꽃봉오리가 부풀어 오르고 있다. 멧비둘기들이 종려나무 잎들 사이로 지나가고, 꿀벌들이 목초지에서 분주하게 날아다닌다.

(엔피다 근처의 한 우물이 기억난다. 아름다운 여인들이 그 속으로 내려가고 있었다. 멀지 않은 곳에 회색과 장밋빛이 어우러진 거대한 바위가 하나 있다. 사람들이 그 꼭대기로 벌들이 드나든다고 했고, 정말로 벌 떼들의 붕붕거리는 소리가 우물가에서도 들렸다. 바위 안에 벌집이 있는 것이다. 그런데 여름이 오면 더위에 터져 버린 벌집에서 꿀이 새어나와 바위를 타고 줄줄 흘러내린다. 그러면 엔피다 사람들이

와서 그 꿀을 거두어 간다.) ─ 목동아, 오라! ─ (나는 무화
과나무 잎사귀를 씹는다.)

여름! 녹아내리는 황금, 흐드러짐, 더욱 강렬해진 빛의 찬
란함. 사랑의 엄청난 범람! 꿀을 맛보고 싶은 자, 누구인가?
작은 밀랍 방들이 모두 녹아 버렸다.

그리고 그날 내가 본 가장 아름다운 것, 그것은 우리가 축
사로 데리고 돌아오는 암양 떼였다. 그 조그만 발들의 종종
걸음은 갑자기 후드득 쏟아지는 소나기의 황급한 소리를 냈
다. 태양이 사막 위로 저물고 있었고, 양들은 먼지를 일으키
며 달려갔다.

*

오아시스! 오아시스가 사막 위로 섬처럼 떠 있었다. 멀리
서 종려나무들의 푸르른 빛이 그들의 뿌리가 물 마시는 샘이
거기 있음을 확인해 주고 있었다. 이따금씩 샘물이 풍부하여
협죽도가 그 위로 가지를 기울이고 있었다 ─ 그날 10시쯤
우리가 그곳에 도착했을 때 더 멀리 가기를 가장 먼저 거부
한 사람은 나였다. 정원들의 꽃이 너무도 매력적이어서 그곳
을 떠나고 싶지 않았기 때문이다 ─ 오아시스! (아메트는 그
다음의 오아시스가 훨씬 더 아름답다고 했다.)

오아시스. 다음 것은 훨씬 더 아름다웠고, 풍성한 꽃들도,

졸졸대고 살랑거리는 속삭임들도 더 많았고, 더 큰 나무들이 더 풍부한 샘물 위로 가지를 늘어뜨리고 있었다. 정오였다. 목욕을 했다 — 그런 다음 우리는 그곳 또한 떠나야 했다.

오아시스. 그다음 것에 대해 내가 무엇을 말할 수 있을까? 그것은 더더욱 아름다웠고, 우리는 그곳에서 저녁을 기다렸다.

정원들아! 저녁이 오기 전에 잠시 찾아오는 너희의 그 감미로운 고요가 어떤 것이었는지, 그것이 일시적인 것일지라도 다시 말해야겠다. 정원들아! 그곳에 있으면, 우리의 몸이 깨끗이 씻기는 것처럼 상상되는 곳들이 있었다. 살구가 무르익는 단조로운 과수원과 별로 다르지 않은 곳들도 있었다. 꽃과 꿀벌이 가득하고 향기가 감도는 정원들도 있었다. 그 향기는 너무도 강렬해 형편없는 음식을 대신하기까지 했고, 달콤한 리큐어 술만큼이나 우리를 취하게 만들었다.
이튿날 나는 오직 사막만을 사랑했다.

우마셰.

이 오아시스는 바위와 모래 속에 있었다. 우리는 정오 무렵 그곳으로 들어갔다. 하지만 너무도 뜨거운 태양열에 지쳐 기진맥진한 마을은 우리를 기다리지도 않는 것 같았다. 종려나무는 샘을 향해 가지를 기울이는 일조차 하지 않았다. 노인들만 문간에 앉아 한담을 나누고 있었을 뿐, 남자들은 선잠에 들어 있었고, 아이들은 학교에서 재잘거리고 있었다. 여자들은 보이지 않았다.

흙으로 지은 이 마을의 거리들아, 낮에는 분홍빛이고 황혼이 질 무렵에는 보라빛인 거리들아, 너희는 한낮에는 텅 비어 있지만 저녁이 되면 활기를 띨 것이다. 그때는 카페들도 가득 채워질 것이고 아이들도 하교할 것이다. 그리고 노인들은 여전히 문간에 앉아 한담을 나눌 것이다. 햇볕이 수그러들면 테라스에 올라간 여인네들은 베일을 벗고, 꽃처럼, 서로들 허전한 마음을 오래도록 털어놓을 것이다.

정오 무렵, 이 알제 길은 아니스 술과 압생트 술 냄새로 가득했다. 비스크라의 무어인 카페에서 마실 것이라곤 커피, 레모네이드 혹은 차뿐이었다. 아랍 차는 후추 향을 머금은 달짝지근한 민트 차나 생강차가 있다. 더욱 과장되고 더욱 극단적인 어떤 동방을 떠올리게 하는 — 그리고 밋밋한 — 음료이다. 잔 밑바닥까지 다 마시기는 불가능하다.

투구르트 광장에는 향료 상인들이 있었고, 우리는 그들에게 다양한 종류의 나뭇진을 샀다. 그것들은 냄새를 맡기 위한 것, 씹기 위한 것, 혹은 태우기 위한 것들이었다. 태우는 것들은 대개 콩알 모양처럼 생겼다. 불을 붙이면 매운 연기를 잔뜩 피우며 아주 섬세한 향을 퍼뜨렸는데, 연기는 종교적인 황홀경을 일으키는 데 도움이 되고, 이슬람 사원의 의식에 사용된다. 씹는 것들은 곧장 입을 쓴맛으로 가득 채웠고, 끈적거리는 것이 치아에 불쾌하게 달라붙었다. 그것을 뱉어 내고 한참이 지난 다음에도 그 맛은 여전히 입 안에 남아 있었다. 냄새를 맡는 것들은 그냥 냄새를 풍겼다.

테마신의 이슬람 은자의 집에서는 식사가 끝났을 때 향이 든 과자를 우리에게 내놓았다. 과자는 금박으로 장식되었고, 회색이나 분홍색을 띠었는데, 부드러운 빵가루를 버무려서 만든 것 같았다. 과자는 입 안에서 모래처럼 부스러졌다. 하지만 그 속에는 약간의 매력이 있었다. 어떤 것들은 장미 향, 어떤 것들은 석류 향이 났지만, 또 다른 어떤 것들은 향이 완전히 날아 가버린 것 같았다 — 그 식사에는 줄담배를 피워 대는 것 말고는 취기에 이르게 해줄 만한 것이 없었다. 진력이 날 정도로 많은 요리 접시들이 지나갔고, 대화의 소재는 요리가 바뀔 때마다 달라졌다 — 그다음 한 흑인이 화려한 물병을 기울여 손가락 위로 향수를 부어 주었다. 물이 수반으로 떨어졌다. 그곳의 여인들은 사랑을 한 후에도 그렇게 애인을 씻어 준다.

투구르트.

광장 위에서 야영하는 아랍인들. 장작에 불을 지피지만,

저녁의 어둠 속에서 연기는 거의 보이지 않는다.

— 카라반![60] — 저녁에 도착한 대상(隊商)들. 여명에 떠난 대상들. 끔찍할 정도로 지치고, 신기루에 취한, 이제는 절망한 대상! 대상들이여! 나는 왜 그대들과 떠날 수 없는가, 대상들이여!

바그다드의 백단 향과 진주, 꿀이 든 케이크, 상아와 자수 물품을 찾아 동방으로 떠나는 자들이 있었다.

호박(琥珀)과 사향과 황금 가루와 타조의 깃털을 찾아 남방으로 떠나는 자들도 있었다.

서방을 향해 저녁에 떠나 석양의 마지막 눈부신 햇살 속으로 사라지는 자들도 있었다.

지칠 대로 지친 모습으로 돌아오는 대상들을 본 적이 있다. 낙타 한 무리가 광장에서 무릎을 꿇고 엎드렸다. 마침내 사람들이 짐을 내렸다. 두꺼운 천에 싸인 봇짐들이었고, 그 안에 무엇이 들어 있을지는 알 수가 없었다. 다른 낙타들은 가마처럼 생긴 것 안에 여인을 감추고는 운반하고 있었다. 또 다른 낙타들은 텐트 장비를 지고 있었는데, 저녁에 칠 것들이었다 — 오, 측정할 길 없는 거대한 사막 속의 찬란한, 엄청난 피로! 저녁 식사를 위해 그들은 광장 위에 불을 지폈다.

아! 그 얼마나 여러 번 이른 새벽부터 일어나, 어느 영광보다도 더 빛으로 충만한, 붉게 물든 동방을 향해 — 그 얼마나

---

60 사막이나 초원과 같이 교통이 발달하지 않은 지역에서, 낙타나 말에 짐을 싣고 떼를 지어 먼 곳으로 다니면서 특산물을 교역하는 상인의 집단.

여러 번, 이제는 마지막 종려나무가 시들어 가고 생명이 더이상 의기양양하지 않은 오아시스의 가장자리에서, 뜨거운 열기가, 빛이 범람하는 광막한 벌판이여, 너를 향해 ― 나의 욕망들은 달려갔던가! 그때 나는 그 이른 시각부터 벌써 견딜 수 없으리만큼 극도로 눈부시던 그 빛의 원천을 향한 굴성(屈性)으로 기울어진 것만 같았다⋯⋯. 사막의 열정을 능가할 수 있을 만큼 열광적인 황홀감은 어떤 것이며, 그만큼 격정적이고 뜨거운 사랑은 또 어떤 것인가?

모진 땅, 선의도 배려도 없는 땅. 정열과 열광의 땅, 예언자들이 사랑한 땅 ― 아! 고통의 사막, 영광의 사막이여, 나는 너를 열렬히 사랑했다.

나는 보았다. 온갖 신기루가 어른거리는 쇼트[61] 기슭에서 표면의 하얀 소금 층이 물처럼 보이는 환영을. 그것은 바다처럼 하늘색을 머금은 소금 호수였다. 하늘의 짙푸른 색이 거기에 비친다는 것은 나도 이해할 수 있다. 하지만 무엇 때문인가? ― 등심초 수풀들, 그리고 더 멀리 폐허가 된 편암 절벽들, 저기 떠다니는 배들의 모습과 더 멀리 보이는 저 궁전들 ― 저 모든 왜곡된 사물들과 공중에 떠 있는 저 상상의 깊은 물은 도대체 무엇 때문이란 말인가? (쇼트 기슭에서 풍기는 냄새는 역겨웠다. 그것은 석회질에 소금이 섞인, 아주 뜨겁고, 끔찍하게 역겨운 진창이었다.)

---

61 북아프리카 지역의 얕은 소금 호수.

> 보았다. 비스듬한 아침 햇살 아래 아마르카두 산악 지대의 산들이 마치 무슨 불붙은 물질처럼 분홍빛으로 물들어 가는 장관을.

보았다. 저 멀리 지평선 끝에서 바람이 모래를 일으키며 오아시스를 헐떡거리게 하는 광경을. 그때 오아시스는 그저 폭풍우에 겁먹은 한 척의 배처럼 보일 뿐이었다. 그것은 광풍에 완전히 뒤집힐 지경에 있었다. 그리고 작은 마을의 거리에는 깡마른 남자들이 웃통을 벗은 채, 열광에 대한 강렬한 갈증에 못 이겨 몸을 비틀곤 했다.

보았다. 황량한 도로를 따라 낙타의 해골이 하얗게 변해 가는 것을 — 극도의 피로에 더 이상 몸을 가누지조차 못하자 대상들이 포기해 버린 낙타들이었다. 그것들은 들끓는 파리로 뒤덮여 끔찍한 냄새를 풍기며 살이 먼저 썩어 들어 가고 있었다.

보았다. 벌레들의 날카로운 울음소리만이 우리에게 노래해 주던 저녁의 광경들을.

— 아직 사막에 대해 더 이야기하고 싶다.

알파[62]가 무성하고 구렁이가 많은 사막. 바람에 물결치는

62 스페인 남부와 북아프리카 지역에 분포된 풀. 메마른 땅에서 잘 자란다.

푸른 벌판.

돌의 사막. 불모의 땅. 편암들이 번쩍이고, 반딧불이가 날아다닌다. 등심초가 마르고, 이글거리는 태양 아래 달아오른 모든 것이 탁탁 튀는 소리를 낸다.

진흙의 사막. 여기서는 약간의 물만 흐른다면, 모든 것이 살아날 수 있을 것이다. 너무도 말라 버린 탓에 땅이 미소 짓는 습관을 잃어버린 듯이 보이지만, 비가 오는 순간부터 이곳의 모든 것이 초록으로 변하고, 풀은 다른 곳보다 더 부드럽고 더 향기롭게 느껴진다. 그것들은 씨앗을 채 맺기도 전에 햇볕에 시들어 버릴까 봐 두려워 더욱더 서둘러 꽃을 피우고 대기 속으로 향기를 퍼뜨린다. 사랑을 서두르는 것이다. 태양이 돌아오면, 땅은 갈라지고 부스러지고, 물은 모든 방향으로 다 빠져나가 버린다. 땅은 무참하게 갈라지고, 큰 비임에도 물은 고스란히 협곡으로 흘러가 버린다. 물을 간직하지 못하는 무능하고 조롱받는 땅, 절망적으로 목마른 땅.

모래의 사막 — 일렁이는 바다처럼 움직이는 모래. 끊임없이 이동하는 모래 언덕. 피라미드처럼 생긴 둔덕들이 점점 더 멀리 대상들을 안내해 준다. 한 피라미드 꼭대기 위에 오르면, 지평선 끝에 다른 피라미드의 꼭대기가 보인다.

바람이 불면 대상은 행진을 멈추고, 낙타 몰이들은 낙타 아래로 피신한다.

모래의 사막 — 생명이 배제된 곳. 그곳에는 이제 바람과 열기만이 고동친다. 모래는 그늘에서 섬세한 벨벳처럼 부드러워지고, 저녁에 불타올라 아침에 재가 되어 버리는 듯하다. 모래 언덕들 사이로 새하얗게 변한 계곡들이 있다. 우리는 말을 타고 그 계곡들을 지나간 적이 있다. 모래는 우리 뒤로 발자국을 덮어 버리고, 새 언덕을 오를 때마다 지친 우리는 매번 그 언덕을 넘지 못할 것만 같았다.

훗날의 나를 바라보건대 나는, 너, 모래사막을 열렬히 사랑했다고 할 것이다. 아! 너의 가장 미세한 티끌이 그 자신만의 고유한 자리에서 우주 전체를 새로이 말해 주기를! — 티끌아, 너는 어떤 삶을 기억하는가? 어떤 사랑이었기에 가루가 되었는가? — 티끌은 사람들이 자기를 찬양해 주기를 바란다.

나의 영혼이여, 너는 모래 위에서 무엇을 보았는가?
— 하얀색으로 변한 해골 — 빈 조가비들…….
어느 날 아침 우리는 태양을 피하기 위해 꽤 높은 언덕 가까이로 다가갔고, 그곳에 앉았다. 그늘은 웬만큼 시원했고, 등심초가 가녀리게 자라고 있었다.
그러나 밤에 대해, 밤에 대해 나는 무엇을 말할 수 있을까?
그것은 어떤 느린 항해이다.
모래는 파도보다 더 푸르렀고,
하늘보다 더 환하게 빛났다.
— 별들이, 하나씩, 하나씩, 저마다 특별히 아름답게 느껴지는 그런 저녁이 있다는 것을 나는 알고 있다.

사막으로 암나귀를 찾아 나선 사울왕이여 — 너는 너의 가
축을 되찾지 못할 것이다 — 그러나 네가 찾으려 애쓰지 않
던 왕국을 얻게 될 것이다.[63]

자기 몸 안에 사는 기생충을 부양하는 기쁨.

삶은 우리에게

길들여지지 않은 것, 돌연 발견하는 맛이었다.

행복이 이곳, 지상에서
죽음 위에 핀 꽃과 같기를 열렬히 소망한다.

63 산속에서 길을 잃은 아버지의 암나귀를 찾아 떠난 청년 사울은 예언자
사무엘을 만나 자신이 이스라엘의 왕이 될 것이라는 예언을 듣는다.(『구약
성서』「사무엘상」9장 참조)

8장

빛과 발광체의 관계가 그러하듯, 우리의 행위들도 우리와 불가분의 관계로 결합되어 있다. 그것들은 우리를 찬란히 빛나게 해준다. 사실이다. 하지만 그것은 우리의 소모를 통해서만 가능하다.

나의 정신이여, 너는 너의 그 비범한 산책 동안 극도로 열광한 상태에 있었다!

오, 나의 가슴이여! 나는 너에게 마실 물을 충분히 주었다.

나의 몸이여, 나는 너를 사랑으로 도취시켰다.

지금, 휴식을 취한 나는 나의 재산을 헤아려 보려고 애쓴다. 하지만 헛된 일이다. 나는 아무것도 가지지 않았다.

가끔씩 나는 과거 속에서 어떤 추억들의 무리를 찾는다. 그것들로 내 이야기를 하나 꾸려 보려는 것이다. 하지만 나는 그 속에서 나 자신을 알아볼 수가 없으며, 나의 삶을 하나의 이야기 속에 담아내기란 불가능하다. 나는 오직 늘 새롭기만 한 순간 속에서 즉각적으로 살 뿐이라는 생각이 든다. 소위 자기 안으로 깊이 침잠하는 것은 나에게는 있을 수 없는 속박이며, 고독이라는 단어는 더 이상 납득할 수 없다. 자기 안에 홀로 있기, 그것은 어느 누구도 아니라는 뜻이다. 내 안에는 존재들로 가득하다. 그뿐만 아니라 내가 있는 곳이면 어디든 내 집이다. 그리고 언제나 욕망이 나를 나의 집 밖으로 내쫓아 버린다. 가장 아름다운 추억도 나에게는 그저 행복의 잔해처럼 보인다. 아주 작은 물방울도, 비록 그것이 눈물 한 방울일지라도 나의 손을 적시는 순간, 나에게는 가장 소중한 현실이 된다.

메날크, 그대를 생각한다!
말해 다오! 파도의 거품에 얼룩진 그대의 배는 어느 바다 위로 항해할 것인가?
메날크, 도도한 쾌락의 사치를 싣고, 나의 욕망들이 다시금 그것을 갈구하고 있음에 기뻐하며, 지금 내게로 돌아오지 않으려는가? 지금 나는 휴식하고 있지만, 이것은 그대의 풍성함 속에서의 휴식이 아니다…… 아니다 — 그대는 오히려 절대 휴식하지 않는 법을 나에게 가르쳤다 — 그대는 그 지독한 방랑의 삶에 아직도 지치지 않았는가? 나로 말하자면, 가끔씩 고통에 겨워 외마디를 지를 수는 있었다. 하지만 어떤 것도 나를 진력나게 하지는 않았다 — 그리고 나의 몸이 지쳤을 때 나는 나의 나약함을 책망했다. 나의 욕망들은 내가 더욱 꿋꿋하고 용맹하기를 바랐다 — 그렇다, 오늘 내가 무언가를 아쉬워한다면, 그것은 그대가 나에게 권한 과일들을 채 깨물어 보지도 않고 상하게 내버려 두었고, 우리에게 양식을 주는 사랑의 신을 나에게서 멀어지게 내버려 두었다는 것이다 — 오늘 우리가 스스로에게 금하는 것을 훗날 백배 더 풍부하게 되찾을 것이라고, 사람들이 나에게 복음서를 읽어 주었기에…… 아! 하지만 나의 욕망이 붙잡을 수 있는 것보다 더 많은 재물이 내게 있다고 해서 내가 그것으로 무엇을 더 할 수 있겠는가? ― 내가 맛본 쾌락들이 벌써 그렇게 강렬했으니, 조금 더 있다 해도 그것들을 더 맛보지는 못했을 것이다.

> 멀리서 사람들이 말했다. 내가 고행을 한다고 ―
> 하지만 참회가 대체 내게 무슨 소용이란 말인가?
>
> 사아디[64]

확실히 그랬다! 나의 청춘은 침울했고
지금 나는 후회한다.
나는 대지의 소금도
거대한 바다의 소금도 맛보지 않았다.
나 자신이 대지의 소금이라고 믿었기에
나의 맛을 잃어버릴까 봐 두려웠다.

바다의 소금은 자신의 맛을 잃어버리지 않는다. 하지만 그 맛을 느끼기에 나의 입술은 이미 너무 늙어 버렸다. 아! 나의 영혼이 그 맛을 갈망하던 때, 왜 나는 바닷바람을 마시지 않았던가? 과연 어떤 포도주가 지금 나를 충분히 도취시켜 줄 수 있을까?

나타나엘, 아! 너의 영혼이 너의 기쁨에 미소 지을 동안 그

---

64 Saadi Shirazi(1291?~1210?). 사아디라는 이름으로 알려진 페르시아 태생의 시인이자 작가. 저서 『충고집』은 그의 사상의 깊이와 유려한 글로 명성이 높다.

쾌락을 만족시켜라 — 그리고 네 입술이 아직 입 맞춰 주고 싶을 만큼 아름다울 동안, 너의 포옹이 즐거울 동안 사랑을 향한 너의 욕망을 만족시켜라.

과연 너는 이렇게 생각하고 말할 것이다 — 과일들이 저기 나뭇가지에 매달려 있었다. 가지들은 그 무게에 휘어지고, 벌써 지쳐 있었다. 욕망을 가득 머금은 나의 입이 그곳에 있었다. 하지만 나의 입은 닫혀 있었고, 나의 손은 기도를 위해 모아져 있었기에 앞으로 내밀지 못했다. 그리고 나의 영혼과 나의 육신은 절망적으로 목말라 있었다 — 시간은 절망적으로 흘러갔다.

(그것이 사실인가요? 정말 사실인가요, 술람의 여인이여?
— 그대가 나를 기다렸지만, 나는 그 사실을 몰랐습니다!
그대가 나를 찾았지만, 나는 다가오는 그대의 발소리를 듣지 못했습니다.)

아! 청춘 — 인간은 그것을 오직 한때만 소유할 수 있을 뿐, 나머지 시간은 그것을 회상하며 보낸다.

(쾌락이 나의 문을 두드렸다. 욕망이 나의 가슴속에서 응답했다. 그러나 나는 무릎을 꿇고 있을 뿐 문을 열지 않았다.)

흘러가는 물은 물론 여전히 많은 들판을 적셔 줄 수 있고, 많은 이들의 입술이 그것에서 갈증을 푼다. 그러나 물은 나에게 무엇을 맛볼 수 있게 해주는가? — 잠깐 동안의 시원한 맛 외에 물은 나를 위해 무엇을 갖고 있는가? 흘러가 버리고 나면 나는 여전히 목이 타는데. 내 쾌락의 모습들아, 너희도 물처럼 흘러갈 것이다. 만약 물이 여기서 새로이 태어난다면, 그것은 부디 변함없는 싱그러움을 주기 위함이기를.

무궁무진한 싱그러움의 강물이여, 하염없이 솟아나는 시냇물이여, 그대들은 방금 내가 손을 적시며 끌어모았던 그 한 줌의 물이 아니다. 더는 신선하지 않은 그 물을 나는 곧 흘려 버렸다. 내가 잠시 손에 담았던 물이여, 그대는 인간의 예지와 같다. 인간의 예지여, 그대에게는 강물의 무궁무진한 싱그러움이 없다.

불면의 밤들.

기다림. 기다림, 열병, 지나가 버린 젊음의 시간들……. 너희가 죄악[65]이라 부르는 모든 것에 대한 타오르는 갈증.

개 한 마리가 달을 향해 처량하게 울부짖었다.

가냘프게 울어 대는 고양이는 어린아이 같았다.

도시는 마침내 약간의 고요함을 맛볼 것이다. 그리고 이튿날, 젊음을 되찾은, 자신의 모든 희망을 만날 것이다.

지나가 버린 시간들이 기억난다. 평평한 돌바닥 위의 맨발. 나는 발코니의 젖은 쇠 난간에 이마를 기대고 서 있었다.

65 péché. 기독교에서 신의 의지를 실현하기를 거부하고 신으로부터 멀어지게 만드는 인간의 자유로운 행위를 가리킨다.

달빛 아래 내 몸은 최고로 먹음직한 수확철의 과일처럼 싱싱한 광채를 띠었다. 기다림들아! 너희는 우리의 젊음을 시들게 했다……. 너무 익어 버린 과일들아! 우리의 갈증이 너무도 끔찍하여, 타는 고통을 더 이상 견딜 수 없을 때에야 우리는 겨우 너희를 깨물었다. 상해 버린 과일들아! 너희의 그 썩어 버린 밍밍한 맛이 우리의 입 안을 채우며, 우리의 영혼을 깊은 혼란에 빠뜨렸다. 더 기다리지 않고…… 아직 시큼한 너희의 단단한 살을 깨물고, 사랑의 향기로 충만한 너희의 액즙을 빨아 먹고, 아직 젊지만 더욱 싱싱해진 젊음으로 — 우리의 고통스러운 날들을 끝내 버릴 그 길 위로 내달리는 자는 행복해라.

(물론 나는 내 영혼의 끔찍한 소진을 막기 위해 내가 할 수 있는 일을 했다. 그러나 내가 내 영혼의 주의를 그의 신에게서 다른 곳으로 돌릴 수 있었던 것은 오로지 나의 감각들을 소모시킴으로써 가능했다. 나의 영혼은 밤낮으로 온종일 자신의 신에 전념하고 힘겹게 기도드리며 열정으로 자신을 소진시켰다.)

오늘 아침 나는 어느 무덤에서 빠져나왔는가? — (바닷새들이 날개를 펴고 목욕하고 있다.) 나에게 삶의 이미지란, 아! 나타나엘, 욕망으로 충만한 입술 위에 놓인, 풍미 가득한 과일이다.

잠들지 못했던 밤들이 있다.
지독한 기다림의 밤들이 있었다 — 좀처럼 무엇에 대한 것인지도 모르는 기다림들 — 사랑 때문에 팔다리가 지치고 뒤틀려 침대 위에서 헛되이 잠을 청하는 밤. 그러곤 이따금 육체의 쾌락 너머로, 나는 더욱 깊숙이 감춰진 제2의 쾌락 같은 무엇을 찾곤 했다.

……나의 갈증은 물을 마실수록 시시각각 더욱 커져만 갔고, 갈증이 어찌나 격심하던지 급기야는 물을 마시고픈 욕구에 내가 펑펑 울기라도 했을 것이다.

……나의 감각들은 투명질 때까지 마모되고 또 마모되었다. 그리고 아침에 도시를 향해 내려갔을 때, 창공의 짙푸름이 내 안으로 쑥 들어왔다.

……입술을 물어뜯는 데 몹시 짜증이 난 내 이빨들 — 마치 끝이 완전히 닳아 버리기라도 한 것 같다. 그리고 무언가를 입 안으로 빨아들이고 있는 듯 안으로 파인 관자놀이 — 꽃이 핀 양파밭의 냄새는, 아주 사소한 일에도 나에게 구토를 일으켰을 것이다.

불면의 밤들.

……그리고 한밤중에 절규하는 어떤 목소리가 들려왔다. 목소리는 이렇게 탄식했다. 〈아! 저기, 저 악취를 풍기는 꽃

들의 열매가 있다. 맛은 달콤하구나.〉 앞으로는 내 욕망의 막연한 권태를 나의 방랑길에 데리고 다닐 것이다. 비바람 막아 주는 네 방 안에서 나는 숨이 막히고, 네 침대는 이제 나를 만족시키지 않는다 — 더 이상은 네 끝없는 방랑에 목적지를 찾지 마라…….

우리의 목마름이 너무도 강렬해진 나머지, 아! 그 물이 얼마나 구역질이 나는지 미처 알아차리기도 전에 벌써 한 잔을 모두 들이켜 버렸다.

……오! 술람의 여인이여! 훗날 나에게, 그대는 닫힌 좁은 정원 속, 그것도 그늘에서 무르익은 그 과일처럼 기억될 것입니다.

나는 생각하곤 했다 — 아! 온 인류가 수면의 갈증과 쾌락의 갈증 사이에서 지쳐 가는구나. 지독한 긴장, 열렬한 집중, 그리고 육신의 허탈감. 그다음 우리는 오직 잠자는 것만 생각할 수 있을 뿐이다 — 아! 잠! — 아! 만약 어떤 새로운 욕망의 소스라침이, 생을 향하도록, 잠에서 우리를 깨워 주지 않는다면!

그리하여 고통을 덜기 위해 이리저리 돌아눕는 병자처럼 온 인류가 몸을 뒤척인다.

……그리고 수 주 동안의 노동 끝에 찾아온 아주 길고 긴 휴식.

……마치 죽어서도 어떤 옷이든 간직할 수 있을 것처럼!

(단순화.) 그리고 우리는 죽을 것이다 — 잠을 자기 위해 홀홀 다 벗어 버리는 사람처럼.

메날크! 메날크, 지금 나는 그대를 생각한다!
나는 말하곤 했다. 「그래, 알아. 무슨 상관이야? — 여기든 — 거기든 — 우리는 마찬가지로 잘 지낼 거야.」

……이제, 그곳에는 땅거미가 지고 있었다…….

……오! 시간이 시원으로 거슬러 올라갈 수만 있다면! 그리고 과거가 되돌아올 수만 있다면! 나타나엘, 나의 청춘이 사랑에 빠지던 때로 너를 데려가고 싶다. 그 시절, 나의 생명력이 내 안에서 꿀처럼 흘렀건만. 그토록 많은 행복을 맛보았다는 것이 언젠가 영혼에게 위안이 될 수 있을까? 왜냐하면 내가 거기 있었으니까. 거기, 그 정원들 안에서, 다른 누구도 아닌 바로 내가 그 갈대의 노래를 들었고, 그 꽃들의 향기를 들이마셨으니까. 나는 그 아이를 바라보고, 그 아이를 어루만졌다 — 물론 이런 일 하나하나는 매해 새봄이 올 때마다 벌어지는 유희에 속했다 — 그러나 그 시절의 나, 그 다른 사람, 아! 어떻게 다시 그 다른 사람이 될 수 있을까! — (지금은 도시의 지붕들 위로 비가 내리고, 내 방은 쓸쓸하다.) 지금 그곳은 로시프가 염소 떼를 몰고 집으로 돌아올 시각이다. 염소들이 산에서 돌아오고, 석양 아래 사막은 황금빛이 넘쳐 흘렀다. 이제는 저녁의 고요함이……. (지금처럼.)

아트만, 네가 생각난다. 비스크라, 너의 종려나무들이 생
각난다 — 투구르트, 너의 모래사막이 생각난다 — 오아시스
여, 사막의 메마른 바람이 너의 술렁이는 종려나무 가지를
여전히 흔들어 대고 있는가? 더위에 터져 버렸을 석류들아,
지금 너희는 그 시고 떫은 알갱이를 떨구고 있는가?

셰트마, 너의 시원한 물줄기들을, 그리고 너의 뜨거운 샘
을 기억한다. 그곳 가까이에 서면 사람들은 땀을 흘렸지 —
엘칸타라,[66] 황금 다리, 너의 떠들썩한 아침과 황홀한 저녁이
기억난다 — 자구완, 너의 무화과나무와 협죽도가 눈에 선하
다. 카이르완, 너의 선인장들을, 수스, 너의 올리브 나무들을
다시 보는 것만 같다. 우마셰, 비탄에 빠진 너의 생각에 빠져
든다 — 무너진 도시, 늪으로 둘러싸인 벽들. 그리고 침울한
드로, 너의 황폐한 모습이 떠오른다 — 독수리가 끊임없이
떠다니는 곳, 가혹하리만큼 황량한 마을, 거칠고 메마른 협
곡.[67]

모리타니의 셰가, 높이 솟은 도시, 너는 여전히 사막을 굽

66 El Kantara. 〈다리〉를 뜻하는 단어로, 알제리의 비스크라 지방에 있는
행정 구역과 그곳에 있는 유명한 다리를 동시에 가리킨다.

67 여기에 등장하는 지명들은 대개 알제리와 튀니지의 영토에 속하는데,
자구완, 카이르완, 수스, 엔피다 등지가 후자에 속한다면, 셰트마, 엘칸타라,
우마셰, 테마신 등지는 전자에 속한다. 이 지명들은 특히 비스크라에서 투구
르트에 이르는 길에 면해 있는 도시와 오아시스 들을 가리킨다.

어보고 있는가? — 므레예르, 너의 가녀린 버드나무 가지들은 아직도 쇼트에 뿌리를 담그고 있는가? — 알제리의 메가린, 너는 소금물로 충분히 목을 적시고 있는가? — 테마신, 너는 여전히 태양 아래에서 메말라 시들거리고 있는가?

엔피다 곁에 있는 불모의 바위산이 기억난다. 봄이면 거기에서 꿀이 흘러내렸고, 거기서 멀지 않은 곳에 우물이 하나 있어서, 아리따운 여인들이 거의 알몸으로 물을 길러 오곤 했다.

아트만의 작은 집이여, 너는 여전히 반쯤 폐허가 된 상태로 여전히 그곳에 있는가? 그리고 지금 너는 달빛 아래 있는가? — 아트만, 너의 어머니는 베를 짰고, 암우르의 아내였던 너의 누나는 노래를 부르거나 이야기를 들려주었고, 밤이면 멧비둘기의 새끼들이 아주 낮은 소리로 즐겁게 지저귀었지 — 조는 듯, 기운 없는 물가에서.

오, 욕망이여! 얼마나 많은 밤을 지새우며 잠을 자지 못했던가. 그만큼 나는 나에게 잠을 대신해 주던 몽상 쪽으로 내 마음을 기울였다. 오! 저녁에 안개가 피어오르면, 종려나무 아래 피리 소리가 들려오면, 오솔길 깊숙이 하얀 옷들이 어슬렁거리고, 뜨거운 뙤약볕 곁에 부드러운 그림자가 어른거리면…… 나는 가리라……!

— 흙과 기름으로 된 작은 램프! 밤바람이 너의 불꽃을 뒤흔드는구나 — 창문은 사라지고, 그저 하늘이 창틀을 이룰 뿐. 지붕 위에는 고요한 밤, 달.

인기척이 끊어진 거리의 저 끝에서 이따금씩 합승 마차가,

자동차가 굴러가는 소리가 들린다. 그리고 아주 멀리, 도시를 떠나는 기차가 기적을 울리며 달아나는 소리가 들려온다 — 커다란 도시가 사람들이 깨어나기를 기다리고 있다…….

방바닥 위로 발코니의 그림자가 누워 있고, 흰 공책 페이지 위로 불꽃이 흔들린다. 숨소리.

— 이제 달이 자취를 감추었다. 내 앞에 펼쳐진 정원은 녹색 수반처럼 보인다……. 흐느낌. 꼭 다문 입술, 너무도 강한 신념, 상념의 고뇌. 무엇을 말할까? 진실한 것들 — **타인** — 그의 삶의 귀중함. 그에게 말하기…….

찬가
결론을 대신하여

M. A. G.[68]에게

68 지드의 아내 마들렌 롱도Madeleine Rondeaux(1867~1938)에게 이 책을 바친다는 뜻이며, G는 그의 성 〈지드Gide〉의 약자이다. 출판되기 이전의 육필 원고에는 〈M. R.〉라고 쓰여 있는데, 그때는 아직 그녀와 결혼하지 않은 시절이었기 때문이다.

그녀는 떠오르는 별들을 향해 시선을 돌리고는 말했다. 「난 저 별들의 이름을 다 알아요. 별들은 각자 여러 개의 이름으로 불리고, 저마다 다른 가치들을 지니고 있어요. 별들의 운행이 우리의 눈에는 고요해 보이지만, 실제로는 아주 빨라서 저들을 아주 뜨겁게 만들어요. 저들의 열에 들뜬 동요가 운행이 격렬해지는 원인이 되고, 또 그 결과로 찬란함을 낳는답니다. 어떤 내밀한 의지가 별을 추진시키며 일정 방향으로 이끌어 가고, 어떤 섬세하고 깊은 열정이 저 별들을 불살라 버려요. 이 때문에 별이 눈부시게 빛나고 아름다운 것이랍니다.

별들은 서로 완벽하게 연결되어 있어요. 가치와 힘이라는 끈으로 묶여 있는 것이죠. 그래서 서로가 서로에 의존하고, 하나가 나머지 모든 것들에 의존해요. 각자의 행로는 미리 그어져 있어요. 각자 자신의 길을 발견하는 것이죠. 서로가 다른 길을 차지하고 있으므로, 다른 별을 그의 궤도에서 이탈시키지 않고는 어떤 별도 길을 바꿀 수가 없어요. 그리고 마치 그것이 가야만 하는 길인 것처럼, 각자 그 길을 선택한답니다. 별은 자신이 가야 할 길을 원해야만 해요. 그 길이 우리에게는 숙명처럼 여겨지지만, 별들에게는 자신이 선호하는 길이랍니다. 왜냐하면 그것은 완벽한 의지에 따른 것이니까요. 어떤 눈부신 사랑이 저들을 인도해요. 그들의 선택이 법칙들을 확정해요. 그리고 우리는 그 법칙들에 종속되어 있어요. 우리는 달아날 수가 없어요.」

헌사

　나타나엘, 지금 나의 책을 던져 버려라. 이 책으로부터 너 자신을 해방시켜라. 나를 떠나라. 나를 떠나라. 이제 나는 네가 성가시다. 네가 나를 붙잡는구나. 너를 위해 내가 과장되게 찬양했던 사랑이 이제는 내게 부담스럽다. 누군가를 교육하는 체 시늉하는 것도 진력이 난다. 네가 나와 비슷해지기를 바란다고 내가 언제 말한 적이 있던가? — 내가 너를 사랑하는 것은 네가 나와 다르기 때문이다. 나는 네 안에서 오직 나와 다른 것만을 사랑할 뿐이다. 교육하다니! — 도대체 나 자신이 아닌 누구를 내가 교육한단 말인가? 나타나엘, 말해 줄까? 내가 끝없이 나 자신을 교육했다는 사실을 말이다. 지금도 계속하고 있다. 나는 내가 할 수 있는 일 안에서만 나 자신을 존중한다.

　나타나엘, 나의 책을 던져 버려라. 이 책에 만족하지 마라. 너의 진실을 다른 누군가가 찾아 줄 수 있다고 믿지 마라. 그 어느 것보다 더 그런 생각에 부끄러워해라. 내가 너의 양식을 대신 찾아 나선다면, 너는 그것을 먹고 싶은 욕구를 갖지 못할 것이다. 내가 너에게 잠자리를 마련해 준다면, 너는 그곳에서 잠들기 위한 졸음을 경험하지 못할 것이다.

　나의 책을 내던져라. 이 책은 삶을 마주한 수천 개의 태도 중에 가능한 〈하나〉일 뿐임을 명심해라. 너 자신의 것을 찾아라. 다른 누군가가 너만큼 잘했을 일이라면, 너는 하지 마라. 너만큼 잘했을 말이라면, 너는 하지 마라. 다른 어느 곳도 아닌, 오직 너 자신 안에 존재한다고 느끼는 것만을 네 안에서 너 자신과 결합시켜라. 그리고 열광적으로 혹은 침착하게, 너 자신을, 아! 이 세상에서 둘도 없이 소중한 존재로 창조해라.

새 양식

1장

1

　내가 대지의 소리를 더 이상 들을 수 없고 내 입술이 더는 대지의 이슬을 마실 수 없을 때 태어날 너 — 훗날, 어쩌면 내 책을 읽을 너 — 바로 너를 위해 나는 지금 이 글을 쓰고 있다. 어쩌면 네가 살아 있는 것에 그리 놀라지도 않고, 너의 생명을, 그 눈부시게 놀라운 기적을, 네가 온 마음을 다해 찬양하지 않을 것이기에 이렇게 쓰는 것이다. 내가 보기에, 때때로 너는 나의 갈증으로 물을 마시려 하고, 나의 욕망으로 다른 존재를 어루만지고 그에게 관심을 기울이려는 것 같다.

　(사랑에 빠지는 순간부터 욕망은 얼마나 경계를 지워 버리는지 놀랍기만 하다. 나의 사랑이 너무도 희미해진 경계 속에서, 너무도 한꺼번에 그의 온몸을 감싸 안았으니, 제우스였다면 나는 나 자신도 모르게 구름으로 변해 버렸을 것이다.)

*

　떠도는 실바람이

꽃을 어루만졌네.
나는 온 마음으로 귀를 기울인다네.
세상 첫 아침의 노래, 너의 목소리에.

달콤하고 향긋한 술에 젖어 끈적이는
떠오르는 햇살, 꽃잎들,
아침의 도취…….

너무 기다리지만 말고
더없이 다정한 충고에 너를 내맡겨라.
그리고 미래가 부드럽게
네 안으로 밀려들어 오게 놔두어라.

여기, 은은한 햇살의 애무가
너무도 은밀하여
아무리 겁 많은 영혼이라 해도
사랑에 빠져들겠네.

*

인간은 행복하기 위해 태어났다는 사실,
명백히, 자연의 모든 것이 그 사실을 가르쳐 준다.

흩뿌려진 쾌락이 대지를 적시고, 태양의 부름에 대지가 다시 그 쾌락을 배어 나오게 한다 — 대지가 이 격정적인 대기를 만들자, 그 속에서 씨앗은 벌써 생명력을 얻으며, 아직은 유순하지만 맹아를 가두던 애초의 경직성에서 벗어난다……. 우리는 뒤얽힌 법칙들에서 매혹적인 복합성이 탄생하는 순간들을 보게 된다. 계절의 변화. 밀물과 썰물의 소란스러운 흥분. 수증기의 기분 전환과 그다음 흐르는 물이 되어 돌아오기. 하루하루의 평온한 교체. 주기적으로 되돌아오는 바람. 벌써 생동하는 모든 것이 조화로운 리듬으로 생명의 균형을 잡아 준다. 이제 모든 것이 기쁨을 주선할 채비를 갖추었으니, 쾌락은 곧 생명을 얻고, 나뭇잎 속에서 서투르게 꿈틀거리고, 이름을 얻고, 분산되어, 꽃 속에서 향기가 되고, 과일 속에서 맛이 되고, 새 속에서 의식과 목소리가 된다. 이렇듯 생명의 회귀, 형태 부여, 그다음엔 소멸 — 이 일련의 순환은 햇빛 속에서 수분이 증발하고 소나기로 다시금 모이는 물의 회로를 모방한다.

모든 동물은 제각기 한 다발의 기쁨일 뿐이다.

모든 것이 살아 있음을 즐기고 모든 존재가 기뻐한다. 기쁨이 달콤한 즙으로 흘러넘칠 때 너는 그것을 과일이라 부르고, 그것이 노래가 될 때는 새라 부른다.

인간은 행복하기 위해 태어났다는 사실, 명백히, 자연의 모든 것이 그 사실을 가르쳐 준다. 식물을 싹 틔우고, 벌집을 꿀로 채우고, 인간의 마음을 선함으로 채우는 것이야말로 쾌락을 향한 노력이다.

　나뭇가지 사이로 기쁨에 겨워 재잘거리는 숲 비둘기 — 바람에 산들거리는 잔가지들 — 나뭇가지들 사이로 반짝이는 바다 — 그 위에 떠 있는 하얀 조각배들을 기울이는 바람 — 물마루가 하얗게 부서지는 파도 — 그 위에 웃음, 창공, 그리고 이 모든 것의 찬란함 — 누이야, 나의 가슴이 자기 이야기를 하고 있다 — 네 가슴에 대고 자신의 행복을 이야기하고 있다.

　나를 지상에 내려놓은 자, 과연 누구일까? 잘 알 수가 없다. 사람들이 그것은 신이라고 내게 말했다. 하긴 그게 신이 아니라면 누구이겠는가?

　사실 사는 것의 기쁨이 어찌나 강렬했던지, 때로는 내가 태어나기도 전부터 벌써 존재하기를 갈망했던 것은 아닐까 하는 의심이 든다.

　하지만 신학적인 토론은 애를 많이 태워야 할 터이니, 겨울을 위해 남겨 두자.

　백지 상태. 나는 모든 것을 싹 쓸어 버렸다. 이제 다 끝났다! 나는 벌거벗은 채, 시원(始原)의 땅, 다시 가득 채워야 할 텅 빈 하늘 앞에 서 있다.

　흠! 역시 너로구나, 포이보스![1] 서리 낀 풀밭 위로 그 풍성한 머리카락을 풀어 헤친 너를 알아보겠구나. 해방의 활을 들고 오라. 너의 화살이 그은 황금 선이 나의 감긴 눈꺼풀 사이를 뚫고 들어와 어둠을 명중시켜 승리를 거두고, 마음속의 괴물을 정복했다. 나의 몸에 색깔과 격정을, 나의 입술에 갈증을, 그리고 나의 심장에 눈부신 빛을 가져오라. 하늘 꼭대기에서 네가 땅으로 던지는 모든 명주실 사다리 중 가장 매력적인 것을 내가 움켜쥘 테다. 이제 나는 지상에 어떤 애착도 없이, 어느 한 가닥 빛줄기의 끄트머리에 매달려 허공 속을 흔들거리고 있다.

오, 내가 사랑하는 너, 아이야! 너를 나의 탈주 속으로 끌어들이고 싶구나. 민첩한 손으로 이 빛 사다리를 잡아라. 자, 그 별이 여기 있다! 너의 짐을 덜어 내라. 아무리 가벼운 과거라 할지라도 이제는 그 무게에 굴복하지 마라.

*

더 이상 기다리지 말자! 더는 기다리지 말자! 오, 길이 너무 혼잡하다! 그래도 나는 전진할 것이다. 이제 내 차례다. 저 빛줄기가 나에게 신호를 보낸다. 나의 가장 확실한 길잡이는 나의 욕망이다. 오늘 아침 나는 모든 것을 사랑한다.

수많은 빛 실들이 교차하며 나의 가슴 위에서 서로 매듭을 지었다. 나는 수많은 가닥의 여리고도 섬세한 직관들로 아주 감탄스러운 옷을 직조한다. 신이 활짝 웃고, 나도 신에게 미소 짓는다. 도

1 태양신 아폴로의 다른 이름. 그는 태어난 지 나흘 만에 대지의 틈에서 사람들을 잡아먹는 괴물 뱀 피톤을 활로 쏘아 죽였다.

대체 누가 위대한 목신, 판[2]이 죽었다고 말했던가? 나는 희뿌연 내 입김 너머로 그를 보았다. 나의 입술이 그를 향해 내밀어진다. 오늘 아침, 〈뭘 더 기다리는 거야?〉 하고 나지막이 속삭이던 자도 바로 그가 아닌가?

   빛나는 것과 벌거벗은 것 외에 어떤 것도 내 앞에 남지 않을 때까지, 나는 정신과 손으로 모든 베일들을 열어젖힌다.

*

한가득 나태한 봄이여,
제발 온화한 호의를 베풀어 줘요.

나른하기만 한 그대에게
나의 가슴을 아낌없이 줄게요.

갈피를 잡지 못하는 나의 마음은
가벼운 바람에도 나부낍니다.

달콤한 흐름이
내 몸에 꿀처럼 스며드는데.
아! 하지만 잠결에만 볼 수 있고
아! 잠결에만 들을 수 있어요.

2 반인반수의 목신. 숲의 신으로, 풍요로운 생산성과 성을 상징한다. 그의 피리 소리는 특히 관능적인 매혹의 힘을 지니고 있다고 여겨진다.

나는 내 감긴 눈꺼풀 사이로
그대의 빛을 받아들여요.

나를 어루만지는 햇살이여,
나의 나태함을 용서해 줘요.

더없이 너그러운 태양이여,
무방비 상태의 내 마음을 마셔요.

*

오늘 갓 태어난 아담이 되어 만물에 이름을 붙이는 자는 나다. 이 강은 나의 갈증이고, 이 작은 숲 그늘은 나의 잠, 이 벌거벗은 아이는 나의 욕망이다. 새의 노래를 통해 나의 사랑이 목소리를 얻는다. 이 꿀벌들의 무리 속에서 나의 가슴이 붕붕거린다. 움직일 수 있는 지평선아, 나의 한계가 되어 다오. 비스듬히 기운 햇살 아래에서 너는 또다시 멀어지고, 희미해지고, 푸르게만 보이는구나.

*

사랑과 상념의 미묘한 합류점은 바로 여기.
백지가 내 앞에서 빛나고 있다.
신이 인간으로 변모하듯, 나의 생각도 리듬의 법칙에 순응한다.

내 이상적인 행복의 초상화 — 나는 재창조하는 화가가 되어, 가장 떨리고 가장 생동하는 물감을 여기에 바른다.

이제 나는 오로지 날개로만 말[語]을 붙잡을 것이다. 이것이 너인가, 내 기쁨의 숲 비둘기인가? 아! 또다시 하늘을 향해 날아가 버리지는 말아 다오. 여기 내려앉아 좀 휴식하렴.

나는 땅바닥에 눕는다. 내 가까이, 눈부신 과일들이 매달린 나뭇가지가 휘어져 잔디까지 닿으며, 가장 보드라운 풀잎을 스치고 어루만진다. 숲 비둘기의 노랫가락에 따라 가지가 흔들거린다.

*

훗날, 열여섯 살 시절 내 과거의 모습과 비슷할, 그러나 더 자유롭고 더 성숙한 한 청춘이 스스로에게 묻는 가슴 설레는 질문의 답을 여기서 찾기를 기대하며 이 글을 쓰고 있다. 하지만 그의 질문은 어떤 것일까?

나는 시대와 두드러진 접촉도 없으며, 내 동시대인들의 유희에 많은 재미를 느낀 적도 결코 없다. 나는 현재 너머로 관심을 기울인다. 그리고 더 멀리 나아간다. 오늘 우리의 삶에 없어서는 안 될 것처럼 보이는 것이 언젠가는 사람들에게 겨우 이해될 뿐인 시절이 올 것이라 예감하기 때문이다.

나는 꿈꾼다, 새로운 조화를. 더 섬세한, 더 솔직한, 수사적인 꾸밈이 없는, 어떤 것도 증명해 보이려고 애쓰지 않는 말의 기술을.

나의 가장 진솔한 감정조차 내가 표현하는 순간 즉시 왜곡되어 버리다니, 아! 누가 논리의 무거운 사슬에서 나의 정신을 해방시켜 줄 것인가?

삶은 사람들이 일반적으로 생각하는 것보다 더 아름다울 수 있다. 지혜는 이성이 아니라 사랑 속에 있다. 아! 이날까지 나는 너무 신중하게 살아왔다. 새롭게 탄생한 법을 따르려면 어떤 법도 모르는 채 존재해야 한다. 오, 해방! 오, 자유! 나의 욕망이 뻗어 나갈 수 있는 곳까지 한껏 나는 가리라. 오, 내가 사랑하는 너, 내가 너를 그곳으로 데려갈 것이니, 나와 함께 떠나자. 그곳에서 네가 더 멀리 갈 수 있도록.

만남

하루 종일 우리는 오직 박자에 맞춰 조화로운 율동을 실현하는 것이 목표인 완벽한 체조 선수의 태도로 일상의 잡다한 행위들을 춤을 추듯 수행하는 놀이를 즐겼다. 마르크는 물가에 가서, 고심 끝에 터득한, 조금은 어색한 리듬에 따라 펌프질을 하고 물 한 양동이를 길어 왔다. 우리는 지하실에 내려가 병을 찾아 마개를 열고 마시기까지 필요한 동작들을 모두 알고 있었다. 미리 그 행위들을 분석해 두었던 덕분이다. 우리는 박자에 맞추어 잔을 부딪쳤다. 그리고 삶의 난관에서 빠져나오기 위한 춤 동작을 상상해 보고, 내면의 동요를 드러내 보이거나 그것을 숨기기 위한 춤사위도 만들어 보았다. 애도나 축하를 위한 파스피에[3]도 추었다. 터무니없는 희망의 리고동[4] 춤과 이른바 정당한 열망의 미뉴에트[5] 춤도 있었다. 유명한 발레 작품에서처럼 사소한 말다툼, 불화, 화해의 춤

3 프랑스 브르타뉴 지방에서 유래한 3박자의 경쾌한 전통 춤.
4 프랑스 남서부 지역의 전통 민속춤.
5 3박자 보통 빠르기의 우아한 프랑스 전통 춤.

사위도 있었다. 우리는 군무 동작에서 특히 뛰어났지만, 완벽한 단짝의 스텝은 홀로 추는 춤이었다, 우리가 지어낸 가장 재미있는 춤은 해수욕을 하기 위해 드넓은 초원을 따라 함께 해안으로 내려가는 춤이었다. 그것은 아주 빠른 동작이었다. 땀에 흠뻑 젖은 상태로 도착하고 싶었기 때문이다. 우리는 풀쩍풀쩍 뛰었고, 비탈진 들판은 성큼성큼 달려 내려가기가 용이했다. 이미 출발한 전차 뒤를 쫓아가는 사람들처럼 한 손을 앞으로 뻗고, 다른 손은 몸을 가리기 위해 펄럭이는 가운 자락을 거머쥔 채, 우리는 숨을 헐떡이며 물가에 도착했다. 그러곤 곧장 요란한 웃음을 배경으로 말라르메의 시를 읊으며 물속으로 뛰어들었다.

그러나 너희는 말할 것이다, 서정적이 되기에는, 그 모든 것에 거침없는 분방함이 약간 부족하다고……. 아! 한 가지 잊고 있던 것이 있다. 우리는 자신도 모르게 불쑥 앙트르샤[6] 동작도 했다!

*

내가 꼭 행복해야 할 필요는 없다고 마침내 나 스스로 설득된 날부터, 행복이 내 안에 둥지를 틀기 시작했다. 그렇다, 행복하기 위해 나는 아무것도 필요하지 않다는 사실을 확신하게 된 날부터였다. 그렇게 에고이즘[7]에 천착하고 나자, 다른 모든 이들의 가슴

6 공중에 뛰어올라 있는 동안에 두 발을 빠르게 앞뒤로 교차시키는 동작.
7 『지상의 양식』 주석 41 참고.

을 적실 수 있을 만큼의 어마어마한 기쁨이 내 가슴에서 샘솟는 것 같았다. 가장 훌륭한 가르침은 모범을 보이는 것임을 나는 깨달았다. 그리고 나의 행복을 하나의 임무로 받아들였다.

그때 생각했다. 뭐라고! 너의 영혼이 몸과 함께 사라져 버릴 운명이라고! 그렇다면 하루빨리 기쁨을 실현해라. 혹시 너의 영혼이 불멸이라면, 네 감각들과 상관없는 일에 몰두하기 위한 시간은 네 앞에 무진장 놓여 있지 않을까? 그런데 네가 지금 지나가고 있는 이 멋진 고장과 이 감각의 매혹을, 너는 단지 곧 상실해 버릴 것이라는 이유로 무시하고 거부할 텐가? 이곳을 통과해 가는 속도가 빠를수록 너의 시선은 더욱 탐욕스럽고, 네가 탈주를 서두를수록 너의 포옹은 더욱 전격적이어야 하지 않을까. 내가 한순간의 연인일 뿐이라고 해서, 대상을 간직할 수 없음을 알고 있다고 해서, 덜 사랑하는 마음으로 껴안을 이유가 대체 무엇인가? 변덕스러운 영혼아, 서둘러라! 가장 아름다운 꽃은 그만큼 빨리 시들어 버린다는 사실을 알아야 한다. 얼른 그 꽃 위로 고개 숙여 향기를 맡아보아라. 불멸의 꽃은 향기가 없다.

천성적으로 즐거운 영혼아, 네 노래의 투명함을 흐릴지도 모를 그 어떤 것도 두려워하지 마라.

모든 것은 사라지지만, 영원히 지속하는 신은 물질이 아니라 사랑에 깃든다는 사실을 깨달았다. 이제 나는 순간 속에서 영원을 평온하게 맛볼 줄 안다.

*

   그 기쁨의 상태 속에서 스스로를 지탱할 줄 모른다면, 거기에 도달하려고 애쓰지 마라.

    다정한 눈부심이여,
    나의 깨어남을 맞이해 다오!
    나의 열망은
    정신적인 것과는 거리가 멀다네.

    얼룩 한 점 없는 창공이여, 너를 사랑한다.
    하지만 하늘가 어느 모퉁이에 애정으로 묶이면,
    에어리얼[8]처럼 가벼운
    나는 죽고 말아.

    네 목소리에 귀 기울이면 곧 네 마음을 알 수 있으니,
    내가 알기로,
    이보다 더 중요한 것은 존재하지 않는다네.

    이 꿀맛을 음미하기 위해서라면
    이젠 더 기다리고 싶지 않아.

오늘 아침에는, 펜에 잉크를 좀 너무 많이 묻혔음을 깨닫고는

8 셰익스피어의 희곡 『템페스트』에 나오는 정령으로, 〈공기〉를 뜻한다.

잉크 자국이 번질까 두려워하는 사람처럼, 단어들의 획을 화환처럼 일렬로 엮어 구불구불 조심스럽게 그어 나간다.

2

나로 하여금 매일 신을 발명하게 하는 것은 나의 감사하는 마음이다. 잠에서 깨어나자마자 나는 내가 존재한다는 사실에 놀라고는 하염없이 감탄한다. 기쁨의 끝자락에서 야기되는 고통이 고통의 제거가 가져오는 기쁨보다 더 큰 이유는 무엇인가? 괴로울 때는 그로 인해 박탈당한 행복을 상상하지만, 행복에 젖어 있을 때는 네가 모면한 고통을 상상하는 일이 일어나지 않기 때문이다. 행복한 것은 너에게 당연한 일이니까.

행복의 총합은 자신의 감각과 마음이 감당할 수 있는 정도에 따라 각자에게 주어져야 할 몫이다. 내가 아무리 적은 양의 행복을 박탈당했다 해도, 나는 도둑맞은 것이다. 내가 태어나기 이전에 생명을 간절히 요구했는지 나는 알지 못한다. 그러나 내가 살아 있는 지금, 내게 주어진 모든 것이 나에게는 당연하다. 그러나 감사하기란 너무도 기분 좋은 일이고, 사랑하기란 나에게 너무도 당연하게 달콤한 일이어서, 아주 가벼운 바람의 어루만짐조차 내 마음속에 감사의 마음을 불러일으킨다. 감사하고픈 욕구는 나를 행복하게 하는 일이면 무엇이든 하도록 가르쳐 준다.

*

    비틀거림이 두려운 우리의 정신은 논리의 난간에 바짝 매달린다. 논리가 있고, 논리를 벗어나는 것이 있다. (조리에 맞지 않은 언행은 나를 성가시게 하지만, 논리의 과잉은 나를 아주 피곤하게 만든다.) 이치를 따지는 자들이 있고, 타인이 옳다고 주장하는 대로 내버려 두는 자들이 있다. (내 가슴이 뛰는 것은 잘못된 일이라고 나의 이성이 탓할 때, 나는 오히려 내 가슴이 옳다고 인정한다.) 삶을 포기하는 자들이 있고, 옳기를 포기하는 자들이 있다. 내가 나를 인식하게 된 것은 논리의 결여 덕분이다. 오, 나의 가장 소중하고 가장 유쾌한 생각이여! 너의 탄생을 정당화하려고 더 길게 애써야 할 이유가 무엇이겠는가? 오늘 아침 내가 읽은 플루타르코스의 『영웅전』, 테세우스와 로물루스의 생애 도입부에는, 아테네와 로마라는 두 위대한 도시 국가의 시조들이 〈비밀스럽게, 내연의 관계로〉 태어난 덕분에, 신의 아들로 여겨졌다고 적혀 있지 않았던가……?

*

    여기, 나 자신의 과거에 전적으로 속박된 내가 있다. 어제의 내가 결정하지 않은 오늘의 내 행동이란 없다. 그러나 돌연하고 덧없고 그 무엇으로도 바꿀 수 없는 지금 이 순간의 내가 벗어난다면…….

    아! 나 자신에게서 벗어날 수만 있다면! 그러면 자존심 때문에 스스로를 얽어맨 구속을 뛰어넘어 도약할 수 있을 텐데. 불어오는 해풍에 가슴을 한껏 열고, 아! 가장 저돌적인 모험을 위해 닻을 올리자……. 그리고 그 여파가 내일의 나를 속박하지 않기를.

나의 정신은 〈귀결〉이라는 말에 부딪힌다. 우리 행위들의 귀결, 자기 자신과의 일관성. 나는 나로부터 단 하나의 맥락만을 기대해야 하는가? 귀결, 연루, 미리 그어 놓은 행보. 이제 그만 걷고 싶다. 튀어 오르고 싶다. 오금을 움츠렸다가 다시 밀어 올리고, 나의 과거를 부정하고 싶다. 지켜야 할 어떤 약속도 하고 싶지 않다. 나는 너무 많은 약속을 했다. 미래여, 네가 배반자라면 나는 너를 좋아할 것이다!

어떤 바닷바람이, 어떤 산바람이, 나의 사유여, 비약하는 너를 실어 가 줄 것인가? 파랑새야, 너는 몸을 떨고 날개를 파닥거리며 저 가파른 바위 끝에 앉아 있다. 현재가 너를 데려가 줄 수 있는 가장 먼 곳까지 너는 한껏 전진해 간다. 너의 시선을 최대한 멀리 뻗으며 높이높이 솟아올라 미래 속으로 달아난다.

오, 새로운 불안들아! 아직 제기되지 않은 질문들아……! 어제의 내 고민은 나를 지겹게 했고, 그로 인한 씁쓸함을 나는 진력나게 맛보고 또 맛보았다. 나는 이제 그런 것을 믿지 않는다. 까마득히 날아올라 미래의 깊이를 고개 숙여 들여다봐도 어지럽지 않다. 심연의 바람이여, 나를 데려가라!

3

매번 긍정은 자기희생 속에서 완성된다. 네 안의 모든 것이 너의 체념을 통해 생명을 얻을 것이다. 자기를 긍정하려는 집착은 자기를 부정하는 것과 다르지 않다. 오직 자기를 버림으로써만 자기 긍정에 이를 수 있다. 완전한 소유는 오직 증여를 통해서만 증명된다. 네가 선물로 베풀 줄 모르는 모든 것은 너를 속박한다. 희생 없는 부활은 없다. 봉헌 없이는 어떤 것도 피어나지 못하며, 네가 네 안에 완강하게 지키고 싶어 하는 것은 위축되고 퇴화한다.[9]

과일이 무르익었다는 사실은 무엇에서 확인하는가? ─ 과일이 가지를 떠난다는 사실에서 알 수 있다. 모든 것은 증여되기 위해 무르익고, 베풂으로써 최종적으로 완성된다.

오, 쾌락으로 감싸인, 진미 가득한 과일아, 나는 알고 있다, 네가 싹을 틔우기 위해서는 스스로를 버려야 한다는 것을. 그러니 너를

---

9 〈누구든지 자기 목숨을 아끼는 사람은 잃을 것이며 이 세상에서 자기 목숨을 미워하는 사람은 목숨을 보존하며 영원히 살게 될 것이다.〉(『신약 성서』「요한의 복음서」12장 25절)

둘러싼 그 달콤함은 죽어야만 한다! 그렇다! 그 풍성하고 달콤하고 감칠맛 나는 과육은 대지에 속하는 것이기에 죽어야 한다! 네가 살기 위해! 나는 〈과일은 죽지 않으면 홀로 남는다〉[10]는 사실을 알고 있다.

주님, 아! 죽음을 위한 죽음을 기다리는 일이 나에게 일어나지 않게 해주소서.

모든 미덕은 스스로를 부정함으로써 완성된다. 과일의 풍미가 궁극적으로 갈망하는 것은 발아이다.

진정한 웅변은 웅변을 포기한다.[11] 개인은 자신을 망각할 때 자기를 가장 확고하게 긍정한다. 자신에 대한 생각에 빠져 있는 자는 스스로를 구속한다. 아름다움이 스스로 아름답다는 사실을 의식하지 않을 때보다 더 그 아름다움에 감탄해 본 적이 없다. 가장 감동적인 선(線)은 가장 무심하게 그은 선이다. 자신의 신성을 포기할 때 그리스도는 진정으로 신이 된다. 역으로도 마찬가지이다. 그리스도 안에서 스스로를 버림으로써 신은 창조된다.

---

10 유사한 구절을 성서에서 찾을 수 있다. 〈밀알 하나가 땅에 떨어져 죽지 않으면 한 알 그대로 남아 있고 죽으면 많은 열매를 맺는다.〉(『신약 성서』「요한의 복음서」 12장 24절)

11 〈진정한 웅변은 웅변을 우습게 안다.〉(파스칼, 『팡세』)

만남

장폴 알레그레[12]에게

1

그날 파리 시내를 발길 닿는 대로, 마음 내키는 대로 산책하다가, 우리는 센가(街)에서 어느 가엾은 검둥이[13]를 만났다. 기억하는가. 우리는 그자를 오랫동안 지켜보았다. 피슈바셰르 서점[14]의 진열장 부근이었다. 내가 이 사실을 말하는 것은 사람들이 좀 더 서정적이 되기 위해 이따금씩 정확성을 완전히 저버리기 때문이다. 우리는 가던 길을 멈추기 위해 핑계 삼아 진열장을 바라보는 시늉을 했지만, 실은 그 검둥이를 보고 있었다. 그가 가난하다는 사실에는 의심의 여지가 없었다. 어떻게든 그렇게 보이지 않으려고 애쓰던 만큼 그

---

12 Jean-Paul Allègret(1894~1930). 지드의 친구로, 앞에서 언급한 마르크의 형.

13 nègre. 이 단어는 경멸의 뉘앙스를 띠고 있는데, 흑인이 겪은 굴욕감을 부각시키기 위한 지드의 의도를 곧 알게 될 것이다.

14 현재 파리 6구 센가 33번지에 여전히 존재하는 서점이다. 독일어 이름(Fischbacher)이지만, 프랑스 사람들이 발음하는 식으로 표기했다.

사실이 더 눈에 띄었다. 자신의 품위에 아주 마음을 쓰는 검둥이였다. 그는 오드포름[15] 모자를 쓰고 연미복을 갖추어 입고 있었다. 하지만 그의 모자는 서커스 단원들이 쓰는 것과 같았고, 연미복은 끔찍하게 낡아 있었다. 물론 안에는 셔츠를 입고 있었지만, 아마 검둥이의 몸에 걸쳤을 때만 하얀색으로 보였을 것이다. 그의 가난은 특히 그의 구멍 난 구두에서 확연히 드러났다. 이제는 가야 할 목적지가 없어진 사람처럼, 머지않아 더 이상 걸을 수 없을 사람처럼 그는 느릿느릿 걷고 있었다. 그러곤 몇 발짝 가다가 멈춰 서서, 그 난로 연통같이 생긴 모자를 들어 올리고는, 추운 날씨임에도 그것으로 부채질을 하고, 윗주머니에서 꾀죄죄한 스카프를 꺼내 이마의 땀을 닦은 다음 다시 집어넣었다. 그의 희끗희끗한 머리카락은 더부룩했고, 그 아래로 이마가 훤하게 드러났다. 그의 시선은 삶에 기대할 것이 모두 사라진 자처럼 텅 비어 있었고, 마주치는 행인들을 보지 못하는 것만 같았다. 하지만 그들이 그를 쳐다보기 위해 멈추면, 그는 체면을 지키기 위해 얼른 모자를 제자리에 올려놓고는 다시 걷기 시작했다. 그가 누군가를 방문하러 왔고, 그자에게 뭔가를 기대했지만 거절당했음이 틀림없었다. 그의 얼굴에서 이젠 걸어야 할 어떤 희망도 없는 자의 모습을 나는 보았다. 그것은 굶주림으로 죽어 가는, 하지만 비굴하게 한 번 더 부탁하러 가느니 차

---

15 높이가 높고 꼭대기가 평평한 신사용 모자로 18세기 후반에서 20세기 중반 사이에 널리 썼으며, 특히 19세기 부르주아의 사회적 지위의 상징처럼 여겨졌다. 연미복이나 정장 차림과 함께 주로 착용했다.

라리 죽어 버리기를 선택한 자의 낯빛이었다.

확실히, 그는 자신이 검둥이라는 이유 하나만으로 그날 겪은 그 수모가 수긍될 수는 없음을 사람들에게 보여 주고 자기 자신에게 증명하고 싶었던 것이다. 아! 그를 따라가서 그가 어디로 가는지 알아냈더라면 좋았을 것을. 하지만 그는 어디로도 가지 않았다. 아! 내가 얼마나 그에게 다가가고 싶었던가. 하지만 나는 충격받은 그의 자존심에 상처를 입히지 않으려면 어떻게 해야 하는지 알지 못했고, 삶의 모든 일과 살아 있는 모든 존재가, 그때 나와 함께 있던 너에게, 어느 정도로 관심을 불러일으켰는지도 알지 못했다.

……아! 그 모든 것에도 불구하고 나는 그에게 다가갔어야 했다.

2

그리고 같은 날 얼마 후의 일이다. 지하철을 타고 돌아오던 길에, 물고기가 든 항아리를 들고 다니던 그 키 작은 사내를 만났다. 그는 아주 서글서글했다. 항아리는 헝겊으로 감싸여 있었는데, 한쪽 옆이 트여 있어서 항아리의 안이 들여다보였고, 전체는 다시 종이로 둘러싸여 있었다. 처음에는 그것이 무엇인지 알 수 없었다. 한데 그가 그것을 어찌나 정성스럽게 보호하던지 내가 그에게 웃으면서 말했다.

「그거 폭탄이죠?」

그러자 그는 나를 불빛 가까이로 끌어당기더니, 오묘한 어투로 이렇게 말했다.

「물고기예요.」

그리고 천성이 상냥한 데다 우리가 그저 이야기를 나누고 싶어 할 뿐이라는 것을 직감했던지, 속삭이듯 말을 덧붙였다.

「주의를 끌지 않으려고 가렸어요. 하지만 예쁜 것을 좋아하시면(선생은 예술가임이 틀림없어요) 보여 드릴게요.」

그러곤 아기의 기저귀를 갈아 주는 어머니처럼 세심한 손길로 항아리에 덮인 천을 벗기면서 계속 말을 이어 갔다.

「이건 내 사업이에요. 물고기 기르는 걸 전문으로 하죠. 자, 보세요! 작은 것들은 한 마리에 10프랑 해요. 아주 조그마하긴 해요. 하지만 이게 얼마나 희귀한 건지는 상상도 못 하실 걸요. 그런데 또 참 예쁘잖아요! 빛을 받을 때만 바라보세요. 저기 봐요! 저건 초록색이군요. 저건 파란색이고, 저건 또 분홍색이고요. 얘들은 자기만의 고유한 색깔이 없어요. 대신 온갖 빛깔로 다 변할 수 있죠.」

항아리 속에는 바늘처럼 가느다랗고 민첩한 물고기 열두 마리가 있을 뿐이었는데, 그것들은 천이 벌어진 틈새로 차례로 지나가며, 다채롭게 빛을 반사하고 있었다.

「이 물고기들을 직접 기르시나요?」

「다른 것들도 많이 기르고 있어요! 하지만 그것들을 데리고 다니진 않아요. 아주 까다롭거든요. 상상해 보세요! 내겐 마리당 50~60프랑 하는 것들도 있어요. 그런 물고기들은 사람들이 집으로 보러 오죠. 그것들은 팔렸을 때만 끄집어낸답니다. 지난주에는 한 부유한 애호가가 120프랑을 호가하는 물고기를 사 갔어요. 중국에서 온 금붕어였어요. 파샤[16]처럼 꼬리 세 개가 달린 놈이었죠……. 그런 물고기를 기르는 게 어렵지 않냐고요? 당연하죠! 식성이 까다로운 데다 걸핏하면 간이 병에 걸리거든요. 한 주에 한 번씩은 비시에서 수송해 온 광천수에 담가 줘야 해요. 비용이 많이 드는 거죠. 그것만 아니면 괜찮아요. 토끼처럼 번식해 대니까요. 흥미가 있으신가요? 한번 구경하러 와보세요.」

지금 나는 그의 주소를 잃어버리고 없다. 아! 그의 집에 찾아가지 않은 것이 후회된다.

3

그가 말했다. 「가장 중요한 발명들은 여전히 이루어지지 않았다는 바로 이 점에서 출발해야 합니다. 그것들은 가장 평범한 것들의 관찰을 통해 확인된 어떤 사실을 간단하게 해명해 줄 것입니다. 왜냐하면 자연의 모든 비밀들은 은폐되지 않은 채 존재하면서 매일 우리의 시선들에 충격을 주지만, 정작 우리는 그것들에 주의를 기울이지 않기 때문이지요. 훗날 태양의 빛과 열기를 이용하게 되었을 때 사람들은 우리를 동정할 것입니다. 미래 세대들에 대한 하등의 배려도 없이, 그토록 힘들게 땅속 깊은 곳에서 석탄을 채굴하여 연료와 조

16 예전에 튀르키예에서 신분이 높은 사람에게 주던 영예의 칭호.

명 수단으로 낭비한 것에 대한 동정 말입니다. 인간은 사업적으로 능숙하고 경제적인데도, 시도 때도 없이 남아도는 저 열기를 끌어모아서 석탄으로 달구어진 지구의 모든 지점들로 유통할 방법은 도대체 언제쯤 터득하게 될까요?」 그는 자신에 찬 어투로 계속했다. 「그럴 날이 올 겁니다! 올 거예요! 지구가 식어 가기 시작할 때쯤 그렇게 될 거예요. 왜냐하면 그때가 되면 석탄도 고갈되기 시작할 테니까요.」

「아주 예리하십니다. 선생 자신이 발명가이신 것 같군요?」 그가 다시 그 침울한 사색에 빠져들 것을 알아차린 나는 화제를 돌리기 위해 말했다.

그는 즉시 말을 이었다. 「선생, 가장 위대한 발명가라고 해서 가장 잘 알려지지는 않습니다. 자동차 바퀴나, 바늘, 팽이의 발명가나, 아이들이 굴리는 굴렁쇠가 쓰러지지 않고 몸체를 똑바로 유지한다는 사실을 맨 먼저 주목했던 사람과 비교했을 때, 파스퇴르라는 작자는 도대체 뭔가요! 라부아지에라는 작자는요, 또 푸시킨이란 작자는요! 알아볼 줄 아는 능력, 모든 것이 거기에 있습니다. 하지만 우리는 시선을 접은 채 살아갑니다. 참! 보세요, 포켓은 또 얼마나 놀라운 발명입니까! 암요! 한데 선생은 이에 대해 생각해 보셨나요? 그런데도 세상 사람들은 모두 포켓을 사용합니다. 말씀했다시피 관찰하는 것으로 충분합니다.」 그는 갑자기 내 소매를 곁으로 잡아당기고는 어조를 바꾸며 말했다. 「앗! 저기! 지금 막 들어온 저자를 조심하세요. 지금까지 스스로 발견한 것 하나 없이 남의 것을 훔치려고나 하는 늙은 얼간이죠. (구제원의 의료 책임자인 내 친구 C였다.) 제발 저 작자 앞에서는 아무 말도 하지 마세요. 저자가 신부님에게 자꾸 질문을 하는 것 좀 보세요. 딱하군요. 비록 민간인 옷을 입고 있어도 저 신사는 성직자랍니다. 대단한 발명가이기도 하죠. 우리가 서로의 생각을 잘 이해하지 못하는 게 안타까워요. 굉장한 일들을 함께할 수도 있었을 텐데. 내가 저분에게 무슨 말을 하면, 꼭 중국 말로 내게 대답하는 것 같단 말이죠. 게다가 얼마 전부터는 나를 피하기까지 해요. 잠시 후에 저 늙은 얼간이가 저분 곁을 떠나면, 다가가 말을 걸어 보세요. 그가 흥미로운 사실들을 알고 있다는 걸 확인하실 수 있을 겁니다. 그리고 그가 생각을 계속 이어 갈 수만 있다면…… 저기 봐요, 신사가 이제 혼자 남았어요. 가보세요.」

「선생이 발명한 게 무엇인지 내게 말해 주기 전까지는 떠나지 않을 겁니다.」

「알고 싶으세요?」

그는 먼저 나에게로 몸을 기울인 다음, 상체를 불쑥 뒤로 젖히고는 묘하게 근엄한 어조로 나지막이 말했다.

「내가 바로 단추를 발명한 사람입니다.」

내 친구 C가 물러가자 나는 그 〈신사〉가 홀로 앉아 있는 벤치를 향해 다가갔다. 그는 무릎에 팔꿈치를 괴고 양손으로 이마를 감싸고 있었다.

나는 이렇게 말을 꺼냈다. 「어디선가 한번 뵌 적이 있는 것 같습니다만…….」

「저도 그런 것 같습니다.」 그가 내 얼굴을 잠시 주의 깊게 바라보더니 이렇게 말했다. 「한데 좀 전에 그 형편없는 대사와 대화를 나누던 분이 바로 선생이 아니시던가요? 지금 저기 혼자 서성이고 있는 자 말입니다. 이제 우리를 등지고 돌아서겠죠……. 저 사람, 어떻게 지내는가요? 한동안 우리는 좋은 친구였지요. 하지만 질투심이 많은 성격이더군요. 나없이 지낼 수 없다는 사실을 깨달은 순간부터 나의 존재를 참을 수 없게 되었지요.」

「그 이유가 뭘까요?」 나는 조심스럽게 질문을 던져 보았다.

「선생도 금방 이해할 겁니다. 그가 단추를 발명했지요. 선생에게 말했을 텐데요. 하지만 단춧구멍을 발명한 사람이 바로 나입니다.」

「그래서 두 분의 사이가 틀어진 거로군요?」

「그럴 수밖에 없지요.」

4

나는 복음서의 텍스트 속에서 정확히 금지와 금제를 찾을 수 없다. 이 책에서 중요한 것은 더없이 맑은 시선으로 신을 응시하는 것이다. 내가 이 땅의 물건을 탐내는 순간, 내가 그것을 탐낸다는 바로 그 사실 때문에 모든 물건들이 불투명해지고, 세상 전체가 즉시 투명성을 상실하거나, 내 시선이 명징함을 상실하고 만다. 그리하여 신은 내 영혼이 더 이상 느낄 수 없는 것이 되고, 피조물을 위해 창조주를 저버림으로써 나의 영혼은 영원 속에서 살기를 멈추고 신의 왕국을 잃어버린다.

*

주 그리스도여, 내가 당신에게 돌아왔습니다. 당신에 의해 살아 있는 형체로 체현된 신에게 돌아왔습니다. 나는 내 마음에 거짓말하는 것에 지쳤습니다. 내 어린 시절의 신성한 벗님이신 당신에게서 도망친다고 믿었지만, 그런 당신을 내가 도처에서 다시 보았습니다. 내 까다로운 마음을 만족시킬 수 있는 것은 오직 당신뿐이라고 이제는 확신합니다. 당신의 가르침이 완벽한 것임을 부정하고, 모든 것을 포기함으로써 당신을 되찾을 수 있기에 당신을 제외한 모든 것을 내가 포기할 수 있음을 또한 부정하는 자는 오직 내 안의 악마뿐입니다.

진정한 젊음의 문턱이야말로
천국의 입구,
또 다른 희열에
내 영혼이 취했습니다.
주님! 나의 도취가 더 고조되게 해주세요.

내 영혼을 당신에게서 갈라놓는
거리를 없애 주세요.
은총을 잃어버린 내 영혼이
당신을 기억합니다……
주님! 나의 황홀이 더 증폭되게 해주세요.

맨발의 자국이
새겨지는 척박한 사막,
나의 순박한 시는
운율을 회피하지 않아요.

초연함에 취하고
과거의 망각에 취하여

운율의 파도 위에서
내 영혼이 한들거려요.

첫 송이 꽃들로 탐스러운
어린 나무 함빡 웃음 머금을 때,
눈물에 젖은 늙은 떡갈나무에는
한 무리의 새들이 둥지를 틉니다.

웃음들아, 신성한 리듬들아!
잎이 우거진 나뭇가지들을 흔들어라.
나는 포도주보다 더 강렬한
음료수를 맛보았답니다.

오, 너무 밝은 빛이여,
내 눈꺼풀을 꿰뚫어라!
주님, 당신의 진실은
내 심장 가장 깊숙한 곳까지 찌른 칼날입니다.

만남

피렌체의 어느 축제 날이었다. 무슨 축제였던가? 기억나
지 않는다. 산트리니타 다리와 베키오 다리 사이의 어디쯤,
아르노강이 내려다보이는 내 창가에서 사람들이 우르르 몰
려가는 광경을 목격했다. 나는 저녁 무렵 군중의 열기가 더
후끈 달아오르면 그들 속으로 뛰어들고픈 욕구가 일어날 것
이라 기대했고, 그렇게 상류 쪽에서 사람들이 달려가는 모습
을, 어떤 웅성거림을 지켜보고 있었다. 베키오 다리 위, 정확
히 말해 다리 위의 양쪽 가두리를 따라 늘어선 집들의 행렬
이 잠시 멈추고 다리가 훤히 노출된 한중간 지점에, 사람들
이 비좁게 몰려들어 난간 위로 몸을 숙이고는 팔을 길게 늘
어뜨리며 손을 뻗고 있었다. 그 손들이 향하는 아래쪽으로는,
한 작은 물체가 탁한 강물의 소용돌이에 휩싸여 떠올랐다 사
라졌다 다시 나타나기를 반복하며 물살에 떠내려가고 있었
다. 나는 거리로 내려갔다. 지나가는 사람들에게 묻자, 한 여
자아이가 물에 빠졌다고 했다. 아이의 부풀어 오른 치마가
얼마 동안 아이를 수면 위에 지탱시켜 주었지만, 지금은 사

라졌다고 했다. 강기슭의 배 몇 척이 닻을 올렸고, 갈고리 장대를 든 장정들이 저녁까지 강물을 뒤졌지만 헛된 일이었다.

이럴 수가! 그 빼곡한 군중 속에서 그 아이를 발견하고 붙잡을 수 있던 사람이 한 명도 없었단 말인가……? 내가 베키오 다리에 도달했을 때, 소녀가 강물에 빠진 그 장소에는 열다섯 살 정도 되는 한 소년이 행인들의 질문에 대답하고 있었다. 소녀가 갑자기 난간을 타고 넘어가는 것을 보았다고 했다. 그는 급히 몸을 날려 소녀의 팔을 움켜쥐었고, 한동안 허공에 붙들고 있을 수 있었다. 그의 뒤로 사람들은 아무것도 모르는 채 지나가고 있었고, 혼자 힘으로는 소녀를 다리 위로 끌어올릴 수 없었기에 그는 도움을 청하려고 했다. 하지만 그때 소녀가 말했다. 「아니, 날 그냥 놔줘.」 어찌나 비탄에 잠긴 목소리였던지, 그는 결국 손을 놓고야 말았다. 그에게 일어난 일을 이야기하는 동안 소년은 내내 흐느껴 울었다.

(소년 자신이, 어쩌면 조금은 덜 불행할, 의지할 곳 없는 저 가엾은 아이들 중 하나였다. 그는 누더기를 입고 있었다. 나는 상상했다. 그 소녀의 팔을 붙든 채 죽음과 다투던 순간, 그 또한 그 소녀처럼 어떤 절망적인 사랑, 그들 둘 모두에게 하늘을 열어 주던 어떤 사랑에 사로잡혀 있었는지도 모른다. 그래서 그는 소녀의 절망을 느끼고서 공감할 수 있었던 것이다. 그로 하여금 소녀를 놓아주게 한 것은 연민이었다. 〈프레고…… 라시아테미.〉[17])

사람들이 그에게 소녀와 아는 사이인지 물었다. 전혀 모르

17 Prego... lasciatemi. 〈제발…… 날 내버려 둬요〉라는 뜻의 이탈리아어.

는 사이였고, 그는 소녀를 처음 보았다. 그 여자아이가 누구인지 아는 사람은 아무도 없었다. 그 후 며칠 동안 사람들이 이런저런 조사를 해보았지만 모두 허사였다. 유실된 시신이 발견되었다. 열네 살 소녀의 것이었다. 몹시 야위었고 아주 비참한 옷차림이었다. 소녀에 대해 더 많은 것을 알기 위해서라면, 나는 무엇이든 지불했을 것이다! 아버지에게 정부가 있는지, 어머니에게는 애인이 있는지, 도대체 그녀가 살기 위해 의지하던 무엇이 그녀 앞에서 갑자기 무너져 내렸는지…….

「하지만 기쁨에 바치는 책 속에서 이런 이야기를 하는 이유가 뭘까?」 나타나엘이 내게 물었다.

「이 이야기를 더욱 단순한 말로 하고 싶었다. 단적으로 말해서 나는 불행을 발판 삼아 추동되는 행복을 원하지 않아. 다른 사람에게 빼앗아 얻는 부(富)를 원하지 않는다는 말이지. 나의 옷이 타인을 헐벗게 한다면, 나는 차라리 벌거숭이로 지낼 것이다. 아! 주 그리스도여! 당신은 식탁을 활짝 열어 두고 기다리고 계십니다. 당신의 왕국에 열린 이 향연이 아름다운 것은 모두가 그곳에 초대받았기 때문입니다.」

*

지상에는 어마어마하게 많은 가난과 비탄과 고통과 끔찍함이 있어서, 행복한 자는 부끄러움을 느끼지 않고서는 자신의 행복을 생각할 수 없다. 그러나 스스로 행복할 줄 모르는 자는 타인의 행복을 위해 아무것도 할 수 없다. 나는 행복해야 한다는 절박한 의무를 내 안에서 느낀다. 그러나 오직 남을 희생시키고 남에게서 빼앗은 것을 소유함으로써 얻는 행복은 그게 무엇이든 내게는 가증스러워 보인다. 한 걸음 더 나아가면, 우리는 사회의 비극적인 문제에 접근하게 된다. 내 이성의 모든 논거들이 공산주의에 경도된 시류[18]로부터 나를 떠나게 할 것이다. 내게 오류로 보이는 것은 가진 자에게 자신의 재산을 타인과 나누어 가지도록 요구하는 것이다. 가진 자가 자신의 영혼이 집착하는 재산을 자발적으로 포기할 것이라고 기대하는 것은 얼마나 터무니없는 망상인가. 나에 대해 말하자면, 나는 모든 배타적인 소유를 혐오한다. 나의 행복은 증여로써 이루어졌으니, 죽음은 내 손에서 대단한 것을 빼내 가지는 못할 것이다. 죽음이 나에게서 박탈해 갈 최고의 재산은 자연적으로 부여받은 것이며, 독점적인 장악을 벗어나 곳곳에 흩어져 모두가 공유하는 것으로, 나는 특히 이 재산에 흠뻑 취해 있다. 나머지로 말하자면 나는 가장 고급스럽게 차려진 식탁보다 주막의 식사를 더 좋아하고, 벽으로 둘러싸인 최고로 아름다운 정원보다 공공의 정원을, 희귀본보다 산책 때 거리낌 없이 들고 나가는 책을 더 좋아한다. 내가 어떤 예술 작품을 홀로 감상해야 한다면, 그것이 아름다울수록 나는 기쁨보다 슬픔을 더욱 크게 느낄 것이다.

18 한층 더 고조되는 것처럼 보이던 이 시류 속에서 나의 이성이 뒤따라와 나의 마음에 합류했다. 아니, 그게 아니다. 요즘은 이 추세 속에서 나의 이성이 나의 마음을 오히려 앞선다. 이따금씩 단지 이론가에 지나지 않는 몇몇 공산주의자들을 볼 때면 고통스럽기도 하지만, 오늘날 공산주의를 한낱 감상에 치우친 문제로만 치부하는 다른 오류 또한 내가 보기에는 마찬가지로 심각하다(1935년 3월) ― 원주.

나의 행복은 다른 사람들의 행복을 증대시키는 것이다. 나 자신이 행복하기 위해서는, 모두의 행복이 필요하다.

*

나는 복음서에 들어 있는 기쁨을 향한 초인적인 노력을 찬양했고, 지금도 여전히 찬양한다. 이 책이 들려주는 그리스도의 첫마디는 〈……행복하다〉라는 말이다.[19] 가나에서 그가 행한 첫 번째 기적은 물을 포도주로 탈바꿈시키는 것이었다. (진정한 기독교인은 순수한 물로도 충분히 취할 수 있는 자이다. 가나의 기적은 다름 아닌 그 자신 안에서 반복된다.) 복음서 위에 슬픔과 고통의 숭배를, 그것들의 신성화를 확립하기 위해 인간들의 가증스러운 해석이 필요했다. 그리스도는 이렇게 말했다. 〈고생하며 무거운 짐을 지고 허덕이는 사람은 다 나에게로 오너라. 내가 편히 쉬게 하리라.〉[20] 그런데 사람들은 그에게로 가기 위해서는 스스로에게 고통을 주고 짐을 지워야 한다고 믿고, 그가 가져다주는 위안을 〈면죄〉라고 생각했다.

*

오래전부터 나에게 기쁨은 슬픔보다 더욱 희귀하고 더 어려우

---

19 〈마음이 가난한 사람은 행복하다.〉(『신약 성서』「마태오의 복음서」 5장 3절)

20 「마태오의 복음서」 11장 28절.

며 더 아름다운 것으로 보였다. 이 사실은 이 생에서 내가 할 수 있는 발견들 중에 아마 가장 중요할 것이다. 이 순간, 기쁨은 (이미 그렇기도 했지만) 나에게 자연스러운 욕구가 되었을 뿐 아니라, 도덕적인 의무가 되기까지 했다. 자기 주위로 행복을 퍼뜨리는 가장 확실한 최선의 방법은 행복의 이미지를 스스로 보여 주는 것이라 생각되었고, 나는 나 자신부터 행복해지기로 결심했다.

나는 과거에 대략 이렇게 쓴 적이 있다. 〈스스로를 행복하다고 느끼며 사색하는 자야말로 진실로 강한 자라 할 수 있을 것이다.〉 — 무지 위에 세워진 행복이 나에게 무슨 의미가 있겠는가? 슬퍼하는 사람은 행복하다[21] — 그리스도가 건넨 이 첫 말씀은 기쁨 속에서 슬픔까지도 껴안기 위한 것이다. 여기서 울음의 권장만을 들은 자는 그 말씀을 크게 오해한 것이다.

21 「마태오의 복음서」5장 4절.

2장

〈나는 생각한다, 그러므로 나는 존재한다 ─〉[22]

이 〈그러므로〉의 난관에 내 생각이 부딪치고 말았다.

〈나는 생각한다〉와 〈나는 존재한다〉의 결합이 문제인 것이다. 〈나는 감각한다, 그러므로 나는 존재한다〉라는 문장이라면 ─ 혹은 심지어 〈나는 믿는다, 그러므로 나는 존재한다〉라는 문장이라

22 이 문장은 17세기 프랑스 철학가 데카르트가 진리 추구의 토대를 찾기 위한 지난한 성찰 끝에 성립시킨 명제로, 흔히 이 문장의 라틴어 표현을 요약하여 〈코기토〉라고 부른다. 데카르트는 어느 누구도 부정할 수 없는 절대적 진리를 지상의 물리 세계에서 찾기 위해 먼저 형이상학적 토대를 확립하고자 했다. 그는 자신의 판단에 존재하는 선입관과 오류 가능성들을 특히 감각 현상에서 찾았고, 〈극단적 회의〉라는 방법을 통해 꿈을 포함한 본인의 모든 지각 현상들, 더 나아가 본인의 신체적 현실마저 모두 의심하기에 이른다. 이와 같은 체계적이고 과장적인 의심 끝에 그는, 비록 오류투성이일지라도, 〈생각하는 나〉가 존재하지 않으면 지금의 의심하는 사고 행위가 불가능할 것이라는 결론에 이른다. 〈나는 생각한다, 그러므로 존재한다〉라는 명제는 그 어떤 의심에도 불구하고 부정될 수 없는 진리가 되었고, 이 일차적인 철학적 토대 위에서, 그는 태어나면서부터 자연적으로 부여받은 이성을 어떻게 잘 사용할 것인지, 과학적 방법을 고심하게 된다. 이 명제는 데카르트의 철학 체계에서 주체의 정의가 육체와 감각보다는 정신을 토대로 이루어졌음을 보여 준다.

면 ― 그 속에 더 많은 진리가 들어 있을 것이다. 왜냐하면 이 문장들이 다음의 문장들로 귀착될 것이기 때문이다.

나는 내가 존재한다고 생각한다.

나는 내가 존재한다고 믿는다.

나는 내가 존재하는 현실을 감각으로 인식한다.

그런데 이 세 가지 명제 중 가장 나중 것이 나에게는 가장, 다시 말해 유일하게 진실해 보인다. 왜냐하면 결국 〈나는 내가 존재한다고 생각한다〉라는 명제는 내가 실제로 존재한다는 사실을 전제하지 않을 수도 있기 때문이다. 〈나는 내가 존재한다고 믿는다〉라는 명제도 마찬가지이다. 〈그러므로〉를 사이에 두고 하나에서 다른 하나로 이동하는 데에는, 〈나는 신이 존재한다고 믿는다〉라는 명제를 신이 존재한다는 사실의 증거로 인정하는 것만큼의 과감함이 있다. 반면 〈나는 내가 존재한다는 현실을 감각으로 인식한다……〉 ― 여기서 나는 판단자인 동시에 관련 당사자이다. 여기서 내가 어떻게 오류를 범할 수 있겠는가?

〈그러므로 나는 내가 존재한다고 생각한다〉 ― 나는 〈내가 존재한다〉고 생각한다, 그러므로 나는 존재한다 ― 왜냐하면 나는 나의 정신이 향하는 무엇 없이는 생각을 할 수 없기 때문이다.

예를 들어 보자. 나는 신이 존재한다고 생각한다   혹은

나Je는 삼각형의 내각의 합은 두 직각과 같다고 생각한다, 〈그러므로 나는 존재한다〉 ― 이 경우, 존재 근거의 확립이 불가능한 것은 다름 아닌 나Je이다. 〈……그러므로 이것은cela 존재한다〉[23]

23 나Je의 존재 근거 확립이 불가능하므로, 지드는 문제의 명제 뒷부분

— 나는 중성 대명사의 불확정성 속에 머물러 있다.

나는 생각한다, 그러므로 나는 존재한다.

다음의 것들도 마찬가지이다. 나는 고통을 느낀다, 나는 숨을 쉰다, 나는 감각한다. 〈그러므로〉 나는 존재한다. 왜냐하면 우리는 존재하지 않고는 생각할 수 없지만, 생각하지 않고도 존재할 수 있기 때문이다.

그러나 내가 오직 감각하는 행위만 하는 한, 나는 내가 존재한다는 생각을 하지 않고 그냥 존재하기만 한다. 그러나 생각하는 행위를 통해 내가 존재한다는 사실을 깨닫는 순간, 이로 인해 나는 단순히 존재하기에만 머물지 않게 된다. 나는 생각하는 존재이다.

〈나는 생각한다, 그러므로 나는 존재한다〉는 〈나는 내가 존재한다고 생각한다〉와 같은 뜻이다. 그리고 이 〈그러므로〉는 어떤 무게도 측정하지 못하는 천칭의 저울대처럼 보인다. 천칭의 접시 각각에 내가 똑같은 것만 올려놓았기 때문이다. X = X. 내가 아무리 두 항을 뒤바꾸어 놓아 봐도 소용없다. 이로부터 나는 어떤 유의미한 것도 끌어내지 못한다. 얼마 지나지 않아 결국 나는 심한 두통에 시달리고, 산책 나가고 싶은 욕구만 마음에 일 뿐이다.

인 〈그러므로 나는 존재한다donc je suis〉를 〈그러므로 이것은 존재한다 donc cela est〉라고 바꾸어 말한다. 여기서 〈나Je〉는 남성/여성의 구분과 인칭의 구분이 없는 중성 대명사 〈이것cela〉으로 대체되었다.

우리의 생각을 뒤흔드는 〈문제들〉 중 몇몇은 무의미하지는 않지만, 전적으로 해결 불가능한 것들이다. 이 문제 해결에 집착하는 것은 미친 짓이다. 그러니 그냥 넘어가자.

「하지만 행동하기에 앞서 나는 내가 왜 이 땅 위에 존재하는지, 신은 존재하는지, 우리를 보고 있는지 알아야 할 필요를 느껴. 신이 우리를 보고 있다면, 나의 존재를 알아차릴 수밖에 없을 테니, 정말 그러한지 내가 먼저 알아야 할 필요가…….」

「답을 찾으려고 노력해 봐, 자! 하지만 너희는 행동하지 않을 테지.」

거추장스러운 이 짐은 수하물 보관소에 맡겨 두자. 그리고 에두아르처럼 보관증은 즉시 아무 곳에나 쑤셔 넣고 잊어버리자.

*

신의 존재를 믿지 않는 것은 생각보다 훨씬 더 어렵다. 물질의 아주 미미한 흔들림일지라도, 자연을 한 번이라도 진정으로 바라본 적이 있는 사람이라면 말이다……. 물질은 왜 들썩들썩 일어날까? 그것은 무엇을 향할까? 하지만 그런 정보는 너희의 신앙만큼이나 무신론에서 나를 멀어지게 한다. 물질은 침투를 허용하고 유연하며, 정신과 접합되기에 적합한 속성을 지녔다는 사실, 정신은 물질과 혼동될 정도로 물질과 긴밀하게 연결되어 있다는 사실 ― 이 사실 앞에서 내가 느끼는 놀라움을 나는 기꺼이 종교적이라

부를 것이다. 이 땅 위의 모든 것은 나를 놀라게 한다. 나의 정신을 혼미하게까지 하는 이 놀라움을 열렬한 찬양이라고 부르자. 나는 그렇게 하는 것에 동의한다. 하지만 그게 무슨 소용인가! 나는 이 모든 것 속에서 너희의 신을 보지 못했을 뿐만 아니라, 반대로 그 신이 아마도 존재할 수 없을 것이라는, 존재하지 않는다는 사실을 도처에서 목격하고 발견한다.

나는 신 스스로도 아무런 변화를 일으킬 수 없는 모든 것을 신성이라 부를 용의가 있다.

이 문장은 (적어도 처음 몇 단어들에 관해서는) 괴테의 어느 문장[24]에서 영감을 얻은 것인데, 여기에는 자연법칙들(요컨대 신 자신)에 대립되는 어떤 신, 즉 자연법칙들과는 구별될 어떤 신의 부정만큼이나 그런 어떤 신에 대한 믿음 또한 전제하지 않는다는 점에서 탁월한 면이 있다.

「이 생각이 어떤 면에서 스피노자의 철학과 다른지 이해할 수 없어.」

나는 그들의 생각을 굳이 구분해야 한다고 생각하지는 않는다. 괴테는 스피노자에 빚지고 있음을 기꺼이 인정했고, 나는 그런 괴테를 인용했다. 이처럼 각자, 자기 자신의 일부분을 약간 타인에게 빚지고 있다. 내가 보기에 서로 유대를 맺고 닮았음을 느끼는 몇몇 정신들이 있는데, 나는 너희가 너희 교회의 〈교부(敎父)들〉을 경배하는 것 못지않게 그들을 경배한다. 하지만 너희의 전통이 신

---

24 『시와 진실』, 16권 — 원주. 〈스피노자의 생각들에 대해 나름대로 이해한 바를 간단히 말하겠다. 자연은 너무도 필연적인 영원성의 법칙에 따라 움직이기 때문에 신조차 그것을 어찌지 못한다.〉

의 계시를 참조하고 또 그렇게 함으로써 생각의 자유를 일절 금지하는 반면, 전적으로 인간의 범위 안에 머물러 있는 이 다른 전통은 자신의 덕목을 나의 사유에 상속해 주었고, 나 자신이 가장 먼저 검증하지 않은 것, 혹은 내가 검증할 수 없는 것은 결코 진실로 받아들이지 말라고 나에게 권유한다.[25] 게다가 이 전통에는 어떤 교만함도 없으며, 인내심이 아주 많고 심지어 수줍기까지 한 겸손함이 담겨 있다. 또 어떤 초자연적인 계시의 기적적인 개입 없이 자기 자신만을 통해서는 인간은 어떤 진리에도 도달할 수 없다고 믿는 잘못된 겸손에 대한 혐오가 들어 있다.

25 합리적, 과학적 사유 방법을 제안하는 데카르트의 『방법 서설』 제1원칙을 떠올리게 한다. 즉 자신의 정신이 명확하고 뚜렷하게 참이라고 인식한 것 외에는 그 어떤 것도 참된 것으로 받아들이지 말라는 것이다.

만남

신이 나에게 말했다. 「요즘 들어 사람들이 나에 대해 이야기를 많이 합니다. 많고 많은 수다들이 이곳, 내 귀에까지 들려오고 있어요. 조금 성가시기까지 합니다. 그래요, 내 이야기가 유행하고 있다는 사실을 나도 알고 있어요. 하지만 사람들이 나에 대해 말하는 것들 대부분이 내 마음에는 들지 않아요. 내가 이해하지 못할 때도 있어요. 아! 마침 잘됐군요! 당신도 그 부류에 속하니까요. (당신은 문학을 하는 것에 꽤나 우쭐해하지 않습니까?) 그 많은 헛소리들 가운데 내 마음에 드는 한심한 문장이 하나 있는데, 이렇습니다. 〈신에 대해서는 오로지 자연스럽게 말해야 한다.〉[26] 이 문장이 누구의 것인지 당신이라면 내게 말해 줄 수 있을 것 같습니다만……?」

「그 한심한 문장은 제가 한 말입니다.」 내가 얼굴을 붉히며 말했다.

「오, 그렇군. 그렇다면 내 말을 잘 들게나.」 이 순간부터 신은 나에게 친근하게 반말을 한다. 「어떤 사람들은 내가 끼어

26 『지상의 양식』 2장에 나온 구절.

들어서 자신을 위해 기존의 질서를 좀 뒤흔들어 주었으면 하고 늘 바라네. 하지만 사람들이 나의 법칙들을 충실히 따르지 않으면, 너무 많은 일들이 복잡해져 버릴 게야. 그들이 속임수를 쓴다는 말이지. 그러니까 사람들은 나의 법칙들에 순종하는 법을 좀 더 잘 배우는 것이 좋을 거야. 그리고 그것이 그 법칙들을 이용하는 최선의 길이라는 것도 깨달아야 하네. 인간은 자신이 상상하는 것보다 훨씬 더 많은 일을 할 수 있다네.」

「인간은 지금 곤경에 처해 있어요.」

「거기서 빠져나오기를 바라겠네. 내가 인간 스스로 곤경에서 빠져나오도록 내버려 두는 것은 인간을 존중하는 나의 마음을 표시하기 위함이야.」

그리고 또 말했다.

「우리끼리 하는 말이지만, 그게 내게 그리 힘든 일은 아니었네. 자연스럽게 그리된 것이었어. 마치 나의 의지와는 상관없다는 듯, 모든 것이 몇 개의 근본 요소들로부터 탄생했지. 그러곤 막 눈을 틔운 아주 어린 새싹이 자라나면서, 어떤 신학자의 궤변보다 나를 나 자신에게 더 잘 설명해 주었다네. 나의 창조 속에서 사방팔방으로 흩어져 나간 내가, 동시에 그 속에서 감춰지고 사라져 보이지 않다가 다시 발견되기를 끊임없이 반복하더란 말이지. 나는 급기야 나 자신을 나의 창조물과 구분하지 못하는 지경에 이르렀고, 과연 내가 창조물 없이도 존재하기나 할까 의심까지 하게 되었다네. 그렇게 나의 창조 속에서 나 자신의 가능성을 스스로에게 증명하게 되었지. 하지만 흩어진 것들이 모두 다양한 형태들을 띠는 것은 오히려 인간의 머릿속에서야. 왜냐하면 소리들, 색깔들, 향기들은 오직 인간과의 관계 속에서만 존재하거든. 가장 상쾌한 새벽, 가장 아름다운 바람의 선율, 강물 위에 비치는 하늘, 가느다란 물결의 떨림, 이 모든 것들도 인간이 끌어모아서 자신의 감각들로 그것들 사이의 조화를 꾸며 내지 않는한, 한낱 공허한 헛소리에 지나지 않아. 나의 창조 전체가 이렇게 인간에 의해 뉘앙스를 달리하면서 채색되고 감정의 동요를 일으키는 것도 이 감각의 거울이 비춰 준 덕분이지…….

솔직히 고백하자면, 나는 인간에게 크게 실망했네. 나의 자식이라고 하는 자들이, 나를 더 잘 찬양한다는 구실하에 내가 그들을 위해 지상에 준비한 모든 것에 등을 돌렸거든. 아니, 나를 아버지라고 부르는 자들이 나에 대한 사랑 때문에 수척해지고 괴로워하며 궁핍한 생활을 자처하는데, 내가 그 모습을 보며 기뻐할 거라고 어떻게 상상할 수 있단 말인가……? 그건 내게 아무 의미 없는 일이야!

나의 가장 멋진 비밀들을 세상 어딘가에 내가 숨겨 놓았어. 너희가 너희 아이들을 위해 덤불 속에 부활절 달걀을 숨겨 놓는 것처럼 말이야. 나는 그것들을 찾으려고 애쓰는 자들을 특히 사랑한다네.」

내가 사용하는 이 신이라는 단어를 곰곰이 생각하며 무게를 가늠해 볼 때, 나는 이 말이 실체가 없는 것임을 인정하지 않을 수 없다. 내가 이 말을 아주 편리하게 사용할 수 있는 것도 이 이유에서이다. 이것은 형태가 고정되어 있지 않고 무한정 늘어날 수 있어서, 우리의 마음에 드는 것이면 모두 담을 수 있지만, 각자가 그 속에 넣는 것만 담는 항아리이다. 만약 내가 거기에 전능(全能)을 담아 넣으면, 이 그릇에 대해 내 어찌 두려움을 느끼지 않겠는가? 그러나 그것을 나에 대한 배려로, 우리 모두에 대한 호의로 채우면, 내 어찌 사랑을 느끼지 않겠는가? 만약 내가 그것에 벼락을 준다면, 그것의 옆구리에 번뜩이는 섬광을 매단다면, 나는 벌벌 떨며 무서워할 것이다. 이때 두려움은 폭풍우가 아니라 신을 향하는 것이다.

신중함, 양심, 선량함⋯⋯ 인간이 존재하지 않는다면, 내가 이 모든 것을 상상하기란 불가능하다. 인간은 이 모든 것을 자기 자신으로부터 분리시키고는 순수 상태에서 아주 막연하게, 즉 추상적으로 상상하며, 그것들로 신을 만든다. 인간은 그렇게 할 수 있다. 심지어 모든 것이 신에서부터 시작한다고, 절대자가 먼저 존재한다고, 신이 현실 세계의 근거이고, 이 현실 세계가 다시 신의 존재를 정당화해 준다고 상상할 줄도 안다. 신이 아무것도 창조하지 않는다면, 그는 어떤 것의 창조자도 아닐 터이니, 결국 창조주가 피조물을 필요로 하는 것이다. 그 결과 신과 인간이 너무도 완벽한 의존 관계 속에 있어서, 한쪽 없이는 다른 쪽이 존재할 수 없다고, 피조물 없이는 창조자도 존재할 수 없다고 말할 수 있을 정도이다. 인간은 신을, 신은 인간을 이보다 더 필요로 할 수는 없을 것이다. 신과 인간 중, 다른 쪽 없이 어느 한쪽만 존재한다고 상상하기보다는 차라리 아무도 존재하지 않는다고 상상하는 것이 더

쉬울 지경이다.

신은 나를 붙잡고, 나는 신을 붙잡는다. 그러므로 우리는 존재한다. 그러나 이렇게 생각함으로써 나는 창조된 세상 전체와 하나가 된다. 이 수다스러운 인류 속에 녹아 흡수되는 것이다.

만남

「하느님까지는 괜찮아요, 그냥 넘어가겠어요!」그 매력적인 소녀가 나에게 말했다. 「아! 어쩜! 하느님은 그냥 당신에게 맡길게요. 당신과 말씨름해 봤자 소용없을 것 같아요. 한데 신은 절대 손해를 보는 일이 없답니다. 사람들의 말에 따르면, 신은 언제나 자기 자식들을 알아본다죠. 원하든 원하지 않든, 당신도 그중 한 명이잖아요. 신부님이 어제 내게 또 말씀하셨어요. 선량한 신이신 하느님은 당신이 거절해도 당신을 구원하실 거라고요. 왜냐하면 당신은 착한 분이니까요. 그런데 어떻게 하느님을 좋아하지 않는다고 말할 수 있죠? 당신이 그렇게 고집불통만 아니라면, 당신 자신의 선량함은 하느님이 주신 것이고 당신 안에 있는 모든 훌륭한 것은 하느님으로부터 온다는 사실을 금방 인정했을 텐데요……. 하지만 내가 당신을 보러 온 것은 성모 마리아님에 대해 말하고 싶어서였어요. 아! 여기서만큼은 당신을 절대 고분고분 놔주지 않을 거예요! 시인이면서 성모님을 사랑하지 않는다는 게 어떻게 가능하죠? 실은, 당신은 자신도 모르게 그분을 사랑하고 있는 거예요. 단지 그 사실을 스스로 인정하는 게 용납되지 않는 거겠죠. 아니, 그래도 그렇죠, 당신은 정말 못 말리는 고집쟁이예요……! 아침나절에, 아직 잠에서 채 깨어나지 않은 초원 위로 떠다니는 은빛 안개가 그분의 드레스라는 사실을 아주 단순하게 인정하는 것이 어찌 그리도 마음으로 수락하기 힘든 일일까요? 뱀을 물리친 그분의 순결한 발, 요동치는 물결을 잠재운 그 돌연한 고요는 어떻고요? 당신이 찬미하는 저 빛, 별에서 떨어지는 저 떨리는 빛은 밤의 그늘 속에서 솟아나는 샘물을 반짝이게 하고, 당신의 마음속에서 빛나고 있어요. 그건 그분의 시선이랍니다. 또 산들바람에 살랑거리며 당신의 마음을 파고드는 저 나뭇가지의 아름다운 노랫가락은 그분의 목소리이고요. 성모님 자신은, 순결 외에 다른 욕망을 품지 않는 영혼만이 볼 수 있어요. 그분이 인간의 마음속에서 순결함을 지키는 것은 그 마음속에서 당신 자신을 비춰 볼 수 있기 위함이지요. 난 한 번도 성모님을 만난 적이 없어요. 네, 아직은 뵌 적이 없어요. 하지만 난 잘 알아요. 나를 더럽힐 수 있는 모든 것을 나에게서 멀리 떼어 놓는 것은 바로 성모님과 그분을 향한 나의 사랑이라는 사실을요……. 자! 어서 마음을 열어 보세요. 성모님을 인정하고 사랑하는 일을 받아들이세요. 인정하는 것과 사랑하는 것은 똑같으니까요. 그렇게 함으로써 당신은 제게 아주 커다란 기쁨을 주실 거예요……! 더구나 성모님은 아주 관대하셔서 내가 아기 예수님을 더 좋아하는 것도 승낙하신답니다. 아! 아기 예수님……! 그렇지만 난 예수님이 성모님의 아들이라는 사실을 절대 잊어버리지 않아요. 이 둘 중 어느 한 분만 사랑할 수는 없거든요. 그리고 동시에 성령도 함께 사랑해야 해요. 아니, 보세요. 생각하면 할수록 당신의 저항을 이해할 수가 없어요. 내 생각을 감히 숨김없이 말하자면…… 그 점에서 내겐 당신이 약간 바보처럼 보여요.」

「그러면 다른 이야기를 해요.」 내가 그녀에게 말했다.

*

오랫동안 내가 신이라는 단어를, 가장 불명확한 나의 개념들을 쏟아 넣은 일종의 잡동사니 상자처럼 사용한 것은 인정한다. 이를 통해 결국 프랑시스 잠[27]의 하얀 수염이 연상시키는 선량한 신의 모습과는 아주 적게 닮은, 그러나 이제는 거의 존재하지 않는 무엇이 형성되고 말았다. 그리고 머리카락, 치아, 시력, 기억력, 그리고 마지막으로 생명을 차례로 잃어버리는 일이 노인에게 일어나는 것처럼, 나의 신은 늙어 가면서(늙어 가는 것이 실은 신이 아니라 나였지만) 내가 좀 전에 그에게 입혔던 속성들을 ― 존재성 또는 현실성을 필두로(혹은 존재성 또는 현실성에 이르기까지) ― 모두 상실해 버렸다. 내가 그를 생각하지 않게 되자 그는 존재하

---

27 Francis Jammes(1868~1938). 프랑스의 시인이자 소설가, 극작가. 1896년에는 지드와 알제리 여행을 떠나기도 했다. 1905년 가톨릭교로 개종한 뒤, 그의 시는 더욱 종교적이고 교조적인 색채를 띠게 된다. 그러나 그는 주로 초기의 감각적이고 자유분방한 작품들로 프랑스 독자들에게 알려져 있다. 이 글에서 〈하얀 수염의 신〉의 이미지는 프랑시스 잠 자신의 모습을 연상시키는데, 이 시인의 교조적인 신앙을 암시하는 것으로 보인다.

기를 멈추었다. 오직 나의 열렬한 찬양만이 신을 만들고 있었다. 찬양은 신 없이도 가능했다. 그러나 나의 찬양이 없다면 신은 존재할 수 없었다. 그것은 거울의 유희가 되었고, 내가 그 속에서 모든 것을 혼자 도맡아 하고 있다는 사실을 깨달았을 때, 나는 그 유희에 더 이상 재미를 느끼지 못했다. 그러고도 아직 한동안은 이 신의 잔재가, 더 이상 고유한 특징도 없이, 미적 감각, 수(數)의 조화, 자연의 생명에 대한 노력[28] 속으로 도피하려고 시도했다…… 지금 나는 그에 대해 이야기하는 것에 별로 흥미를 느끼지 못한다.

그러나, 그럼에도 불구하고 내가 신이라고 부르던 것 — 즉 관념들, 감정들, 부름들, 그리고 오직 나를 통해 오직 내 안에서만 존재한다고 예전에 믿었던 그 부름들에 대한 응답들의 막연한 총체 — 이 지금 생각하면, 나머지 세상보다, 나 자신보다 그리고 인류 전체보다 훨씬 더 관심받아 마땅한 것으로 보인다.

*

세상과 삶에 대한 그 무슨 터무니없는 관념이 있어, 우리가 겪는 비참함의 4분의 3을 야기하는가. 또 세상과 삶에 대한 그 무슨 터무니없는 관념이 있어, 과거에 대한 집착 때문에 내일의 기쁨은 오직 오늘의 기쁨이 비켜 줄 때에만 가능하다는 것을, 매번의 파도가 아름다운 곡선을 그릴 수 있는 것은 오직 앞선 파도가 물러나기 때문에 가능하다는 것을, 꽃은 열매를 맺기 위해 시들어야

28 conatus vivendi. 자연의 본능적인 〈생명에 대한 의지〉를 가리킨다.

할 의무가 있으며 그 열매가 떨어져 죽지 않으면 새로운 개화(開花)가 약속될 수 없다는 것을, 그래서 봄조차 겨울의 문턱에 의지한다는 것을 알려고 하지 않는가.

*

위의 성찰들은 인류의 역사보다 자연의 역사가 주는 가르침에 더욱 흔쾌히 귀 기울이도록 나에게 촉구했고 여전히 촉구한다. 인류의 역사가 남긴 교훈들은 늘 우연에 따른 불확실성을 갖는 탓에, 그것들에게서 나는 아주 적은 혜택을 얻는다.

아주 하찮은 풀도 그 성장은 일정한 법칙들을 따르며, 이 법칙들은 인간의 논리를 벗어난다. 아니, 어쨌든 인간의 논리로는 환원되지 않는다. 여기서 실험은 다시 시작될 수 있다. 오류가 있을 수는 있지만 더욱 엄격하고 더욱 통찰력 있는 관찰로 반박한다면, 결국엔 항구적인 진리, 즉 나의 이성을 포함하면서 초월하는, 나의 이성이 부정할 수 없는 어떤 신에 언제나 더 가까이 다가갈 수 있다.

자비심 없는 신으로 말하자면, 너희의 그 선량한 신은 너희가 그에게 빌려주는 것만큼만 자비심을 가지고 있다. 오직 인간만이 인간적일 뿐, 인간 자신을 제외하면 비인간적이지 않은 것은 세상에 아무것도 없다. 고통스럽더라도 이 사실을 받아들여야 한다. 그리고 거기서부터 출발해야 한다. 떠나야만 한다.

나는 그 선량한 신보다 그리스의 제신(諸神)들을 더 쉽게 믿는다. 하지만 이 다신교가 아주 시적이라는 사실은 인정하지 않을 수 없다. 이것은 근본적인 무신론과 다르지 않다. 사람들이 스피노자를 비난했던 것도 그의 무신론 때문이었다. 그럼에도 그는 가톨릭 신자들이, 그러니까 교리에 가장 순종적인 신자들이 종종 그렇게 하는 것보다 더 많은 사랑과 존경심과, 심지어 더 큰 신앙심으로 그리스도 앞에서 고개를 숙였다. 그러나 그것은 신성(神性) 없는 그리스도였다.

*

기독교의 가설…… 인정할 수 없음.

그럼에도 유물론적 검증들이 그 가설에 타격을 주지는 못한다.

신의 속임수들 중 하나를 현장에서 발견하고 고발했다고 해서, 우리가 신이 과오를 범했다고 생각해야 할까?

번갯불의 형성을 과학적으로 규명했다고, 신에게서 벼락을 칠 권능을 부정하고 박탈할 것인가?

〈별도 너무 많고, 세계도 너무 많다……〉 X 씨는 생각한다. 만약 지구를 공중에 매달아 놓고, 지구의 인력에 대해 근거를 대고, 지구를 따뜻하게 데우고, 지구에 빛을 비춰 주고, 시인에게 몽상할 거리를 제공하기 위해 꼭 필요한 천체들만 하늘에서 발견한다면 아마 믿을 것이라고 상상하는 것이다. 하지만 지구를 우주의 중심으로 간주할 수 없다는 사실을 그는 알고 있다. 「그러므로 구원도 믿을 수가 없다.」그가 말한다. 「그리고 그리스도가 중심이 아니라면, 그가 전부가 아니라면, 그 또한 이제 나에게는 아무것도 아니다.」

둘 중 하나만 택해야 한다. 그러나 나는 둘 중 어느 것이 나에게 더 상상 불가능한 것인지 결론 내릴 수 없었다. 무한히 많은 세계들로 가득한 무한 공간? 수많은 별들이 있지만 별 하나 더 보탤 수 없는 유한 세계? 하지만 별들이 궤도를 돌고 있는 이 우주 공간의 경계까지 갔을 때 우리는 무엇을 만날까? 나의 정신이 부딪치게 될 경계석. 나의 정신이 더 이상 날아다니지 못할 어떤 허공. 어떤 현실 존재-장애물, 혹은 금지를 세우는 어떤 부재 존재 — 주체도 객체도 없는 금지 — 점진적으로 사라지는, 혹은 어디서 시작하는지 알 수 없는 어떤 부재 존재, 현실 존재의 완만한 사라짐 끝의 어떤 부재 존재 혹은 급작스럽게 완전히 제거되어 버린 보이지 않는 무엇?

아니다. 그 어떤 것도 아니다. 그러나 마찬가지로 예전에도 사람들은 의심을 표명했었다. 지구는 어떻게, 그리고 어디서 끝나는지. 지구가 둥글다는 사실을 마침내 알게 되고, 그것의 완전한 둘레의 출발점과 도착점이 만난다는 사실을 알게 된 날까지.

*

인간의 정신은 확신을 가질 수 없다는 확신을 얻는 순간부터 나는 확신 없이도 아주 잘 지내 왔다. 이 사실을 인정하고 난 다음에 무엇을 더 할 수 있을까? 확신을 만들어 내거나 위조된 확신을 받아들이고 그것이 거짓임을 인정하지 않으려고 노력하기……? 혹은 확신 없이 살아가는 법을 배우기. 나는 내 온 마음을 다해 그렇게 하려고 애썼다. 이 확신의 금단(禁斷)이 인간을 절망으로 이끌 수밖에 없을 것이라는 가설을 나는 인정하지 않았다.

3장

1

　모든 자연의 노력은 쾌락을 지향한다. 쾌락은 어린 풀잎이 자라고 새싹이 돋아나고 꽃봉오리가 피어나게 한다. 꽃부리에 햇살의 입맞춤을 내려놓고, 살아 있는 모든 것을 결혼에 초대하고, 굼뜬 애벌레를 번데기로 만들고 나비를 번데기의 감방에서 벗어나게 하는 것도 쾌락이다. 쾌락이 인도하는 모든 것은 가장 커다란 행복을, 더 많은 자각을, 진보를 열망한다……. 내가 책보다 쾌락 속에서 더 많은 지식을 알게 된 것도, 책 속에서는 명료함보다 모호함을 더 많이 발견한 것도 이 때문이다.

　거기에는 숙고도 방법도 없었다. 나는 이 환희의 대양 속으로 무턱대고 뛰어들었다. 그리고 그 속에서 침몰되지 않고 헤엄쳐 다니고 있다는 사실에 무척 놀랐다. 우리의 존재 전체가 자기 자신을 자각하는 것은 바로 쾌락 속에서이다.

　이 모든 것은 아무런 결심의 과정 없이 일어났다. 전적으로 자연스럽게 나 자신을 방임한 것이다. 인간의 본성은 나쁘다는 말을 들었다. 하지만 인간의 본성을 직접 경험하고 싶었다. 요컨대 나는 나 자신보다 타인을 향해 더 많은 호기심을 느꼈다. 더 정확히 말해 육체적 욕망이 은밀하게 작용하며 어떤 매혹적인 동요를 향해 나를 나 자신의 바깥으로 내던졌다.

내가 누구인지 알지 못하는 한, 도덕적 탐색이 나에게 그리 적합하게 느껴지지 않았음은 말할 것도 없고, 가능해 보이지도 않았다. 나 자신을 모색하는 일을 멈춘 것은 사랑 속에서 나 자신을 되찾기 위함이었다.

한동안은 도덕에 대한 일체의 거부를 수락해야만 했다. 그리고 갖가지 욕망에 더 이상 저항하지 말아야 했다. 오직 욕망들만이 나에게 교훈을 줄 수 있었다. 그것들에 나 자신을 내맡겼다.

만남

「오! 단 한 번만이라도!」 그 가엾은 신체장애자가 나에게 말했다. 「베르길리우스가 말한 것처럼 〈누구라도 좋으니, 나의 몸을 달아오르게 할 그 사람을〉 한 번만이라도 내 두 팔로 껴안을 수 있다면…… 이 기쁨을 맛본 뒤라면, 다른 기쁨들은 영원히 다시 맛보지 못한다 해도 더 쉽게 체념할 수 있을 것 같아. 나의 죽음까지도 더 쉽게 받아들일 수 있을 것 같아.」

「그 기쁨은, 한번 맛본 다음이면 더욱더 갈망하기만 할 걸세. 자네는 시인의 감성을 너무 지니고 있어서 이런 종류의 일에서는 차라리 상상이 기억보다 자네를 덜 괴롭힐 걸세.」 내가 그에게 말했다.

「그 말을 위로라고 하는가?」 그가 대꾸했다.

*

하지만 쾌락을 향유하려는 순간, 금욕주의자라면 할 수 있었을 것처럼 그 기쁨을 돌연 외면했던 것이 몇 번이던가.

거기에 포기는 없었다. 그러나 그 행복이 어떤 것일지에 대한 기대가 너무도 완벽한 탓에, 너무도 빈틈없는 예견 탓에 막상 쾌락이 실현되는 순간, 그것은 나에게 어떤 새로운 것도 가르쳐 줄 수 없었다. 쾌락을 보장받기 위한 준비는 최초 경험의 온전함을 손상시킬 뿐이며, 가장 달콤한 황홀경은 존재 전체를 기습적으로 사로잡는다는 것을 잘 알고 있었기에, 나는 그냥 지나쳐 버리기만 하면 될 뿐이었다. 그러나 적어도 쾌락을 두려운 것으로 만들고, 관능이 진정된 다음 회한에 빠지는 경향을 영혼에 부과하는 위선적인 침묵, 수치심, 체면을 위한 조심성, 소심한 망설임을 나에게서 일절 추방시켜 버릴 줄은 알고 있었다. 나는 온통 내면의 봄에 사로잡혔고, 여행길에서 만나는 어른거리는 광채들, 부화하는 모든 것들, 그리고 피어나는 꽃들은 내 내면의 봄이 보내는 메아리를 그려 주는 것만 같았다. 나는 너무도 뜨겁게 달아올랐고, 마치 빌려준 담뱃불이 마주한 담배에 불꽃을 일으키듯, 나의 열정을 누구와도 함께 나눌 수 있을 것만 같았다. 나는 나에게서 재를 남김없이 떨어냈다. 격정적인 사랑이 나의 시선이 미치는 곳곳에 흩어져 웃음 지었다. 생각했다. 선량함이란 사방으로 번져 나가는 행복의 광채일 뿐이며, 행복하다는 단순한 효과에 의해 나의 마음이 모든 이에게 전파되고 있다고.

그리고 훗날…… 그렇다. 나이를 먹으면서 내게 다가온다고 느낀 것은 욕망의 감퇴도, 싫증도 아니었다. 다만 갈망하는 나의 입술 위에서 쾌락이 너무 빨리 소진되는 것을 종종 예감하면서, 소유보다는 추구가 더 값진 것처럼 여겨졌을 뿐이다. 이때부터 나는 갈증의 해소보다 갈증 자체를, 쾌락보다 쾌락의 약속을, 만족보다 사랑의 끝없는 증대를 점점 더 좋아하게 되었다.

만남[29]

　나는 르발레의 한 마을로 그를 보러 갔다. 그곳에서 그는
건강을 거의 회복해 가고 있는 것처럼 되어 있었지만, 실은
죽음을 준비하고 있었다. 병석에 누워 있는 그의 모습은 내
가 겨우 알아볼 정도로 변해 있었다.

　「거참, 잘 안 되네. 영 아니야.」그가 나에게 말했다. 「기관
마다 모두 발병하는 것 같아. 간, 신장, 비장 할 것 없이, 차례
로 다…… 내 무릎은 말이지…… 호기심 삼아 한번 볼래?」

　그는 담요를 반쯤 들어 올리고 자신의 야윈 다리를 앞으로
끌어당겨, 무릎 관절 부위에 부풀어 오른 커다란 공 모양의
종양을 보여 주었다. 그가 땀을 많이 흘리는 탓에 셔츠가 몸
에 달라붙어서 그의 야윈 모습이 그대로 드러났다. 나는 나
의 슬픔을 감추려고 애써 밝은 표정을 지었다.

　29 1930년 8월 지드가 아르카숑의 요양원으로 마르크의 친형이자 자신
의 친구이기도 한 장폴 알레그레를 찾아갔던 때의 일을 사실 그대로 적은 것
이다. 〈끔찍하기 짝이 없는 엿새였다. 그를 격려하고, 피로워하는 그를 도와
주고, 거짓말을 하고, 그에게 죽음을 감추며 날들을 보냈다.〉(1930년 8월
18일 『일기』)

「아무튼 건강을 회복하려면 오랜 시간이 걸릴 거라는 건 너도 알고 있었잖아.」내가 그에게 말했다. 「어때? 여기에 있으니 좋지? 공기가 맑군. 먹는 건......?」

「아주 좋아. 그나마 날 보전해 주는 것은 내가 아직 소화를 잘하는 덕분이야. 며칠 전부터는 몸무게가 늘기까지 했거든. 열도 내렸어. 오! 그리고 보니, 난 상당히 좋아졌어.」

미소 비슷한 것이 그의 얼굴 근육을 잡아당겼다. 나는 그가 아마도 희망을 모두 놓아 버린 것은 아니라는 사실을 알아차렸다.

「더구나 봄이야.」나는 글썽이던 눈물을 그에게 감추려고, 창문 쪽으로 얼굴을 돌리면서 서둘러 말을 덧붙였다. 「정원에 나가 앉아 있어도 되겠어.」

「벌써 매일, 점심 식사 후에 잠시 내려가 있는걸. 저녁 식사만 내 방에 올리게 하고 있어. 점심 식사는 억지로라도 아래층 식당에서 먹으려고 해. 지금까지 사흘밖에 거르지 않았어. 그다음 두 층을 다시 올라오는 게 조금 힘들긴 하지만, 천천히 올라오면 돼. 한 번에 네 계단 이상은 오르지 않아. 그다음엔 숨을 돌리려고 멈추지. 다 합해서 20분은 족히 잡아야해. 하지만 덕분에 운동을 조금 하게 되잖아. 또 그다음에 내 침대를 되찾게 되니까 얼마나 기쁜지! 그동안 방 청소할 시간을 줄 수도 있고. 하지만 무엇보다 내가 나 자신을 되는대로 내버려 두는 것이 겁나...... 지금 내 책들을 보는 거야? 그래, 그건 네가 쓴 『지상의 양식』이군. 그 책은 한순간도 내 곁을 떠나지 않는다네. 내가 그 책에서 얼마나 위로와 용기를 얻는지 넌 모를 거야.」

이 말이 지금까지 사람들이 내게 했던 어떤 찬사보다 내 마음을 감동시켰다. 지금 와서 고백하지만, 나는 나의 책이 강건한 사람들 곁에서만 신망을 얻을 수 있을까 봐 두려웠었다.

「그래, 심지어 지금 이 상태에서도, 꽃 필 무렵의 정원에 나가 있을 때면, 파우스트처럼 흘러가는 순간에게 말하고 싶어져. 〈너무도 아름다운 그대……! 멈추어 다오.〉 그러면 내게 모든 것이 조화롭고 감미롭게 느껴져……. 이 협주곡에서 날 거북하게 하는 것은, 저 그림 속의 얼룩처럼 나 자신이 잘못된 음을 내는 것이라네. 난 너무도 아름답고 싶은데!」

활짝 열린 창문 너머로 펼쳐지는 쪽빛 창공을 향해 시선을 고정시킨 채, 그는 한동안 말이 없었다. 그리고 더 나지막이 말했다. 두려움에 떨고 있는 것처럼.

「내 부모님께는 네가 내 소식을 전해 주었으면 좋겠어. 난 이제 그분들께 편지를 쓸 용기가 나지 않아. 무엇보다 진실을 그분들께 말할 수가 없어. 어머니는 늘 내 편지를 받는 즉시 답장을 보내서. 내가 아픈 것은 나의 행복을 위한 것이고, 신이 내게 이 고통을 주는 것은 나를 구원해 주기 위함이라고, 내 건강이 좋아지려면 그 사실을 알아야 한다고, 그리고 그런 다음에야 내가 병이 나을 자격이 있을 것이라고 하시지. 그래서 나는 늘 똑같이 말해. 몸이 나아졌다고. 내 마음을 신성 모독적인 감정들로 가득 채워 버리는 그런 훈계를 피하기 위해서 말이야……. 어머니께 보내는 편지는 네가 써줘.」

「오늘 오전에 당장 그렇게 할게.」축축한 그의 손을 잡으며
내가 말했다.

「오! 그렇게 세게 잡으면 아파.」

그는 미소 짓고 있었다.

2

우리의 문학은, 기이하게도 특히 낭만주의 문학은 슬픔을 찬양하고, 즐기고, 퍼뜨렸다. 인간을 가장 영광스러운 행동으로 내던지는 그 적극적이고 결연한 슬픔을 말하는 게 아니다. 여기서 슬픔이란 사람들이 멜랑콜리라 부르는 것으로, 시인의 이마에 창백함을 특혜로 부여하고, 그의 시선을 우수로 가득 채우는, 영혼의 무기력한 상태와 유사한 것이다. 그러한 풍조에는 자기만족이 들어 있다. 기쁨은 지나치게 양호하고 멍청한 건강의 징후여서 상스러워 보였으며, 웃음은 사람들의 얼굴을 찌푸리게 했다. 그리고 슬픔에는 정신성이라는, 따라서 깊이라는 특권이 마련되었다.

뮈세[30]의 시 중에 엄청나게 격찬받은 시구가 있는데 — 〈가장 절망한 자의 노래가 가장 아름답다〉 — 늘 베토벤보다는 바흐와 모차르트를 더 좋아했던 나로서는, 이 시구가 부도덕한 것으로 여겨진다. 인간이 역경에 시달려 쓰러지는 것을 나는 용납할 수가 없다.

그렇다. 여기에는 본성에 내맡기는 자기 방임보다는 결의가 더 많이 개입된다는 사실을 나는 알고 있다. 프로메테우스는 캅카

30 Alfred de Musset(1810~1857), 프랑스 낭만주의 시인이자 소설가.

스산에 사슬로 묶인 채 고통받고, 그리스도는 십자가에 못 박혀 죽는다. 이 둘 모두 인간을 사랑했기 때문이다. 반신(半神)들 중에는 유일하게 헤라클레스만이 괴물들, 그 불멸의 히드라들, 인류를 억누르던 그 모든 끔찍한 힘들과 싸워 이겨 낸 고뇌를 이마에 새기고 있다. 싸워.무찔러야 할 용들이 아직 많이 있다. 아니, 아마 영원히 있을 것이다……. 기쁨의 포기에는 좌절과 일종의 기권, 비겁함 같은 것이 들어 있다.

오늘에 이르기까지 인간은 오직 타인의 희생, 타인의 지배를 통해서만 행복을 허락하는 안락함의 수준에 이를 수 있었다는 사실, 이것이야말로 우리가 더 이상 허용하지 말아야 할 것이다. 조화로부터 자연스럽게 탄생하는 행복을 이 땅 위에서 포기해야 한다는 것은 더더욱 인정할 수 없다.

*

사람들은 약속의 땅, 선물받은 땅을 가지고 도대체 무슨 짓을 했는가……. 신들이 얼굴을 붉힐 일이다. 장난감을 부러뜨리는 아이도, 먹을 풀이 자라는 방목장을 망가뜨리거나 매일 물 마시러 가는 샘을 흐려 놓는 짐승도, 제 둥지를 더럽히는 새도 이보다 더 어리석지는 않다. 오, 이 얼마나 우울한 도시의 광경인가! 추함, 부조화, 악취…… 모두의 기쁨을 해치는 누군가의 극히 작은 위해(危害) 행위까지도 처벌받는다면, 약간의 이해와 사랑이 함께 있다면, 도시를 둘러싼 녹지대는 식물이 제안하는 모든 풍성하고 정겨운 것들을 보호하는 정원이 될 수 있었을 것이다.

오, 여가여! 네가 어떤 것이 될 수 있을지 상상해 본다. 오, 기쁨의 축복 속에서 즐기는 정신적인 유희여! 그리고 노동! 노동 그 자체도 그 신성함을 모독하는 저주에서 벗어나 구원받았다.

*

아무리 애벌레와 나비 사이라 할지라도, 이들이 정확히 동일한 존재라는 사실을 알지 못한다면, 어느 진화론자가 이들 사이에 관계가 있다고 상상하겠는가. 계보의 관계는 불가능해 보인다. 그런데 이들 사이에 동일성이 있다고 한다. 만약 내가 자연 과학자였다면, 내 정신의 모든 힘과 모든 질문들을 그 수수께끼에 집중했을 것 같다.

만약 그 탈바꿈을 목격할 기회가 극소수의 사람들에게만 주어졌더라면, 만약 그 탈바꿈이 아주 보기 드문 광경이었다면, 아마 우리는 더욱 크게 놀랄 것이다. 하지만 우리는 계속 반복되는 기적 앞에서는 놀라지 않는다.

그런데 변하는 것은 형태뿐만이 아니다. 풍습도 취향도 변한다…….

너 자신을 알라. 위험하고도 혐오스러운 금언이다. 자기 자신을 관찰하는 자는 누구나 발전을 멈춰 버린다. 〈자신을 잘 알려고〉 애쓰는 애벌레는 결코 나비가 되지 못할 것이다.

*

　나는 나의 다양성 속에서 어떤 불변성을 분명히 느낀다. 내가 다양하다고 느끼는 것은 언제나 다름 아닌 나 자신이다. 그런 불변의 성향이 존재한다는 사실을 내가 알고 느끼는데, 무엇 때문에 내가 그런 성향을 얻으려고 애쓴단 말인가? 살아오는 내내, 나는 나 자신을 알려는 노력을 거부했다. 그런 노력은, 더 정확히 말해 그런 노력의 성공은, 많든 적든 존재를 한정 짓고 퇴화시키며, 아주 빈약하고 편협한 몇몇 인물들만이 자신을 발견하고 이해하기에 이르는 것 같다. 그렇기에 자기 자신을 안다는 것은 존재를, 존재의 발전을 제한하는 것처럼 여겨졌다. 일단 자신의 모습을 알아낸 다음에는 자기 자신과 닮으려는 고심 때문에, 발견된 모습 그대로 남으려고 할 것이기 때문이다. 내가 보기에는, 끝없이 이어지는 비밀스러운 변화를, 그리고 미래의 어떤 가능성에 대한 기대를 끊임없이 보호하는 것이 더 가치 있는 일이었다. 이미 결정 나 있는 결론이, 자신의 감정과 생각을 변함없이 유지하려는 의지가, 자기모순의 두려움이, 내게는 일관성의 결여보다 더 거북하다. 더구나 이 일관성의 결여는 표면상으로 그렇게 보일 뿐, 실제로는 더욱 깊이 감추어진 어떤 연속성에 부합하는 것 같다. 모든 곳에서 그렇듯이 여기서도 문장이 우리를 기만하기에, 말은 삶 속에서 종종 그런 것보다 더 많은 논리를 우리에게 요구한다. 그리고 우리 자신의 가장 값진 것은 아직 표현되지 않은 채로 남아 있다.

3

나는 가끔, 아니 종종, 심술궂게, 내가 생각하는 것보다 더 고약하게 타인에 대해 말하지만, 책이나 그림과 같은 많은 작품들에 관해서는 그 작가에게 나에 대한 반감을 살까 두려워 비겁하게, 내가 생각하는 것보다 더 호의적으로 말한 적이 있다. 가끔은 전혀 재미있다고 느껴지지 않는 사람에게 미소 짓기도 하고, 멍청한 이야기를 재치 있다고 여기는 척하기도 했다. 이따금 따분해 죽을 지경인데 좀 더 있으라는 말 때문에 떠날 용기를 내지 못할 때 즐거운 시늉을 한 적도 있다……. 너무도 자주 나의 이성이 내 마음의 충동을 저지해도 용납했다. 반대로 나의 마음이 침묵하는데도 너무 자주 주절거렸다. 때때로 사람들의 동의를 얻기 위해 어리석은 짓을 한 적이 있다. 반대로, 해야 한다고 생각하지만 동의받지 못할 것을 알 때 그 일을 감행할 용기를 항상 내지는 못했다.

〈지난 시절〉[31]에 대한 아쉬움은 늙은이의 가장 부질없는 짓이

---

31 temporis acti. 호라티우스의 표현(〈지난 시절을 예찬하는 자Laudator temporis acti〉)을 여기서 부분적으로 인용하고 있다. 그러나 키케로는 현재

다. 나 스스로에게 이렇게 말하지만 나도 어쩔 수가 없다. 이것을 너희는 영혼을 아주 조금씩 신에게 귀환시킬 수도 있을 아쉬움이라 여기며 나를 격려한다. 하지만 너희는 나의 아쉬움, 즉 나의 회한의 성질을 오해하고 있다. 나를 괴롭히는 것은 〈일어나지 않은 일〉에 대한 후회, 젊은 시절에 할 수 있었고 했어야 하지만, 너희의 도덕을, 이제는 내가 더 이상 믿지 않는 그 도덕을 지키기 위해 하지 못했던 모든 것에 대한 후회이다. 그 도덕이 나에게는 너무도 거북했지만 따르는 것이 명예롭다고 믿었기에, 나는 나의 관능의 만족을 거부하는 대신 나의 자부심을 만족시켰다. 왜냐하면 그 시절은 영혼과 육체가 사랑을 나누기에 가장 싱싱하고, 사랑하고 사랑받기에 가장 아름답고, 포옹이 가장 기운차고, 왕성한 호기심으로 많은 것을 배우고, 쾌락이 가장 값진 나이이지만, 사랑의 유혹에 저항하기 위한 힘 또한 영혼과 육체 모두에서 가장 강한 나이이기 때문이다.

너희가 〈욕망의 유혹〉이라 부르고 너희처럼 나도 그렇게 부르던 것들이 그립다. 오늘 내가 후회한다면 그것은 몇몇 유혹에 굴복했기 때문이 아니라 그 많은 다른 유혹들에 저항했다는 것 때문이다. 훗날, 그 유혹들의 매력이 이미 한풀 꺾이고 나의 마음에는 그저 미미한 혜택이 되었을 때에야 나는 그것들을 붙잡으려 뒤쫓아 다녔다.

나는 나의 젊은 시절을 우울하게 만들고, 현실보다 상상을 더 좋아하고, 삶을 등졌던 것을 후회한다.

를 비난하기 위해 동일한 표현을 사용하여 〈항상 과거를 칭찬하는 자들〉을 겨냥했다.

　오! 우리가 할 수 있었음에도 하지 않은 그 모든 것들…… 삶을 떠나야 할 시점에 그들은 생각할 것이다 — 더 고려해 봐야 할 것 같아서, 때를 기다리느라, 게을러서, 그리고 〈뭐, 우리에게 시간은 얼마든지 있어!〉라고 생각했기에, 우리가 했어야 함에도 하지 않은 그 모든 것들! 그 대체할 수 없는 하루하루를, 되찾을 수 없는 그 순간순간을 붙잡지 못했기에. 결정을, 노력을, 포옹을 나중으로 미루었기에…….

　흐르는 시간은 명백히 흘러가 버렸다. 그들은 생각할 것이다.

　〈오! 미래에 태어날 너, 너는 더 현명해라. 순간을 붙잡아라!〉

　지속하는 시간 중에서도 바로 지금 이 순간에, 나는 내가 지금 점유하고 있는 이 공간 지점에 자리 잡고 있다. 이것이 전혀 결정적이지 않다는 생각은 절대 인정할 수 없다. 두 팔을 한껏 벌린다. 그리고 말한다. 여기는 남쪽, 여기는 북쪽…… 나는 결과이다. 앞으로는 내가 원인이 될 것이다. 결정적인 원인! 다시는 생기지 않을 기회이다. 나는 존재한다. 그러나 존재 이유를 알아내고 싶다. 내가 무엇을 위해 사는지 알고 싶다.

　우스꽝스러워 보이지는 않을까. 이 두려움이 우리에게서 최악의 비겁함을 끌어냈다. 용기로 충만하다고 스스로 믿다가도 그들의 신념에 적용된 〈유토피아〉라는 이 단어 하나 때문에 상식적인 사람들의 눈에 비현실적으로 보일까 봐, 갑자기 겁쟁이가 되어 버린 젊은 욕망들이 얼마나 많은가. 마치 인류의 위대한 진보가, 실현된 유토피아에 힘입어서는 안 될 것처럼! 마치 내일의 현실이 어제와 오늘의 유토피아로 이루어져서는 안 될 것처럼! 만약 미래가 과거의 반복이기만 한 것이 아니라고 한다면, 그것은 나에게서 삶의 모든 기쁨을 가장 쉽게 빼앗아 버릴 수 있을 것이다. 그렇다, 가능한 어떤 진보에 대한 전망이 없다면, 삶은 아무런 가치가 없다 — 그래서 나는 나의 소설 『좁은 문』에서 알리사의 입을 빌려 이렇게 말했다.

　〈그것이 아무리 축복받은 행복일지라도, 진보 없는 상태를 바랄 수는 없습니다……. 그리고 《진보적》이지 않는 기쁨이라면 경멸할 것입니다.〉

　우리가 정말 두려워해야 할 괴물은 아주 드물다.

　밤에 대한 두려움과 밝음에 대한 두려움, 죽음에 대한 두려움과 삶에 대한 두려움, 타인에 대한 두려움과 자기 자신에 대한 두려움, 악마에 대한 두려움과 신에 대한 두려움 — 두려움이 낳은 괴물들아, 이제 너희는 우리에게 그런 두려움을 함부로 일으키지 못할 것이다. 그런데도 우리는 여전히 도깨비들의 지배하에 살고 있다. 신에 대한 두려움은 곧 예지의 시작이라고 누가 말했던가. 분별없는 예지여, 진정한 예지여, 너는 두려움이 멈추는 곳에서 시작하고, 우리에게 삶을 가르쳐 준다.

*

신뢰가 가능한 곳이면 어디든지 여유로움과 기쁨을 가져오기. 이것은 곧바로 나의 욕구이자 나에게 없어서는 안 될 행복의 촉구가 되었다. 마치 공감을 통해, 이를테면 대리인을 통해 맛볼 수 있는 행복 말고는 나 스스로 다른 행복을 알지 못하므로, 타인의 행복으로 나 자신의 행복을 만들어야 할 것처럼. 그리고 바로 이 사실로부터 이 행복을 방해할 수 있는 모든 것이 가증스럽게 여겨졌다 ─ 소심함, 좌절, 몰이해, 비방, 상상의 비탄이라는 자기만족적 초상(肖像), 비현실에 대한 헛된 갈증 ─ 진영들, 계급들, 국가들, 혹은 종족들 간의 분열 ─ 인간을 자기 자신이나 타인의 적으로 만드는 경향이 있는 모든 것, 불화를 조장하는 것들, 억압, 위협, 부인(否認).

*

다람쥐는 구렁이가 기어 다니는 것을 용납하지 않는다. 거북이와 고슴도치가 몸을 움츠릴 때 산토끼는 달아난다. 너는 인간에게서도 이 모든 다양성을 발견하게 될 것이다. 그러니 너와 다르다고 비난하는 일을 그만두어라. 인간 사회는 온갖 다양한 형태의 활동을 요구하고 온갖 다양한 형태의 행복을 꽃피울 수 있는 환경을 조성해 줄 때 비로소 완벽해질 줄 알 것이다.

*

남을 타락시키는 사람들, 남을 우울하게 만드는 비관주의자들, 남의 활력을 약화시키는 사람들, 복고주의자들, 시류에 뒤처진 사람들, 그리고 빈정대기를 좋아하는 사람들이 내 개인적인 혐오의 대상이 되었다.

나는 인간의 가능성을 축소시키는 모든 것을, 인간을 바보로 만들고 자신감을 위축시키거나 굼뜨게 만드는 모든 것을 싫어한다. 왜냐하면 지혜는 느림과 의혹을 동반한다는 사실에 동의하지 않기 때문이다. 이것은 내가 늙은이보다 어린아이의 마음속에 더 많은 지혜가 들어 있다고 종종 믿는 이유이기도 하다.

*

그들의 지혜라고……? 아! 그들의 지혜를 말하는군. 대수롭게 여기지 않는 게 나을 거야.

그것은 모든 것을 경계하고 자신을 안전하게 피신시키면서 최소한으로 사는 것이지.

그들의 조언에는 뭐라 설명하기는 어렵지만, 뭔가 가라앉고 침체된 것이 늘 들어 있어.

그들은 참견을 해대며 아이들을 바보로 만드는 애 엄마 같아.

「그렇게 세게 그네를 흔들지 마, 줄이 끊어지겠다.

그 나무 아래에는 가지 마. 천둥이 칠 거야.

축축한 곳으로 걷지 마. 미끄러질 거야.

풀밭에 앉지 마. 엉덩이에 풀물이 들 거야.

네 나이에는 행동을 좀 더 분별 있게 해야 해.

그걸 도대체 몇 번이나 네게 말해야겠니?

팔꿈치를 식탁에 괴어서는 안 돼.

얘는 정말 지긋지긋해!」

— 아! 부인, 당신만큼은 아닌걸요.

*

너무도 뜻밖이라 놀랍지만 동시에 너무도 기다렸다는 점에서 나에게 기쁨은, 견디기 힘들 정도로 뜨거운 어느 저녁, 하루 종일 메마른 황무지를 걷고 난 긴 여정 끝의 휴식지에서 우리가 마셨던 큰 사발 가득한 신선한 우유와 같다. 우리는 수 주 동안 우유를 구경조차 하지 못했었다. 그 당시에 우리가 통과해 가던 고장이 수면병의 창궐로 가축을 기르기에 적합하지 않았기 때문이다. 하지만 우리는 아무것도 짐작하지 못한 채, 몇 시간 전부터 목축이 가능한 안전지대에 들어와 있었고, 만약 풀이 좀 덜 자랐거나 말을 탄 우리의 행렬이 풀 위로 좀 더 높이 굽어볼 수 있었더라면, 여기저기 덤불 사이로 소 떼를 알아볼 수 있었을 것이다. 그날 저녁, 우리는 우리의 갈증을 해소하기 위해 그저 미지근하고 의심스러운 물을 기대하고 있었을 뿐이다. 그러곤 아마도 신중을 기하기 위해 물을 끓였을 것이고, 술이나 포도주에 섞어 마시며 다른 날들처럼 그 역겨운 물맛에 만족해야만 했을 것이다. 하지만 그날 저녁, 오두막집의 그늘에서, 우리를 위해 큰 사발 하나 가득 짜두었던 우유를 발견하고는 우리가 얼마나 황홀해했던지. 우유의 표면은 아주 얇은 회색 모래층으로 덮여 있어 흐릿했다. 유리잔에 우유를 붓자 얇은 표층이 찢어졌고, 그 아래로, 뜨거운 열기 속에서 하루를 보낸 끝에 만난 우유는 더욱 담백하고 더욱 청량하게 느껴졌다. 우유는 백색이었지만, 우리가 마신 것은 그늘이고 휴식이며 위안이었다……

4장

1

오직 숨 쉬며 살아 있는 것만이 나의 마음을 끌어당길 수 있다. 나의 정신이 하고자 하는 것은 결국 조직하는 것, 건축하는 것이다. 그러나 나는 내가 사용해야 할 재료들을 먼저 시험하기만 할 뿐, 아무것도 쌓아 올리지 못한다. 비록 그것들이 이미 진실성을 인정받은 개념들, 원리들일지라도 나의 정신은 나 스스로 인정하기 전까지는 그것들을 받아들이지 않는다. 게다가 울림이 가장 큰 단어들이 그 의미도 가장 공허하다는 사실을 나는 알고 있다. 그래서 미사여구를 많이 쓰는 사람들, 격식에 맞춰 잘 말하는 사람들, 타인을 기만하는 위선자들을 경계하며, 그들이 떠벌리는 말이 과장된 것임을 폭로하는 것부터 시작한다. 너의 덕목 속에 감춰진 자만심, 너의 애국심 속에 감춰진 개인적인 이득, 너의 사랑 속에 들어 있는 육체적 욕구와 이기주의가 어떤 것인지 알고 싶은 것이다. 아니다, 내가 별을 보느라 가로등을 더 이상 알아보지 못했다고 해서 나의 하늘이 어두워지지는 않았다. 나약해지지 않은 나의 의지는 이제 허깨비들이 이끄는 대로 따라가지 않고 오직 현실만을 사랑할 뿐이다.

*

하지만 인간은 지금과 늘 다른 모습을 띠어 왔다는 확신은 곧 인간은 미래에도 계속 다를 것이라는 희망을 가능하게 한다.

나 또한 물론! 플로베르와 함께 진보라는 우상 앞에서 미소 짓거나 웃을 수 있었다. 사람들이 진보를 어떤 가소로운 신성처럼 제시하고 있었으니 그럴 수밖에 없지 않은가. 상업과 산업의 진보, 무엇보다 미술의 진보라니, 얼마나 어리석은가! 지식의 진보, 물론 좋은 말이다. 그러나 나에게 중요한 것은 인간 자체의 진보이다.

인간은 지금의 모습과 같은 적이 결코 없었다는 사실, 현재 인간의 모습은 서서히 획득되었다는 사실, 모든 문명의 신화가 이야기하는 것들에도 불구하고 이 사실은 이제 반박할 수 없을 듯하다. 우리의 시선은 겨우 몇십 세기의 세월에 국한되어 있어 과거 속에서 현재의 모습과 비슷해 보이는 인간을 알아볼 수 있고, 사람들은 파라오의 시대 이후 인간이 하나도 변하지 않았다고 찬탄한다. 하지만 〈선사 시대의 심연〉 속으로 더 깊숙이 시선을 떨구어 보면 우리는 더 이상 그렇게 생각할 수 없음을 알게 된다. 현재와는 늘 다른 모습으로 존재해 온 인간이 어떻게 미래라고 지금과 같은 상태에 머물러 있겠는가? 인간은 진화한다.

그러나 저들, 저들은 단테의 그 영벌을 받은 자와 유사한 인류를 상상하고 나에게 그 사실을 믿게 하고 싶어 한다. 영원히 제자리에 못 박혀 있어야 한다는 절망 속에서 인간은 이렇게 외친다. 〈천년에 단 한 걸음만이라도 나아갈 수 있다면 나는 벌써 길을 떠났을 것이다.〉

진보라는 개념은 다른 온갖 개념들과 상호 의존적인 관계를 맺거나 다른 것들을 종속시키면서 나의 정신 속에 제 자리를 마련했다.

〈완전한 인간〉이라는 관념은 일시적으로 얻은 균형을 이유로 고전주의 시대가 줄 수 있었던 망상이었다.〉 인류의 현재 상태는 반드시 넘어서게 되어 있다, 라는 생각이 우리를 〈열광시키자〉, 이 진보를 방해할 수 있는 모든 것에 대한 적대감(기독교인에게서 악에 대한 적대감에 견줄 만한)이 즉각 따라온다.

*

이 모든 것이 일소될 것이다. 마땅히 제거되어야 할 것과, 마땅히 제거되지 말아야 할 것까지 모두. 하긴, 이것들을 어떻게 분리시킬 수 있겠는가? 너희는 과거와의 연계 속에서 인류의 구원을 찾아 나서기를 원하지만, 진보는 과거를 몰아냄으로써만, 인류에게 더 이상 소용되지 않는 과거의 것을 몰아냄으로써만 가능해진다. 그러나 너희는 진보를 전혀 믿고 싶어 하지 않기에 이렇게 말할 것이다. 〈과거에 일어난 일이 미래에도 일어날 것이다.〉 나는 과거에 일어난 일이 미래에는 일어날 수 없을 것이라고 생각하고 싶다. 인간은 먼저 자신을 보호해 주다가 그다음에는 자신을 굴종시키고 있는 것에서 조금씩 벗어나게 될 것이다.

*

변화시켜야 할 것은 단지 세상만이 아니다. 인간도 변화시켜야 한다. 새로운 인간은 어디에서 출현할 것인가? 바깥은 아니다. 동지여, 자신 안에서 새로운 인간을 발견할 줄 알아야 한다. 광석에서 찌꺼기가 없는 순수 금속을 추출해 내듯, 기대되는 그 인간을 너 자신에게 요구해라. 그 인간을 너 자신에게서 얻어 내라. 용기를 내어 너 자신이 되어라. 대단한 결과를 얻지 못하더라도 스스로를 억제하지 마라. 모든 존재는 저마다 놀라운 잠재성들을 가지고 있다. 자신의 역량과 젊음에 대해 스스로 확신을 가져라. 자신에게 끊임없이 이렇게 말할 수 있어야 한다. 〈그 새로운 인간은 오직 나 자신에게서 유래한다.〉

*

혼합을 통해서는 어떤 훌륭한 것도 얻을 수 없다.
젊은 시절, 나의 머리는 온통 노새, 얼룩 낙타[32] 등의 이종 교배들로 가득 차 있었다.
우생학의 위력.

---

32 camélopard 혹은 caméléopard. 기린을 가리키는 말로, 낙타와 표범을 합친 합성어이다.

> 기본 덕목 : 인내.

단순한 기다림과는 아무 상관이 없으며, 오히려 고집과 유사하다.

만남

1

부르보네 지방에서는 꽤 나이 든 어느 상냥한 독신 여성을 알게 된 적이 있다.

그녀는 장롱에 오래된 약들을 한가득 보관하고 있었다.

장롱에는 이제 자리가 남지 않아 아무것도 더 넣을 수 없는 지경에 이르렀다.

그녀가 아주 잘 지내고 있으니,

불필요한 약품을 그렇게 간직하는 것은

그리 유익하지 않을 것 같다고 내가 실례를 무릅쓰고 그녀에게 말했다.

그러자 그녀의 낯빛이 아주 붉어지더니

당장이라도 울음을 터뜨릴 것 같은 표정을 지었다.

그녀는 약병들과 약 상자들과 주사액 주입 관들을 하나씩 차례로 꺼내면서 말했다.

「이것은 나를 복통에서 구해 주었고, 이것은 인후염에서 나를 구해 주었어요!

이 연고는 사타구니에 생긴 종양을 치료해 주었답니다.

하지만 언제 재발할지 모르죠.

또 이 알약들은 변비가 있을 때

몸을 가볍게 해주었어요.

이 기구는 흡입기인데,

완전히 고장 나 버린 것 같네요…….」

마지막으로 그녀는 그 모든 약들을 당시에는 아주 비싼 값에 산 것들이라고 했다.

그때 나는 그녀가 그 약품들을 내버리지 못하는 이유가 그때문이라는 사실을 깨달았다.

2

그리고 그 모든 것을 떠나야 할 시간이 우리에게 다가왔다.

그 〈모든 것〉이란 무엇일까? ― 몇몇 존재들에게는 끌어모은 재산 더미, 부동산, 장서들,

단순히 여가를 맛보는 순간에

즐거움을 느끼게 해주는 긴 의자…….

하지만 많은 다른 사람들에게 그것은 고통이고 힘든 일일 수 있다.

가족, 친구들, 자라나는 아이들을 떠나기,

시작된 노동, 끝내야 할 작업,

현실화되려는 순간의 꿈,

　다시 읽고 싶은 책들,

　한 번도 맡아 본 적이 없는 향기들,

　제대로 충족되지 못한 호기심들,

　너의 도움을 기대하던 가난한 자들,

　가닿으리라 희망하던 평화, 평온……

　그다음 갑자기 게임은 끝나 버렸고 되는 일이라곤 아무것도 없다.

　그러곤 어느 날 사람들은 이런 이야기를 듣게 된다.

　「저…… 공트랑 말인데요…… 그를 최근에 봤는데, 상태가 아주 안 좋아요.

　숨도 겨우 쉬는 게 벌써 일주일은 된 것 같아요.

　그가 반복하더군요. 〈이제 갈 때가 다 됐어. 그런 것 같아.〉

　그런데도 주변에서는 여전히 희망을 버리지 않고 있더군요. 하지만 끝장난 것 같아요.」

　「어디가 아픈데요?」

　「내분비 장애 탓으로 생각하고 있대요.

　하지만 그는 심장의 상태가 아주 나빴어요.

　의사 말로는 일종의 인슐린 중독 같은 거래요.」

　「듣고 보니 참 예사롭지 않군요.」

　「그가 꽤 많은 재산을 남길 거라고들 하더군요.

　훈장과 그림을 수집했던가 봐요.」

　「훈장이라고요! 사람들이 어떻게 그런 것에 관심을 갖는지 난 도무지 이해가 가지 않는군요.」

＊

「허세 부리지 말게나. 자네도 사람이 죽는 것을 보았잖는가. 전혀 웃기는 일이 아니라네. 자네는 두려움을 감추기 위해 애써 농담하지만, 자네의 목소리는 떨리고 있고 자네의 거짓 시는 끔찍해.」

「그럴지도 모르지…… 그래, 난 사람이 죽는 것을 보았어……. 죽음에 앞서 극심한 고통이 먼저 지나가고 나면, 대개는 고통의 날카로움이 둔화되는 것처럼 보이더군. 죽음은 우리를 움켜쥐기 위해 두꺼운 털가죽 장갑을 껴. 그리고 우리의 목을 죄면 어김없이 우리는 어렴풋이 잠들게 되지. 그러면 죽음이 우리와 갈라놓는 삶의 모든 것은 그 선명함을, 그 존재성을, 그러니까 그 현실성을 이미 잃어버린 거야. 한 세계의 색깔이 너무도 바래져서 그 세계를 떠나는 것이 그리 고통스럽지도 않을뿐더러 아쉬워할 거리도 없다는 말일세.

그래서 나는 죽는 것이 그렇게 어렵지 않으리라고 생각해. 결국엔 모두가 죽음에 이르게 되니까, 만약 죽음이 단 한 번으로 끝나는 일이 아니라면, 아마 습관을 들이기만 하면 될 거야.

그러나 자신의 삶을 가득 채우지 않은 자에게 죽음은 끔찍하다네. 이런 자에게 종교는 너무도 유리한 패를 들고 있어서, 〈걱정하지 마〉라고 그에게 말해 줄 수가 있어. 저들에 따르면 진정한 삶은 저 세상에서 시작하고, 자네는 보상받을 것이기 때문이지.

하지만 우리는 〈이 세상〉을 지체 없이 즉각적으로 살아야 해.」

>

동지여, 아무것도 믿지 마라. 증거 없이는 아무것도 받아들이지 마라. 순교자의 피는 아무것도 증명하지 못했다. 순교자를 갖지 않고 격렬한 신념을 부추기지 않은 광적인 종교는 없었다. 사람들이 신앙의 이름으로 죽고, 죽이는 것이다. 앎에 대한 욕구는 의심에서 태어난다. 믿는 일을 멈추어라. 너 자신을 깨우쳐라. 증거가 결여되었을 때 사람들은 강요하려 든다. 너 자신을 과신하지 마라. 강요당하지 마라.

외상 ─ 고통을 잠재우는 것……

말에서 떨어지는 순간 기절해 버렸던 몽테뉴의 그 놀라운 이야기를 기억하자. 또 루소는 하마터면 생명을 잃어버릴 뻔했던 사고를 회고하면서 이렇게 썼다. 〈나는 말에서 떨어지던 순간도, 그 순간의 충격도, 그다음에 다시 정신을 차리기까지 내게 일어난 그 어떤 것도 감각으로 인지하지 못했다……. 밤이 깊어 가고 있었다. 하늘과 몇몇 별들과 약간의 초목을 그저 어렴풋이 알아볼 수 있었다. 그 첫 감각은 감미로운 순간이었다. 나 자신을 아직 그 정도로만 느낄 수 있을 뿐이었다. 그 순간 나는 삶으로 태어나고 있었고, 어렴풋이 보이던 모든 사물들을 나의 왜소한 실존으로 채워 가고 있는 것 같았다. 그때 나는 아무것도 기억할 수 없었다……. 아픔, 두려움, 불안, 그 어떤 것도 느낄 수 없었다……〉

그 조그만 자연사 책은 전쟁이 터졌을 때 잃어버렸고, 이후 이리저리 다 찾아보았지만 헛된 일이었다. 나는 제목도 저자 이름도 모르고(그것은 삽화가 들어 있는 영어 책으로 검붉은색 천으로 포장된 하드커버였다), 아직 서론밖에 읽지 않았지만 이 글은 이른바 자연 과학 연구에 대한 일종의 권유라고 할 만하다. 간략하게 정리하면, (이것은 내가 아주 잘 기억하고 있다) 고통은 인간의 발명품이며, 자연의 모든 것이 고통을 피하기 위해 협력한다는 것, 그리고 인간에 의해 발명되지 않은 고통이라면 대수롭지 않게 취급될 것이라는 내용이다. 다시 말해 살아 있는 모든 존재가 고통을 전혀 느낄 줄 모른다는 것이 아니라, 허약하고 발육이 부진한 존재가, 마치 필연적인 것처럼 먼저 도태되었다는 것이다. 그리고 아주 설득력 있는 실례들이 주어졌다. 특히 매의 발톱에서 빠져나오자마자 그전처럼 태평스럽게 곡물을 다시 쪼아 먹기 시작하는 암탉의 사례가 있다. 그 이유를 저자는 인간이 과거의 재현(아쉬움들, 회한들)이나 미래에 대한 두려움 속에서 살아가며 느끼게 되는 상상적인 고통을, 현재 속에서 살아가는 동물은 느끼지 않기 때문이라고 쓰고 있는데, 나도 그렇게 생각한다. 저자는 자신의 과감한 생각을 밀고 나가면서, (인간이 아니라 다른 동물에 뒤쫓기는) 산토끼나 사슴은 달리고 뛰어오르며 속임 동작을 하는 동안 쾌감을 느낀다고 주장한다. 끝으로 그에 따르면 맹수의 앞발 공격은 모든 격렬한 상처나 충격처럼 대상의 감각을 마비시켜 버리므로, 그 먹잇감은 대개 고통을 채 겪기도 전에 죽어 버린다. 알다시피 그것은 사실이다. 그의 주장은 지나치게 멀리 나간 경향이 없지 않아 모순적일 수 있는 측면도 보인다. 하지만 전체적으로 보아 그의 주장은 아주 타당해 보이며, 나는 인간을 포함한 모든 자연 속에서 살아 있음의 행복함이 고통보다 더 강하다고 믿는다. 하지만 이것은 인간에 이르러 멈춰 버린다. 그것도 인간의 잘못으로 인해.

인간은 좀 덜 광적이었을 때 전쟁으로 야기되는 고통들을 면할 수 있었고, 타인에게 좀 덜 잔인해졌을 때 가난으로 야기되는 고통들을, 그러니까 가장 많은 경우의 고통들을 면할 수 있었다. 거기에 유토피아가 있는 것은 아니다. 다만 우리가 겪는 대부분의 고통들은 결코 숙명적이지도 필연적이지도 않으며, 오직 우리 자신에게서만 기인한다는 단순한 사실의 확인이 있을 뿐이다. 우리에게는 여전히 피할 수 없는 고통들이 있다. 하지만 질병이 있으면 그에 대한 치유책도 우리에게는 있기 마련이다. 인류는 더욱 기운차고 더욱 건강하고 따라서 더욱 행복해질 수 있다는 사실을, 우리가 겪는 거의 모든 고통들에 대한 책임은 우리 자신에게 있다는 사실을, 내가 믿지 못할 이유는 어디에도 없다.

2

내가 자연을 신이라고 부른다면, 그것은 더 간단명료해지기 위한 것인데, 그렇게 하면 신학자들이 화를 내기 때문이다. 그들이 자연을 향해 못 본 척 눈을 감는다는 사실, 혹은 자연을 응시하는 일이 생겨도 그들은 그것을 관찰할 줄 모른다는 사실을 너는 확인하게 될 것이다.

인간에게서 가르침을 받으려고 애쓰기보다 신 곁에서 교훈을 찾아라. 인간은 왜곡되었다. 인류의 역사는 꼼수들, 속임수들의 역사 자체이다. 나는 최근에 이렇게 썼다. 〈채소 재배자의 수레는 키케로의 전성기보다 더 많은 진실을 운반한다.〉 인류의 역사가 있고, 너무도 적절하게 〈자연사〉라고 부르는 역사가 있다. 자연사 속에서 신의 목소리를 경청하는 법을 배우되, 그것을 대충 듣는 것으로 그치지 마라. 신에게 질문을 명확하게 제기하고 너에게 반드시 대답하지 않으면 안 되게끔 해라. 응시하는 것으로 만족하지 말고, 관찰해라.

그러면 어린 것은 모두 여리다는 사실, 모든 씨앗이 아주 여러 겹의 껍질로 둘러싸여 있다는 사실을 알게 될 것이다. 하지만 연약한 싹을 보호하던 모든 것은 발아가 완료되는 즉시 그 싹을 갑갑하게 한다. 씨앗이 자신을 감싸던 껍질을 찢어 버릴 때, 비로소 어떤 성장도 가능해진다.

인류는 자신의 배내옷에 애착을 갖지만, 그것을 벗어 버릴 줄 알 때만 성장할 수 있다. 젖을 뗀 아이가 엄마의 젖가슴을 거부한다 해도 그것은 배은망덕이 아니다. 아이에게 필요한 것은 더 이상 젖이 아니다. 동지여, 너는 인간에 의해 증류되고 여과된 이 전통이라는 젖 속에서 양식을 찾는 것에 더 이상 동의하지 말아야 한다. 네 이빨은 깨물고 씹기 위해 있다. 네가 양식을 구해야 하는 곳도 현실 속이다. 벌거벗은 몸으로 용감하게 일어서라. 껍질을 찢어라. 너의 보호자를 멀리 해라. 곧게 자라기 위해 너는 이제 네 안에서 치솟는 수액(樹液)의 격정과 태양의 부름만이 필요할 뿐이다.

모든 식물은 자신의 씨앗을 멀리 내던진다는 사실을, 혹은 씨앗들은 좋은 맛으로 완전히 감싸여 새의 식욕을 유인함으로써 혼자의 힘으로는 가 닿을 수 없는 먼 곳으로 새에 의해 운반되거나, 혹은 추진기나 깃털을 부여받아 떠도는 바람에 자신을 내맡긴다는 사실을 너는 알게 될 것이다. 왜냐하면 같은 종류의 식물들에게 너무 오래 자양분을 제공할 때 토양은 척박해지고 중독되므로, 새 세대는 첫 세대와 동일한 장소에서 양식을 얻을 수 없을 것이기 때문이다. 조상들이 이미 자양분을 흡수해 버린 것을 먹으려 들지 마라. 마치 아버지의 그늘 아래에서는 생명력의 쇠퇴와 위축만이 있을 뿐이라는 사실을 이미 깨달았다는 듯, 플라타너스나 백단풍 나무의 날개 달린 씨앗들이 날아가는 것을 보아라.

그리고 모든 수액의 생명력은 가지의 가장 끄트머리, 즉 줄기에서 가장 먼 곳에 돋아난 눈을 더 부풀게 한다는 사실 또한 너는 알게 될 것이다. 이 이치를 깨달을 수 있도록 해라. 그리고 너 자신을 과거로부터 가급적 멀리 떠나보낼 수 있게 해라.

그리스의 우화를 이해할 줄 알아야 한다. 아킬레우스는 불멸의 신체를 지녔으나, 어머니의 손길이 닿았던 기억 때문에 단단해지지 못하는 그 부분만은 예외라는 사실을 우리에게 가르쳐 준다.

슬픔이여, 너는 나의 굳센 마음을 꺾을 수 없을 것이다! 나는 탄식과 흐느낌 사이로 흘러나오는 그윽한 노랫가락에 귀를 기울인다. 내 마음에 귀 기울이며 가사를 붙인 멜로디, 약해지려는 내 마음을 다잡아 주는 노래. 동지여, 나는 너의 이름으로 가득 채우고, 굳센 마음으로 응답할 자들에게 보낼 부름으로 이 노래를 가득 채운다.

고개 숙인 자들이여, 고개를 들어라! 무덤을 향해 시선을 떨군 자들이여, 눈을 들어라! 텅 빈 하늘이 아니라 저 지평선을 향해 일어나라. 새롭게 태어나, 용기로 충만한 동지여, 죽은 자들의 악취가 들끓는 이 장소를 떠날 준비가 된 동지여, 너의 발길이 닿는 곳을 향해, 네 희망이 너를 데리고 전진해 가는 대로 놔두어라. 과거에 대한 어떤 사랑도 너를 붙잡지 못하게 해라. 미래를 향해 내달려라. 시를 더 이상 꿈속으로 옮기지 말고 현실 속에서 볼 줄 알아야 한다. 만약 시가 아직 현실 속에 없다면, 네가 그것을 현실 속에 담아 넣어라.

＞
　풀지 못한 갈증들, 충족되지 못한 욕구들, 전율의 순간들, 헛된 기대들, 피로의 시간들, 불면의 밤들……. 아! 동지여, 너만큼은 그 모든 것을 피해 가길 내가 얼마나 바라는지! 세상의 모든 과일나무의 가지들을 너의 두 손을 향해, 너의 입술을 향해 기울여 주고 싶다. 〈출입 금지. 사유지.〉— 집착하는 자가 독점하기 위해 그렇게 써놓은 장벽을 모두 허물어 버리고 싶다. 너의 노동에 대한 완전한 보상이 너에게 돌아오도록 해주고 싶다. 고개 숙인 네 이마를 들어 올려 주고 싶다. 네 마음이 증오와 시기가 아니라 사랑으로 가득 채워지게 해주고 싶다. 그렇다, 대기의 모든 어루만짐이, 햇살과 행복으로의 초대들이 너에게 모두 이르게 해주고 싶다.

*

　격정에 취해 뱃머리에 기대어 선 채, 나는 수많은 파도들, 섬들, 미지의 나라에서의 모험들이 나에게로 다가오는 광경을 바라본다. 그것들은 벌써…….

　「아니.」그가 내게 말했다. 「너의 이미지는 기만적이다. 너는 이 물결들을 보고, 저 섬들을 본다. 하지만 우리는 미래를 볼 수 없다. 우리는 오직 현재만 볼 수 있을 뿐이다. 나는 순간이 내게 가져오는 것을 볼 뿐, 그것이 나에게서 앗아가 버려서 내가 다시는 보지 못하게 될 것에 대해서는 기억과 상상으로 생각한다. 뱃머리에 매달려 있는 자의 눈앞에 보이는 것은, 은유적으로 말하자면, 그저 거대한 공허일 뿐이다…….」

　「가능성이 그 공허를 가득 채워 줄 것이다. 과거에 존재했던 것은 현재에 존재하는 것보다 나에게 덜 중요하다. 그리고 지금 존재하고 있는 것은 앞으로 존재할 수 있고 존재하게 될 것보다 나에게 마찬가지로 덜 중요하다. 가능한 것과 미래는 같은 것이라고 생각한다. 모든 가능성들은 존재에 이르기 위해 노력한다. 나는 존재할 수 있는 모든 것은 인간의 도움이 있으면 존재하게 될 것이라고 믿는다.」

「너는 초자연적인 믿음의 신봉자가 되기를 거부한다! 그러나 너는 그 모든 가능성들 중에 오직 하나만이 실존에 이르게 되며, 그렇게 〈되기〉 위해서는 그것이 다른 모든 것들을 허무 속에 남아 있도록 억눌러야 한다는 사실, 그리고 존재할 수도 있었을 그 나머지 것들이 우리에게 아쉬움만 일으킬 뿐이라는 사실을 잘 알고 있다.」

「난 우리가 과거를 등 뒤로 내던져 버릴 때만 전진할 수 있다는 사실을 무엇보다 잘 알고 있다. 롯의 아내가 뒤를 돌아보려고 했기 때문에 소금 기둥으로 변해 버렸다는 이야기가 있다. 빠져나온 도시를 돌아보려다 눈물로 굳어 버린 것이다. 미래를 향해 돌아선 롯에 대해 말하자면, 그는 두 딸과 잠자리를 함께하여 후손을 갖게 된다.[33] 아멘.」

오! 지금 이 글에서 내가 말을 건네는 너, 지금은 지나치게 탄식조로 느껴지는 나타나엘이라는 이름으로 불렀고, 지금은 동지라고 부르는 너, 더 이상은 어떤 괴로움도 네 마음속에 용인하지

---

33 『구약 성서』 「창세기」 11~14장, 19장에 등장하는 이야기로, 롯의 가족이 탈출하는 도시는 소돔이다.

마라.

탄식을 불필요하게 만드는 것을 너 자신에게서 얻어 낼 줄 알아야 한다. 너 스스로 얻을 수 있는 것을 타인에게 간청하지 마라.

나는 이제 다 살았다. 이제는 네가 살아야 할 차례다. 이제는 나의 젊음이 네 안에서 연장될 것이다. 그 역량을 너에게 건넨다. 네가 나를 계승한다고 느끼면 내 죽음을 더 잘 수긍할 것이다. 나의 희망을 너에게 넘겨주마.

너의 꿋꿋함을 느끼면서, 이제 나는 후회 없이 생을 떠날 수 있게 되었다. 나의 기쁨을 가져라. 모든 사람들의 행복을 증대시키는 것을 너의 행복으로 삼아라. 일하라, 싸워라, 그리고 네가 변화시킬 수 있다면 어떤 것도 나쁘게 받아들이지 마라. 모든 것은 너 자신에게 달렸다고 끊임없이 스스로에게 되뇔 줄 알아야 한다. 비겁하지 않고서야, 인간으로 말미암은 악의 전부를 그저 숙명으로만 받아들일 수는 없다. 지혜가 체념 속에 있다고 한 번이라도 믿었다면 그 믿음을 멈추어라. 혹은 그런 지혜를 열망하는 마음을 거두어라.

동지여, 사람들이 너에게 제안하는 삶을 그대로 수락하지 마라. 삶이 더 아름다울 수 있다는 확신을 절대 거두지 마라. 그것은 바로 너의 삶이고 다른 사람들의 삶이다. 미래의 어떤 다른 삶이 이 삶에 대해 우리를 위로해 주고 이 삶의 가난을 용인하는 데 우리에게 도움이 될 거라면 동의하지 마라. 삶의 거의 모든 고통을 책임지는 자는 신이 아니라 인간임을 네가 깨닫게 될 그날부터, 너는 그 고통들을 피할 수 없는 운명처럼 받아들이지 않을 것이다.

우상에게 제물을 바치지 마라.

역자 해설

고백의 예술가, 앙드레 지드

흔히들 지드를 소개할 때, 모순적인 경향들의 대립이라는 압축적인 표현으로 그의 초상(肖像)의 윤곽을 그리곤 한다. 그는 쾌락주의자이면서 청교도적이고, 부유한 부르주아지 출신이면서 인간을 고착시키는 모든 물질적, 정신적 집착을 경멸하며 〈헐벗음〉의 가치를 강조했다. 열렬한 자기애를 바탕으로 자기 자신이 세운 원칙에 따라 철저하게 자기중심적인 삶을 살았고 그의 작품에서 가장 박진감 넘치는 인물이 바로 지드라는 말이 나올 정도로 자기 자신에 대한 성찰에 집중했지만, 내면에 들끓는 모든 불안, 환멸 그리고 생을 향한 모든 희망들을 공유함으로써 〈시대의 중심인물〉로 간주되던 그는 편협한 개인주의나 이기주의에 갇히지 않았다. 〈사랑〉을 바탕으로, 기독교 전통의 금욕적인 도덕관에 맞서 젊음을 예찬하고 개인의 자유를 옹호하고 자신의 동성애를 긍정하며 개인의 독자적인 행복 추구권의 중요성을 주창했고, 더 나아가, 식민주의와 모든 형태의 전체주의, 특히 스탈린 체제를 고발하기도 했다. 또, 전통의 권위에 순응하기를

317

거부하여, 주변의 열띤 성원에도 불구하고 유구한 전통을 지닌 아카데미 프랑세즈의, 〈불멸〉이라 불리는 종신회원이 되기를 거부했지만, 다른 한편으로는 옥스퍼드 대학의 명예박사 학위를 받고, 노벨 문학상을 수락함으로써 그 영예를 기꺼이 누렸다. 그는 노벨상 수락 연설에서 그것은 그 자신의 문학 작품만큼이나 그것에 생명을 불어넣은 정신에 대한 보상일 것이며, 그가 문학을 통해 구현하고자 한 것은 바로 자유정신, 독자성 그리고 더 나아가 심정과 이성이 인정하기를 거부하는 것에 대한 항의와 불복종의 정신이라고 했다. 〈양극단이 내 마음에 와 닿는다〉라는 그의 고백이 말해주듯, 그의 문학적 여정은 모순적인 경향들의 공존과 충돌로 점철되었다. 그것은 그의 내면세계를 지탱하는 양극단의 부단한 싸움, 자기애와 자기 자신에 대한 진실성에서 우러나온 싸움의 연속이었다. 그런 만큼 그의 작품 세계는 종종 그의 실존과 불가분의 관계를 맺으며 독자들로 하여금 그의 자전적 요소들을 참조하도록 이끈다.

1889년부터 말년에 이르기까지 수십 년간 써간 그의 『일기』는 동일한 장르 중 가장 많이 읽힌 책에 속하며, 자서전 『한 알의 밀알이 죽지 않으면』은 가장 널리 알려진 그의 책 중 하나라 할 것이다. 이 책은 근엄하고 청교도적인 어머니의 과잉보호 아래 있던, 불안하고 신경증적인 한 병약한 아이가 생의 쾌락을 온몸으로 받아들이는 청년이 되기까지의 성장을 증언하고 있다. 1881년, 〈나는 다른 아이들과 같지 않아요! 나는 다른 아이들과 같지 않아요!〉라고, 몸을 떨며 거의 공포에 가까운 불안감 — 지드는 괴테의 표현을 빌려 이 것을 〈샤우데른Schaudern〉이라 불렀다 — 을 외치던 사춘기 초입의 아이는 훗날 정신뿐만 아니라 육체까지 아우르는 〈가 능한 최대치의 인간성〉을 구현하기 위해 삶을 온몸으로 부둥 켜안기로 결심한다. 그리고 그를 억누르던 청교도적 도덕의 짐에서 해방되기 위해 작가가 되었다. 그에게, 예술은 자기 안에 있는 너무도 동떨어진 요소들 사이의 대립과 갈등을 표 현하고 뛰어넘을 수 있게 해주는 출구였으며, 문학은 바로 그러한 해방의 힘을 가지고 있었다. 때로는 열광시키거나 안 심시키고, 때로는 경계심을 불러일으키거나 진정시킴으로 써, 인간이 더 높이 상승하여 스스로를 능가하도록 도와주는 것, 이것이 문학의 비밀스러운 지향점이라고 그는 굳게 믿었 다. 『지상의 양식』이 그렇게 탄생했다.

『지상의 양식』은 양극단의 한가운데에서, 사후(死後)의 천 국이 아닌 지상의 현실에서 쾌락과 행복을 최대로 누리겠다 는 그의 결단과, 그 실천을 통해 몸소 경험한 그의 환희를 기 록한 비망록이자, 동시에, 그와 동시대를 사는 젊은이들에게 건네는 〈탈주와 해방의 참고서〉이다. 이 책에서 그는 절제된 정신성을 우위에 두는 근엄한 도덕의 굴레와, 모든 기존의 가치에 대한 순종이 보장해 주는 안락함에서 벗어나, 육체를 해방시키고, 가족, 침실, 인간이 휴식을 발견한다고 생각하 는 모든 장소까지 포함한, 개인의 자유를 옭아매거나 안주하 게 하는 모든 덕목들로부터 탈주할 것을 독자에게 간곡히 권 고한다. 한때 신체적 정신적 동요들이 불러일으키는 당혹감과 거북함 속에서 심각하게 아팠던 자가, 마치 죽음의 문턱에서 자칫 잃어버릴 뻔했던 생을 되찾은 양, 기쁨으로 충만한 생의 에너지를 죄책감 없이 자유롭게 발산하게 되기까지의 과정이 〈애벌레의 탈바꿈〉에 비유되고 있다. 고치 속의 애벌레가 길고 깊은 잠에서 깨어나 완전히 새로운 나비의 모습으로 거듭나는 것은 하나의 〈재생〉이다. 그럼에도, 「1927년판 서문」에서 밝히고 있듯, 이 책은 어머니의 청교도적 이미지가 투사되었을 외사촌 누이, 마들렌과의 이른바 〈백색 결혼〉, 즉 순수 정신적 결합이 시작되던 시기에 집필되었다. 이 책에 내포된 작자의 전기적인 조건으로 인해, 많은 사람들이 그렇게 해온 것처럼, 이 책이 나오기까지의 작자의 형성 과정을 먼저 살펴보는 것은 이 책의 이해에 도움이 될 것이다.

어린 시절에서 글쓰기에 이르기까지

앙드레 지드(1869~1951)는 1869년 11월 22일, 파리 뤽상부르 공원 옆, 메디시스가 19번지에서, 한 부유한 부르주아 집안의 외아들로 태어났다. 아버지 폴 지드는 16세기 말엽 프랑스 남부의 위제스에 정착한 이탈리아 혈통의 개신교 집안 출신이었고, 어머니 쥘리에트 롱도는 프랑스 북부 노르망디 지방의 루앙에 뿌리내린, 가톨릭에서 개신교로 개종한 부유한 부르주아 집안 출신으로, 기독교 교리를 신봉하는 여인이었다. 이처럼 양가 모두에게서 엄격한 프로테스탄트의 전통을 물려받은 어린 앙드레는, 방학이 되면 위제스를 방문

하거나, 루앙의 외사촌 누이들에 둘러싸여 종교적 분위기에 한껏 젖어 든 상태에서 지냈다. 그 여성적이고도 신비주의적인 영향은 그가 성적 본능을 발견하는 사춘기를 매우 힘들게 보내게 되는 중요한 한 요인으로 작용할 것이다. 반면, 폴 지드는 파리 대학의 로마법 교수로서, 신학의 반대편에 있는 인문주의 전통에 편승해 있었다. 찬란한 햇빛의 혜택을 아낌없이 받은 남쪽 지방 출신답게 쾌활한 기질의 소유자이기도 했던 그는 『성경』과는 다른, 상상과 모험을 자유로이 펼치는 독서 ─ 신드바드와 알리바바의 모험, 『오디세이아』, 몰리에르, 코르네유 등 ─ 속으로 앙드레를 이끌어 주는 한편, 산책을 통해 자연으로 데려감으로써, 어머니로 대변되는 북쪽의 내성적인 기독교 세계의 바깥을 향해 문을 열어 주었다. 이 것이 조숙한 그의 정신에 자양분이 되어 젊은 지드의 감성을 구성하며 심정의 내밀한 욕구들에 화답하게 될 것이다.

그러나 1880년, 아버지의 때 이른 급작스러운 사망과 함께, 열한 살의 앙드레는 근검, 질서, 인내, 순종을 강조하는 어머니의 엄숙한 청교도적인 교육 아래 놓이게 됨으로써, 그의 표현에 따르면, 〈혐오스러운〉 덕목들의 체계에 강제적으로 편입된다. 거의 병적으로 신경이 예민했던 그의 허약한 상태는 이른 나이에 이루어진 성적 본능의 발견으로 인한 심적 혼란과 무관하지 않았다. 그 본능은 누가 가르쳐 준 것이 아니었고, 어떻게 그것을 발견했는지 그는 알지 못했다. 그 것은 그가 기억하는 한에 있어서는 그저 거기 있었을 뿐이었다. 다시 말해 그것은 자연의 일부였다. 그러나 그는 8살 때

벌써 이른바 〈나쁜 버릇〉이라고 하는, 죄책감을 불러일으킨 그의 행위 때문에 정학을 당했다. 이후, 파리의 알자스 학원에서 몽펠리에의 고등학교(6년제 중학교), 신경증 치료, 루앙에서 가정교사와 함께 한 개인 학습 등 휴학과 복학이 몇차례 반복되면서 정규 교육의 상당 부분이 불연속적으로 진행되었다. 그는 사람들이 영혼 속에서 오직 투명성과 상냥함과 순수함만을 보고 싶어 하는 그 나이에 그 자신 속에서 오로지 〈그늘과 추함과 흉함만을 볼 뿐〉이라고 회고하기까지 했다. 의무와 원칙과 순수성으로 이루어진 축과, 〈죄악〉처럼 느껴지는 은밀한, 불법적인 쾌락의 축 사이에 갈등 관계가 이렇게 맺어졌다. 그러나 1887년, 몽펠리에에서 파리의 알자스 학원으로의 회귀는 지드의 삶을 새로운 국면으로 전환시켰다. 여기서 그는 우수한 학업 성적을 거두었고, 무엇보다 장차 시인이 될 피에르 루이스를 만났다. 이 친구는 지드를 말라르메, 발레리 등, 그 시대의 위대한 시인들에게 소개시켜 주고 상징주의를 표방하는 여러 문학 살롱에 데려감으로써 문학으로 인도했으며, 상징주의에 대한 미학적 성찰을 하게 되는 계기를 마련해 주었다. 그 덕분으로 우울하기만 하던 소년 앙드레는 이제 그 시대의 문학과 교감하는 예술가로 성장할 수 있었다.

순결한, 그리고 악마적인……

그러나 그를 문학적 글쓰기로 이끈 결정적인 계기가 되는 인물은 마들렌이라 할 것이다. 13살이 되던 해 어느 날 저녁, 그는 외사촌 마들렌이 자기 어머니의 외도 사실을 알고는 침대 앞에 무릎 꿇고 눈물을 흘리며 기도드리는 장면을 목격한다. 그는 마음으로 아끼던 그녀의 눈물에서 너무도 크고 견디기 힘든 슬픔을 느끼고, 신비롭기만 한 그녀의 비탄 앞에서 마음이 뒤흔들리게 된다. 그는 그녀의 슬픔과 고통으로부터 그녀를 치유하기 위해 자신의 온 사랑을 다 바쳐도 지나치지 않을 것이라고 생각한다. 그리고 〈두려움과 악〉으로부터 그녀를 보호하기 위해 자신의 삶을 그녀에게 바치겠다고 신에게 다짐한다. 사촌을 향한 사랑과 연민은 그의 삶에 〈새로운 서광〉을 던져 주었다. 그들의 사랑은 커져 갔지만, 거기에는 어떤 수상쩍은 욕망의 낌새도 없었다. 비평가들은 마들렌에 대해 어머니가 투사된 인물로, 어머니의 교육에 의해 성적인 행위들에 던져진 모든 금지들을 다시 활성화시키는 인물로 해석을 내리기도 한다. 지드는 그녀와 결혼하기를 원하지만 마들렌은 그의 청혼에 미동조차 하지 않았다. 그는 그녀를 설득하기 위해 『앙드레 왈테르의 수기』를 쓰고 이듬해 자신의 부담으로 출판했다. 이 첫 소설은 21세 청년 지드의 외사촌 누이를 향한 사랑 고백이라 할 수 있으며, 마찬가지로 외사촌 누이에게 바쳐진 절대적인 사랑이면서 모든 성적 관계가 일절 배제된 모순으로 채워져 있다. 훗날 『좁은 문』에서 거의 유사한 방법으로 다시 등장하게 될 이 독창적인 주제가 내세우는 것은 육체의 포기가 아니라, 성적 차원을 부정하는 만큼 더욱더 투철한, 절대적이고 완전한 관계의 수호이다. 마들렌의 거듭된 거부, 그녀 어머니의 반대, 처음으로 동성애를 받아들이는 1893년 지드의 북아프리카 여행등, 그 모든 것에도 불구하고, 1895년, 이 두 외사촌은 결국결혼하게 될 것이다. 지드는 이 결혼에 대해『한 알의 밀알이죽지 않으면』에서 이렇게 말할 것이다. 〈나의 만족할 줄 모르는 지옥이 천국과 결혼했다.〉 지드는 천국과 지옥, 말하자면천사와 같은 순결한 영혼과 악마적인, 거부할 수 없는 욕망이라는, 강렬한 두 모순이 끌어당기는 자력(磁力) 안에서 생애를 살아갈 것이다.

북아프리카 여행: 전환

1897년, 민족주의의 기수, 모리스 바레스에게 건넨 지드의 유명한 문장이 있다. 〈위제스 출신 아버지와 노르망디 출신 어머니의 자식으로 파리에서 태어났으니, 바레스 씨, 나는 어디에 뿌리를 내려야 할까요? 그래서 나는 여행을 하기로 결심했습니다.〉 여기서 우리는 자아의 이중성과 분열을자신의 출생 근원에서 찾는 그의 생각을 읽게 된다. 더 나아가, 여기서 우리는 망자들의 땅, 다시 말해 조상의 땅에 뿌리내리기를 거부하고, 특정한 가치나 삶의 방식에 얽매이지 않으면서 새로운 자아를 찾아 끊임없이 떠나는, 이른바 〈노마디즘〉이라 불리는 방랑 정신의 예찬을 또한 읽을 수 있다. 북아프리카는 그의 방랑 정신이 특권을 누린 영토였다.

1893년 10월, 24세의 지드는 친구이자 화가, 폴 알베르 로랑스와 함께 북아프리카를 향해 처음으로 배를 탔다. 그곳에서 머물렀던 2년 동안의 경험은, 말하자면 〈낡은 인간〉의 허울을 벗어던지는 법을 배우는 데 결정적인 영향을 끼칠 것이다. 첫 번째 알제리 여행에서 두 친구가 겨냥한 공통된 목표는 그저 동정(童貞)의 상실이었다. 그러나 1894년 초, 비스크라에서 벌어진 그의 발병은 그의 이성애로의 입문을 중단시켰고, 지드는 로마로 건너가 건강을 회복하면서 어떤 단절을 경험하게 된다. 그는 이것을 결핵이라 믿었고, 죽음의 문턱에까지 이른 그는 생에 대한 욕망이 솟구쳐 오름을 느꼈다. 그런 만큼 회복의 양상은 가히 폭발적이었다. 1895년 그는 다시 알제리로 돌아갔다. 그리고 블리다에서 오스카 와일드를 만났다. 이것은 그를 규범의 파괴로 이끌었으며, 눈부신 생에 대한 열광 앞에서는 어떤 도덕도 어떤 심적 검열도 그가 북아프리카에서 새로이 발견한 그 기쁨과 아름다움에 장막을 치지는 못했다.

1893년에서 1900년 사이에 그는 신혼여행까지 포함하여 여섯 차례 북아프리카를 여행할 것이다. 그는 자신을 완전히 새로운 자유의 경험으로 이끌어 준 북아프리카에서의 편력과 그 영향들에서 『지상의 양식』을 비롯한 여러 책들의 실질적인 내용을 길어 온다. 그중 『팔뤼드』(1895)는, 『지상의 양식』(1897)과는 정반대로 사막의 경험에 대해서는 거의 다루지 않지만 이 작품과 쌍을 이룬다. 이 두 작품은 각각 아이러니와 서정주의를 통해, 그가 한때는 진지하게 가담했던, 상징주의 문인들의 관념주의적인, 신비주의적인 경향과 결별

하고 있음을 보여 준다. 그리고 형이상학의 진창에 빠져 멜랑콜리와 비관주의에 허덕이던, 〈고리타분한〉 세기말의 문학과 거리를 두고, 삶의 현재성과 즉각성에 기반한 생생한 감각의 세계를 이야기한다. 1893년 가을에 시작된 일련의 알제리 여행들은 그의 뇌리에 주입된 청교도 정신에서 그를 해방시키고 그에게 관념주의를 포기하게 만들었다. 알제리 여행을 고려하지 않고 『앙드레 왈테르의 수기』에서 『팔뤼드』, 그리고 『지상의 양식』으로의 변화는 설명할 수 없다. 북아프리카는 문학적으로나, 실존적으로나, 지드에게 제2의 탄생, 그의 표현을 빌리자면, 〈재생〉과 같은 의미를 지닌다. 이곳에서 발견된 자기 안의 다른 차원은, 신비주의와 청교도적 도덕을 견제하는 일종의 평형추처럼 그의 내면의 한편을 차지하게 된다.

『지상의 양식』

급작스럽게, 도덕의 방어책이 무너지고 규범들이 굴복했다. 북아프리카에서 일어난 감각적 쾌락의 향유가 그에게 생의 환희를 일깨워 주었고, 지드는 『지상의 양식』을 구상하기 시작했다. 어떤 의미에서, 이 책의 주인공은 지드 그 자신이다. 이 책에 부여된 시적인, 허구적인 형태에도 불구하고, 동일한 시기 혹은 이후의 시기에 나온 작품들을 통해 그가 이 작품에 자기 자신을 쏟아부었다는 사실을 짐작할 수 있다. 지드를 탐독한 독자들은 『일기』, 자서전 『한 알의 밀알이 죽지 않으면, 『배덕자』혹은 『아민타스』의 몇몇 페이지들이 이 책의 구절들과 교차하고 있다는 사실을 알고 있다. 지드의 개인적인 경험에 최우선의 순위를 부여한다면, 먼저, 『파우스트』를 읽은 청년 지드에게 이상과 절대에 목마른 영혼의 낭만적 고뇌에 대해 가르쳐 준 괴테를 들 것이다. 그리고 프로테스탄티즘의 정반대 편에 있는 니체의 영향은 그 이상으로 강렬한 것이었다. 범신론적인 경탄 속에서, 생의 쾌락과 행복을 향한 열정과 열광 속에서, 자신의 내적 본성을 거역하는 것을 악으로 취급하고 교육은 존재의 조화로운 발전을 속박하는 모든 것으로부터의 해방이 되어야 한다는 신념에서, 우리는 니체의 가르침을 읽게 되는데, 이것은 그 모든 물질적 정신적 혹은 지적 안락함의 포기, 즉 〈헐벗음〉 없이는 불가능하다. 이 책은 쾌락의 찬가이자, 기독교의 유일신이 아닌, 자연의 온갖 신들과 도처에서 만나 일체가 되는 기쁨에 대한 예찬이었다. 그 밖에, 롱드나 발라드의 형식 혹은 인용된 시 속에 엿보이는 동방에 대한 취향들. 거칠고 야생적인 향기가 물씬 풍기는 북아프리카 사막과 오아시스에 대한 열광. 무엇보다, 어린 시절 프로테스탄트 교육이 자양분을 길러 온 『성경』 텍스트가 여기저기 흔적을 남기고 있다.

그러나 지드는 한 번도 이 책을 자서전으로 분류한 적이 없다. 오히려 이 책을 자신의 인격과 분리시켜야 한다고 역설했다. 「1927년판 서문」은 『지상의 양식』의 화려한 그러나 때늦은 성공 이면에 독자들의 과도한 반응이 있음을 읽고 당황한 작가의 일종의 뒷수습이라 할 수 있다. 작품을 작자와 분리하여, 그 안에 든 정신을 읽어 주기를 바라는 이 서문은 작가로서, 그리고 사상가로서 져야 할 책임과 마주한 지드의 신중함을 잘 보여 준다. 그는 서문에서 이 책이 담고 있는 의미의 파장 범위를 명시적으로 한정 지으려 하고 있다. 지드는 사람들이 그를 이 책에 가두지 말 것을 요청한다. 오래전에 그는 이 책을 떠났고 이 책은 그의 삶의, 그의 작가 이력의 한 단계일 뿐임을 역설한다. 그리고 그의 작업을 〈마치 자신을 빼닮았지만 허구일 뿐인 한 주인공의 특징들을 창작해 나가는 소설가의 작업〉에 비유하고 있다. 그 과정에서 그는 그 자신을 주인공의 특징들로부터 항상 〈거리〉를 두려고 애썼다. 어쩌면 메날크 뒤에 숨어 있을 오스카 와일드는 끝내 모습을 드러내지 않는다. 앙게르, 이디에, 티티에, 나타나엘 등과 같은 이름들에는 현실성이 결여되어 있다. 그리고 그의 개인적인 경험과 직접적인 관련이 있을 장소들과 시간들이 뒤죽박죽으로 재구성되어 연대기적 순서를 확인하기도 어렵다. 정돈된 서사가 없는 이 책은 줄거리도 없다. 기억의 유동적인 흐름에 따라 되찾은 느낌들과 추억들을 우연적으로 기술한 듯, 구성이 느슨해 보이지만, 실은 의도된 논리에 따라 요소들이 배치된, 매우 용의주도하게 쓰인 예술 작품으로, 허구적 글쓰기를 통해 자전적 요소들이 오히려 은폐되고 있다.

그럼에도, 지드 개인의 입장에서 볼 때, 『지상의 양식』은 아버지가 어린 시절에 열어 준 바깥 세계로 나가기를 열망하는 책이라 할 수도 있을 것이다. 그 세계는 르네상스 시대 이래 신 중심적 가치관의 대척점에서, 육체의 아름다움과 감각적 쾌락의 가치와 행복할 권리를 일깨워 준 인문주의 전통과 맞닿아 있다. 그의 성장의 바탕에 작용한 모순된 경향들은 단순히 개인의 차원으로만 환원될 수 없는, 그 사회를 구성하는 역사와 문화의 토대를 대변한다. 그 스스로도 인정했듯이, 그의 세계는 그 시대의 교양의 차원으로 치환될 수 있는 것이었고, 이것은 지드의 문학에 대한 프랑스 독자들의 환호를 설명해 준다. 이 책은 앙드레 지드의 가장 유명한 작품이라 해도 과언이 아니다. 제1차 세계 대전 이후 50여 년간 이 책이 특히 젊은 세대에게 끼친 영향은 어마어마하다. 그 영향은 미학적이기보다 정신적인 것이었고, 내밀한 공간에 간직된 애독서에서 종종 찾게 되는 개인적, 윤리적 차원의 것이었다. 그러나 그것이 어떤 사회적인 위력을 발휘했는지는 68년의 분위기를 떠올리면 짐작할 수 있다. 그런데 인간의 행복 추구의 권리는 프랑스 사람들의 역사적 문화적 경험을 초월하는 인류 보편의 문제이다. 모든 독서가 그러해야 하듯이, 그리고 특히 지드의 책들이 자전적 요소와 밀접한 관련을 맺고 있는 만큼 더더욱, 우리는 작자 개인의 차원을 넘어서 책이 우리 자신에게 던지는 메시지의 의미를 찾아야 할 것이다.

이 책에서 지드는 〈한 번도 만나 본 적이 없는〉, 그가 성서에서 이름을 따와 나타나엘이라고 부른 미지의 젊은이와 메날크라 부른 상상의 자기 스승에 기대어 글을 쓴다. 시인인 화자의 스승, 메날크는 예언자이면서 의기양양한 도도함으로 열정과 관능의 기쁨, 새로운 시작을 알리는 〈새벽빛〉과 〈떠남〉의 찬양과 뿌리 뽑힌 방랑자의 삶에 대한 신념, 그리고 욕망의 원천인 〈배고픔〉과 〈목마름〉과 〈헐벗음〉의 가치를 가르친다. 그리고 이번에는 화자가 메날크의 자리에서 나타나엘에게, 지상에서의 쾌락과 행복을 방해하는 어떤 속박도 모르는, 고정관념에 매이지 않은 인간이 되라고 역설한다.

그 행위가 옳은 것인지 옳지 못한 것인지 판단하지 말고 행동하기. 선일까 악일까 걱정하지 말고 사랑하기.

죄악의 개념에서 도출된 신에 대한 신앙은 욕망들에 불명예를 던진다. 〈선과 악의 판단에 주저하지 말고 행동하기〉라는 이 명제는 무엇보다 자유, 신과 도덕적 편견으로부터의 인간의 자유를 의미한다. 그리고 그것이 인간의 행복을 위한 윤리의 핵심이 될 수 있다면, 그것은 그 자유가 사랑을 전제로 하기 때문이다. 이로부터 파생되는 그의 모든 행동 강령들이 우리를 어떤 망설임도 없이 열광시키는 이유가 여기에 있다. 쾌락과 함께 살기, 매번의 새로운 감각을 그것의 충만함 속에서 맛보기, 생의 에너지를 마음껏 불사르고 소진시키기, 신을 행복과 구분하지 말기, 그리고 자신의 모든 행복을 현재의 순간 속에 위치시키고 자신의 존재 전체를 그 순간 속에 무한히 가담시키기, 고요한 삶보다 격정적인 삶을 살기…… 이 책에서 상상의 제자, 나타나엘에게, 그리고 독자에게 주는 교훈들을 요약하자면 그러하다.

그러한 행동 강령을 실천하기 위한 원천적 에너지를 그는 〈열정〉에서 찾는다. 그가 몇 번이고 반복적으로 읊조린 문장을 떠올려보자 ─ 〈나타나엘, 내가 너에게 열정을 가르쳐 줄 것이다〉. 열정은 생의 약동이자, 존재가 한껏 내뿜는 에너지의 발산을 부추긴다. 세계의 아름다움, 그리고 이 아름다움이 드러내는 쾌락들을 향해 존재를 열고자 하는 결의는 생생한 감각들의 세상을 향한 열림과 다르지 않다. 그것은 인간은 죽음의 운명을 타고 지상에 태어난 유한한 존재이므로 현재의 매 순간순간이 삶이자 죽음이라는 인식, 지상의 생명체에게 〈삶만이 유일한 재산이라는〉 인식을 바탕으로 한다. 그래서 행복은 죽음에 대한 이의 제기와도 같다. 따라서 행복이 하나의 소유, 혹은 하나의 모델의 확실성 속에서의 휴식이 되어서는 안 되며, 그만큼, 행복의 순간은 더욱 맹렬하다. 그는 〈죽음은 모든 것이 끊임없이 새로워지기 위해 다른 삶들을 허용하는 것일 뿐〉, 삶의 매 순간이 이를테면 죽음이라는 아주 캄캄한 암흑의 바탕 위로 뚜렷이 구분되지 않고서는, 그런 멋진 광채를 발산하지 못할 것이기에, 〈행복이 이곳, 지상에서 죽음 위에 핀 꽃과 같기를 열렬히 소망〉한다.

나타나엘, 고요한 삶보다는 격정적인 삶을 살아야 한다. 나는 죽음과 함께 잠드는 휴식이 아닌 어떤 다른 휴식도 바라지 않는다. 내가 살아서 충족시키지 못했기에 나의 죽음 이후에도 여전히 살아 있을 모든 욕망과 에너지가 나를 괴롭게 할까봐 두렵다. 나는 내 내면에서 대기하고 있던 모든 것을 이 땅

위에 빠짐없이 표출한 다음, 희망의 완전한 소멸, 완전한 절망 속에서 죽기를 희망한다.

〈희망의 완전한 소멸〉, 가능한 최대치의 인간을 살고 난 다음, 에너지가 완전히 소진된 삶은 완전한 자유, 영혼의 해방만이 가능하게 해준다. 그의 최종적인 메시지는 「헌사」에 있다. 〈나타나엘, 지금 나의 책을 던져 버려라. 이 책으로부터 너 자신을 해방시켜라.〉 그는 독자들에게 자신의 책을 떠나라고 가르칠 뿐 아니라 그 내용을 모두 잊어버리라고, 타인이 지시하고 이끌어 준 도덕적 지적 행동들로부터 스스로를 해방시키라고 말한다. 책에서 배운 지식에 충실한 태도는 인간의 정신을 습관과 타성 속에 가둔다. 해변의 모래가 부드럽다는 사실을 책을 통해 아는 것이 중요한 것이 아니라 자신의 발이 그것을 직접 느껴 보아야 한다 ― 〈감각으로 먼저 느껴 보지 않은 지식이라면 그 어떤 것도 나에게는 무의미하다〉. 이미 알고 있는 지식, 이미 읽은 책 속의 세계에 머물러서는 안 된다. 지드는 『지상의 양식』을 다음의 문장들로 마무리한다.

이 책은 삶을 마주한 수천 개의 태도 중에 가능한 〈하나〉일 뿐임을 명심해라. 너 자신의 것을 찾아라. (……) 다른 어느 곳도 아닌, 오직 너 자신 안에 존재한다고 느끼는 것만을 네 안에서 너 자신과 결합시켜라. 그리고 열광적으로 혹은 침착하게, 너 자신을, 아! 이 세상에서 둘도 없이 소중한 존재로 창조해라.

인간 존재의 고유성과 독자성에 대해 이보다 더 열렬한 존중을 상상하기는 어려울 것이다. 지드는 생의 설렘을 발견했다. 그리고 자신이 경험한 것과 동일한 설렘을 독자들이 경험하기를 바랐다. 오직 자기 자신에게만 종속되기. 오직 자기 자신 안에 있다고 느끼는 것에 자기 자신을 결합시키기. 이것이야말로 『지상의 양식』에서 끌어낼 수 있는 최종적인 메시지일 것이다.

『새 양식』

『새 양식』과 무려 38년 전에 발표된 『지상의 양식』 사이에는 단절과 연속성이 동시에 내포되어 있다. 이 두 책 모두, 〈해방〉, 〈탈주〉, 그리고 〈행복할 권리〉와 〈사랑〉의 중요성을 역설하고 있는 것이다.

오, 해방! 오, 자유! 나의 욕망이 뻗어 나갈 수 있는 곳까지 한껏 나는 가리라. 오, 내가 사랑하는 너, 내가 너를 그곳으로 데려갈 것이니, 나와 함께 떠나자. 그곳에서 네가 더 멀리 갈 수 있도록.

인간은 행복하기 위해 태어났다는 사실, 명백히, 자연의 모든 것이 그 사실을 가르쳐 준다.

그러나 『새 양식』은 매우 다르다. 『지상의 양식』이 변혁이라고까지 할 수 있는 어떤 급작스러운 변화의 영향 아래 탄생하고, 그 배경이 특히 1893년과 1895년의 알제리 체류와 일치한다면, 이 책은 1917년부터 거의 20여 년에 걸쳐 오랫동안 진행된 변화를 반영하고 있다. 여기서 화자는 과거처럼 자신의 경험을 이야기하기 위해 나타나엘을 절박하게 소환하지 않는다. 가상의 제자 나타나엘을 앞선 책에서만큼 〈탄식조〉로 부르지도 않고, 자신이 열정을 가르쳐 주겠노라고 의기양양하게 외치지도 않는다. 이 책의 화자는 새롭게 발견한 생의 환희를 주체하지 못하는 흥분된 젊은 영혼이 아니라, 조언을 건네는 원숙해진 한 중년의 목소리를 내고 있다. 그는 그가 더 이상 대지 위에 존재하지 않을 먼 훗날에 태어날 〈너〉에게, 마지막에는 〈동지〉라고 부르게 될 〈너〉에게, 시험과 고난과 경험에서 우러나온 숙고된 충고들을 말해 준다. 그리고 보이지는 않지만 중심을 차지하면서, 구체적인 사건과 관련하여 자신의 숙고들을 이야기할 때에만 자신의 모습을 드러낸다. 이 책은 중심도 주변도 없다. 겉보기에는 잡다한 이야기들이 원심력에 의해 분산되어 있는 것처럼 보인다. 그러나 이러한 이야기 구조는 지드가 책 속에 흐르게 하고 싶었던 자유의 감정과 조화를 이루는 듯하다.

무엇보다, 『새 양식』에서는 그의 전 생애에 걸쳐 한 번도 그의 내면을 떠난 적이 없었을 정신적인 차원이 전면에 등장한다. 『새 양식』에는 기독교의 〈신〉과 그의 복음이 중요한 위치를 차지한다.

주 그리스도여, 내가 당신에게 돌아왔습니다. 당신에 의해 살아 있는 형체로 체현된 신에게 돌아왔습니다. 나는 내 마음에 거짓말하는 것에 지쳤습니다. 내 어린 시절의 신성한 벗님이신 당신에게서 도망친다고 믿었지만, 그런 당신을 내가 도처에서 다시 보았습니다.

우리는 『지상의 양식』의 맨 첫 문장을 기억한다 — 〈나타나엘, 도처에서 발견되는 신이 아니면 만나기를 열망하지 마라〉. 그때 그 〈신〉은 기독교 신이기보다 자연 신에 가까웠으며, 기독교의 유일신에 배치되는 범신론적 신이었다. 이제 지드는 복음서에서 정확히 금지와 금제를 찾지 못했다고 고백한다. 그리고 그것은 〈슬픔과 고통을 신성화하기 위해 지어낸 인간의 가증스러운 해석〉의 결과물에 불과했다고 결론 내린다. 그는 복음서에서 〈기쁨을 향한 초인적인 노력〉을 보았고, 그리스도의 말씀에서 〈행복〉이란 단어를 가장 먼저 들었다. 이 책에서 확인되는 어조의 변화는 어쩌면 지드가 다시 세계의 중심에 위치시킨 〈신〉의 존재 때문이다 — 〈이 책에서 중요한 것은 더없이 맑은 시선으로 신을 응시하는 것이다〉.

제1차 세계 대전의 파괴로 인해 낙관주의가 위협받고 있을 무렵, 오십 대의 문턱에서 십 대 소년, 마르크 알레그레의 풋풋하면서도 거침없는 시선을 통해 세상을 재발견했을 때, 지드는 『지상의 양식』과 쌍을 이룰 명상을 담은 책을 쓰고 싶다는 욕구를 느꼈다. 그리고 한참 지연된 콩고 여행이 마침

내 성사되었고 그곳에서 벌어지고 있는 식민지의 행태는, 개인의 쾌락에 집중하던 『지상의 양식』과는 달리, 자신이 행복하기 위해서는 타인의 행복이 필요하다는 행복의 이타성에 대한 그의 고민을 심화시켰다.

지상에는 어마어마하게 많은 가난과 비탄과 고통과 끔찍함이 있어서, 행복한 자는 부끄러움을 느끼지 않고서는 자신의 행복을 생각할 수 없다. 그러나 스스로 행복할 줄 모르는 자는 타인의 행복을 위해 아무것도 할 수 없다. 나는 행복해야 한다는 절박한 의무를 내 안에서 느낀다. 그러나 오직 남을 희생시키고 남에게서 빼앗은 것을 소유함으로써 얻는 행복은 그게 무엇이든 내게는 가증스러워 보인다.

의욕적으로 계획되었으나 오랜 세월 지연된 글쓰기 속에서 지드는 점점 더 사회적, 정치적 운동에 가담하도록 요청받는다. 행복과 이타주의에 대한 새로운 신념 속에서 편향된 담론 속에 갇히고 싶지 않았던 지드는 앙드레 말로와의 긴 대화 끝에, 그의 책을 연장하여 쓰기로 결심한다. 그러고는 2장의 철학적 명상에 뒤이어, 3장에서 1장의 서정성을 회복하고 원래 계획되었던 것과는 달리 4장으로 구성된 책을 완성할 것이다. 그러나 1935년 가을에 완성되고 출판되었을 때, 이 책에 대한 대중의 반응은 그리 긍정적이지 못했던 것 같다. 그것은 문학적 혹은 정치적 이유에 부합하는 것이었다. 지드는 추후, 공산주의와 결별할 것이며, 그토록 오랜 시간

그의 마음 한편을 차지했던 이 책을 부정하고 싶었다. 그는
이 책에 대해 그의 모든 책들 가운데 가장 기복이 심하고 가
장 좋지 못한 책으로 평가하고는, 의도적이고 부자연스러운
점들이 느껴진다고 고백한다 ― 〈이 마지막 페이지들은 내가
사인하지 않았더라면 그것들이 진정 나의 것인지 의심할 정
도로 나에게서 벗어나 있다〉.

1917년 처음 구상되기 시작하여 무려 18년이란 세월이 흘
러 겨우 탄생한 이 책은 그 기나긴 세월 동안 지드가 경험했
을 변화들, 때로는 그를 깊이 고심하게 했을 변화들을 압축
적으로 담고 있다. 작자 자신의 불만족에도 불구하고, 독자
들은 여전히 유동적이면서도 다양한 그의 모순적인 신념들
사이에 남아 있다. 그리고 그 신념들은 그 모순성 자체로 하
나의 일관성을 지니며 지드의 문학 세계를 구성한다. 『새 양
식』은 『지상의 양식』에서 멀어진 듯이 보이지만, 그리고 그
어조는 달라졌지만, 여전히 하나의 지향점을 제시하고 있다.
마지막으로 이 책의 마지막 구절을 읽으며 되새겨 보자.

동지여, 사람들이 너에게 제안하는 삶을 그대로 수락하지
마라. 삶이 더 아름다울 수 있다는 확신을 절대 거두지 마라.

어조는 변했지만, 『지상의 양식』에서 오직 자신의 목소리
에 기대어 자기 자신을 〈이 세상에서 둘도 없는 소중한 존재
로 창조〉하라고 마지막으로 외치던 지드의 메시지가 귓전에
맴돈다.

이 책의 번역 저본으로는 André Gide, *Les nourritures terrestres suivi de Les nouvelles nourritures* (Paris: Gallimard, "folio", 1972)를 사용했음을 밝힌다

2022년 12월
최애영

앙드레 지드 연보

1863년 남프랑스 위제스의 개신교 집안 태생으로 파리 법과 대학 교수인 폴 지드Paul Gide와 루앙의 부유한 개신교 집안의 쥘리에트 롱도 Juliette Rondeaux가 루앙 생텔루아 교회에서 결혼.

1869년 출생 11월 22일, 파리 메디시스가 19번지(오늘날의 에드 몽로스탕 광장 2번지)에서 외아들 앙드레 폴 기욤 지드André Paul Guillaume Gide 출생. 어머니의 고향 노르망디와 아버지의 고향 랑그 도크, 이렇게 서로 다른 두 가지 풍토와 환경 사이를 오가며 성장함.

1877년 8세 파리 다사스 거리에 위치한 알자스 학원 입학. 몇 개월 후 〈나쁜 버릇〉 때문에 정학 처분을 받음. 신경증이 나타남. 가정 교사들의 지도로 수학.

1880년 11세 여름 동안 어린 사촌 에밀 비드메르Émile Widmer의 죽음으로 촉발된 첫 〈샤우데른〉(일종의 불안 강박) 발작. 10월 28일 아버지 폴 지드 교수 사망.

1882년 13세 12월 말, 외숙모 마틸드 롱도Mathilde Rondeaux의 불륜과 외사촌 누이 마들렌Madeleine(1867년 2월 7일 루앙 출생)의 고통을 알게 됨. 이를 계기로 마들렌에 대하여 사랑을 느낌.

1887년 18세 10월, 알자스 학원 수사학반에 복학하여 장차 시인이 될 피에르 루이스Pierre Louÿs와 친교.

1888년 19세 앙리 4세 고등학교 졸업반에 다님. 레옹 블룸Léon Blum과 친교. 쇼펜하우어를 읽음.

1889년 20세 대학 입학 자격시험 합격. 소르본 대학에 등록. 내면의 〈일기〉를 쓰기 시작.

1890년 21세 3월 1일, 외삼촌 에밀 롱도Émile Rondeaux 사망, 그 빈소에서 마들렌과 함께 철야(〈……이때 우리의 약혼식이 이루어진 느낌이었다〉). 여름, 『앙드레 왈테르의 수기Les Cahiers d'André Walter』를 쓰기 위해 안시 호숫가로 가서 혼자 지냄. 12월, 몽펠리에의 경제학 교수인 숙부 샤를 지드Charles Gide 댁에 기거하며 폴 발레리Paul Valéry와 친교.

1891년 22세 1월 8일, 마들렌이 결혼을 거부함. 2월 2일, 모리스 바레스Maurice Barrès의 소개로 스테판 말라르메Stéphane Mallarmé를 알게 되면서 지드는 파리 로마가에 있는 시인의 〈화요회〉에 출입. 11월, 파리에서 오스카 와일드Oscar Wilde와 자주 만남. 자비로 『앙드레 왈테르의 수기』 출판. 『나르시스론Traité du Narcisse』 발표.

1892년 23세 봄, 뮌헨 체류. 여름, 앙리 드 레니에Henri de Régnier와 브르타뉴 여행. 11월 15~22일, 낭시에서 군 복무를 시작하나 폐결핵 진단으로 제대. 『앙드레 왈테르의 시Les Poésies d'André Walter』 발표.

1893년 24세 부활절, 어머니와 스페인 세비야 여행. 10월 18일, 화가 폴 알베르 로랑스Paul Albert Laurens와 마르세유를 출발하여 튀니지, 알제리 여행. 폐결핵이 발병하여 치료. 튀니지의 수스에서 첫 동성애 경험. 『사랑의 시도La Tentative amoureuse』, 『위리앵의 여행Le Voyage d'Urien』 발표.

1894년 25세 1~2월, 알제리의 비스크라에서 로랑스와 지드는 울레드나일 부족 여성 메리엠과 동침. 봄에 이탈리아를 거쳐 프랑스로 돌아옴. 스위스의 라브레빈에서 홀로 지내며 『팔뤼드Paludes』 집필.

1895년 26세 1~5월, 다시 알제리 여행(블리다에서 앨프리드 더글러

340

스Alfred Douglas와 함께 온 와일드와 조우). 5월 31일, 어머니 사망. 6월 17일, 마들렌과 약혼. 의사가 그의 동성애 성향은 결혼과 함께 사라질 것이라고 진단함. 10월 7~8일, 퀴베르빌 시청과 에트르타 교회에서 결혼식 올림. 스위스, 이탈리아, 튀니지, 알제리로 신혼여행. 『팔뤼드』 출간.

1896년 27세 5월, 여행에서 돌아와 라로크베냐르의 시장으로 선출됨.

1897년 28세 3월, 파리 라스파유가 4번지 입주. 방종Vangeon 박사 (필명 앙리 게옹Henri Ghéon)와 친교. 그의 친구로 고등 사범 학교 출신의 철학 교수인 마르셀 드루앵Marcel Drouin이 지드의 외사촌 겸 처제 잔 롱도Jeanne Rondeaux와 결혼. 『지상의 양식*Les Nourritures terrestres*』, 『문학적·윤리적 제 문제에 대한 고찰*Réflexions sur quelques points de littérature et de morale*』 출간.

1898년 29세 마들렌과 이탈리아와 티롤 지방 여행, 로마의 작은 아파트에 아내를 남겨 둔 채 〈아카데믹〉한 사진 모델을 서준다는 소년들과 쾌락에 빠짐.

1899년 30세 봄, 지드 부부가 두 번째로 알제리 여행. 당시 중국 푸저우 주재 영사였던 폴 클로델Paul Claudel과 서신 교환 시작. 『필록테테스*Philoctète*』, 『사슬 풀린 프로메테우스*Le Prométhée mal enchaîné*』, 『1895~1896년 여행 노트*Feuilles de route 1895-1896*』, 『엘 하지*El Hadj*』 발표.

1900년 31세 라로크 성관 매각. 지드 부부는 퀴베르빌 영지만 소유. 마들렌과 다시 알제리 여행. 앙리 게옹이 합류. 『앙젤에게 보내는 편지 *Lettres à Angèle*』 발표.

1901년 32세 『칸다울레스왕*Le Roi Candaule*』 발표.

1902년 33세 1월, 『배덕자*L'Immoraliste*』 발표(3백 부 한정판).

1903년 34세 독일(바이마르), 혼자서 알제리로 출발. 나중에 마들렌이 합류. 『프레텍스트*Prétextes*』, 『사울*Saül*』 발표.

1905년 36세 프랑스에 돌아온 클로델이 지드를 개종시키려고 노력하나 허사. 프랑시스 잠Francis Jammes은 개종. 『좁은 문*La Porte étroite*』 집필 시작.

1906년 37세 파리 근교 오퇴유에 신축한 빌라 몽모랑시로 이사. 『아민타스*Amyntas*』 발표.

1907년 38세 모리스 드니Maurice Denis와 베를린 여행. 『탕아 돌아오다*Le Retour de l'enfant prodigue*』 발표.

1908년 39세 11월 15일, 마르셀 드루앵, 자크 코포Jacques Copeau, 앙리 게옹, 앙드레 뤼테르André Ruyters, 장 슐룅베르제Jean Schlumberger와 함께 외젠 몽포르Eugène Montfort의 지원을 받아 『라 누벨 르뷔 프랑세즈*La Nouvelle Revue française*』(NRF)지 창간 제1호 발행. 지드는 말라르메 비판이 실린 그 내용에 불복, 새로운 편집진이 구성됨. 10월 15일 『좁은 문』 탈고.

1909년 40세 2월 1일, 위의 잡지가 지드와 슐룅베르제의 재정 출자로 제1호 재창간. 『좁은 문』의 원고 3분의 1이 연재되기 시작하고, 24세의 젊은 작가 쥘 로맹Jules Romains에 대한 지드의 글이 실림. 이후 지드의 노력으로 이 새로운 문예지에는 차츰 장 지로두Jean Giraudoux, 자크 리비에르Jacques Rivière, 생존 페르스Saint-John Perse, 발레리 라르보Valéry Larbaud, 쥘 르나르Jules Renard, 앙리 드 레니에, 프랑시스 비엘레그리팽Francis Viélé-Griffin, 프랑시스 잠, 폴 발레리 등이 기고하기 시작.

1910년 41세 『오스카 와일드*Oscar Wilde*』 발표.

1911년 42세 NRF가 가스통 갈리마르Gaston Gallimard를 대표로 하는 출판사를 설립. 『샤를루이 필리프*Charles-Louis Philippe*』, 『이자벨*Isabelle*』, 『신(新)프레텍스트*Nouveaux Prétextes*』 발표.

1912년 43세 게옹과 이탈리아(피렌체와 피사) 여행(〈……열흘 동안의 말로 표현할 수 없는 비상한 생활〉). 12월, 혼자서 영국 체류.

1913년 44세   10월, 비외콜롱비에 극장 개관(극장장 자크 코포). 로제 마르탱 뒤 가르Roger Martin du Gard를 만나 남은 생애 동안 〈가장 친한 친구〉가 됨.

1914년 45세   4~5월, 게옹과 이탈리아, 그리스, 터키 여행. 10월, 제1차 세계 대전 발발로 1년 반이 넘도록 난민 구제 사업인 〈프랑스-벨기에의 집〉에 전력 투구. 『교황청의 지하도Les Caves du Vatican』 출간.

1916년 47세   5월, 게옹이 지드에게 보낸 편지를 개봉해 본 마들렌이 남편의 숨겨진 과거와 행동에 충격을 받아 20년간의 결혼 생활이 위기를 맞음. 12월, 에밀 베르아랭Émile Verhaeren의 장례식에서 돌아오는 열차 안에서 엘리자베트 반 뤼셀베르그Élisabeth van Rysselberghe 부인에게 그녀와의 사이에 아이를 갖고 싶다고 실토. 집안의 오랜 친구 알레그레 목사의 아들인 17세의 미소년 마르크 알레그레Marc Allégret와 동성애 관계 시작. 종교적 위기.

1917년 48세   8월, 마르크와 스위스 체류. 『새 양식Les Nouvelles Nourritures』 집필 시작.

1918년 49세   6월 18일, 마르크와 4개월 예정으로 영국 체류. 돌아왔을 때, 퀴베르빌성에서 마들렌이 그가 소년 시절부터 그녀에게 보낸 모든 편지들을 소각했음을 알고 큰 충격을 받음. 〈그녀가 우리들의 아이를 죽인 것처럼 고통스럽다. 아마도 그보다 더 아름다운 편지는 없을 것이다.〉

1919년 50세   『전원 교향곡La Symphonie pastorale』 출간. 『위폐 제조자들Les Faux-monnayeurs』 집필 시작.

1922년 53세   2~3월, 비외콜롱비에 극장에서 도스토옙스키에 관한 여섯 번의 강연. 여름, 반 뤼셀베르그 집안 사람들과 코트다쥐르 여행.

1923년 54세   4월 18일, 안시에서 지드와 엘리자베트 반 뤼셀베르그 사이의 딸 카트린Catherine 출생. 지드는 아내 사망 후인 1938년 카트린을 자신의 호적에 입적. 이탈리아, 모로코 여행.

1924년 55세 『좁은 문』 발표 이후 그 인기에 자신을 얻어, 정성을 쏟은 남색에 관한 책 『코리동*Corydon*』 보급판 출간. 보수주의자들의 공격 시작.

1925년 56세 7월 14일, 자신의 장서 일부와 오퇴유 빌라를 매각. 『위폐 제조자들』을 탈고한 다음 마르크와 콩고와 차드 여행.

1926년 57세 5월, 프랑스로 돌아와 콩고 현지에서 목격한 개발 회사들의 수탈 행위와 식민지 체제에 분격하여 프랑스 식민 정책을 고발하는 토론, 강연, 기고 등 활약. 『위폐 제조자들』, 『한 알의 밀알이 죽지 않으면*Si le Grain ne meurt*』 발표.

1927년 58세 파리의 바노가 1번지, 반 뤼셀베르그 부인과 같은 층의 아파트로 이사. 아내 마들렌은 거의 노르망디의 퀴베르빌 저택을 떠나지 않고 칩거. 『콩고 기행*Voyage au Congo*』 발표.

1928년 59세 『차드에서 돌아오다*Le Retour du Tchad*』 발표.

1929년 60세 1월, 알제 여행. 샤를 뒤 보Charles Du Bos가 『앙드레 지드와의 대화*Dialogue avec André Gide*』 출간. 『여자들의 학교*L'École des Femmes*』, 『몽테뉴론*Essai sur Montaigne*』 발표.

1930년 61세 독일, 튀니지 여행. 『로베르*Robert*』, 『푸아티에의 감금자들*La Séquestrée de Poitiers*』, 『르뒤로 사건*L'Affaire Redureau*』 발표.

1931년 62세 『오이디푸스*Œdipe*』 발표.

1932년 63세 소련의 정치·사회적 노력에 점점 더 많은 관심을 기울이고, 『NRF』지에 공산주의에 대한 자신의 점증하는 공감을 표현한 『일기』의 내용들을 기고함. NRF에서 그의 전집이 간행되기 시작하나, 1939년 전쟁 발발로 15권에서 멈춤.

1934년 65세 앙드레 말로André Malraux와 함께 베를린으로 가서 투옥된 게오르기 디미트로프Georgi Dimitrov와 공산당원들의 석방을 괴벨스Paul Joseph Goebbels에게 요구. 2월 6일 반파시스트 작가 협회에 가입. 7~8월, 중부 유럽 여행.

1935년 66세 1월 23일, 파리에서 〈앙드레 지드와 우리 시대〉에 대한 공개 토론회가 열림. 3~4월, 네덜란드 공산주의 작가 예프 라스트와 스페인, 모로코 여행. 6월, 말로와 더불어 문화의 수호를 위한 국제 작가 회의 주제. 『새 양식』 출판.

1936년 67세 6월 17일, 정부 초청으로 여러 친구 문인들과 소련을 방문, 8월 21일 세바스토폴에서 외젠 다비Eugène Dabit의 의문의 돌연사로 서둘러 귀국. 12월, 스페인에 대한 불간섭 정책에 항의하는 지식인 선언에 서명. 『주느비에브Geneviève』, 『소련에서 돌아오다Retour de l'U. R.S.S.』 발표.

1937년 68세 『〈소련에서 돌아오다〉의 수정판Retouches à mon Retour de l'U.R.S.S.』 발표와 더불어 공산주의와 결별 선언.

1938년 69세 1~3월 프랑스령 서아프리카 여행. 4월 17일 부활절 일요일, 마들렌 사망. 〈나는 그녀를 잃고 나자 나의 존재 이유가 다했다는 것을 깨달았으므로 내가 왜 사는지 더 이상 알 수가 없었다.〉

1939년 70세 그리스, 이집트, 세네갈 여행. 전쟁 발발 직후 그라스 부근의 카브리스에 있는 메이리시 부인 댁에 체류. 생존 작가로서는 처음으로 『일기 1889~1939Journal 1889-1939』가 플레이아드 총서에 발간됨.

1940년 71세 전쟁 동안 〈드골 장군의 선언에 전적으로 지지〉를 표명하고 카브리스, 니스에 체류. 드리외 라 로셸Drieu La Rochelle이 주관하는 『NRF』지에 『일기Journal』의 일부를 발표.

1941년 72세 독일에 협력하는 드리외 라 로셸의 『NRF』지와 결별 선언.

1942년 73세 5월 4일, 튀니지로 가서 테오 레몽 드 장틸Théo Reymond de Gentile 집에 기거.

1943년 74세 5월 27일, 알제로 가서 4개월 동안 친구 집에 체류. 친구

외르공Jacques Heurgon 집에서 드골Charles de Gaulle 장군과 식사.

1944년 75세 서아프리카 여행 후 4월에 알제로 돌아옴.

1945년 76세 2월 8일, 카트린의 딸이자 지드의 손녀 이자벨Isabelle 출생. 5월 6일, 프랑스로 돌아옴. 12월부터 4개월 동안 이탈리아, 이집트, 레바논 등지를 여행.

1946년 77세 4월 16일, 베이루트에서 강연(〈문학적 추억과 현재의 문제〉). 『테세우스*Thésée*』 발표. 장 들라누아Jean Delannoy가 『전원 교향곡』을 영화화함. 8월, 딸 카트린이 젊은 작가 장 랑베르Jean Lambert와 결혼.

1947년 78세 6월 5일, 옥스퍼드 대학에서 명예 박사 학위를 받음. 11월 13일, 노벨 문학상 수상. 장루이 바로Jean-Louis Barrault와 함께 카프카의 『소송』을 각색.

1948년 79세 『프랑시스 잠과의 서한집*Correspondance avec Francis Jammes*』 출간. 『교황청의 지하도』를 소극(笑劇)으로 각색함.

1949년 80세 『프랑스 시 사화집*Anthologie de la Poésie française*』, 『폴 클로델과의 서한집*Correspondance avec Paul Claudel*』 출간.

1950년 81세 마르크 알레그레가 자신의 영화 「앙드레 지드와 함께 Avec André Gide」 제작. 12월 13일, 「교황청의 지하도」가 코메디 프랑세즈에서 초연됨. 『일기 1942~1949 *Journal 1942-1949*』, 『샤를 뒤 보와의 서한집*Correspondance avec Charles Du Bos*』 출간.

1951년 사망 1월, 모로코 여행 계획. 2월 19일, 바노가 1번지 자택에서 폐렴으로 사망. 2월 22일, 마들렌 가족의 요청으로 목사의 주재하에 퀴베르빌 자택 묘지에 묻힘으로써 지드의 지인들을 놀라게 함. 11월, 독일 점령 기간 동안 폐간되었다가 복간된 『NRF』지가 지드 추모 특집을 실음.

1952년 『아멘 혹은 게임은 끝났다*Ainsi soit-il ou les Jeux sont faits*』 출간. 5월, 로마 가톨릭 교회가 지드의 전 작품을 금서로 규정.

열린책들 세계문학 **284** 지상의 양식 · 새 양식

옮긴이 최애영 서울대학교 불어불문학과를 졸업하고 파리8대학에서 박사 학위를 받았다. 현재 한국 문학의 외국어 번역에 대한 강의를 하면서 한국 소설과 프랑스 소설을 번역하고 있다. 옮긴 책으로 알랭 로브그리예의 『엿보는 자』, 아니 에르노의 『칼 같은 글쓰기』, 르 클레지오의 『아프리카인』, 에밀 졸라의 『꿈』, 츠베탕 토도로프의 『환상 문학 서설』 등이 있다.

지은이 앙드레 지드 **옮긴이** 최애영 **발행인** 홍예빈 · 홍유진
발행처 주식회사 열린책들 **주소** 경기도 파주시 문발로 253 파주출판도시
전화 031-955-4000 **팩스** 031-955-4004 **홈페이지** www.openbooks.co.kr
Copyright (C) 주식회사 열린책들, 2022, *Printed in Korea.*
ISBN 978-89-329-1284-4 04860 **ISBN** 978-89-329-1499-2 (세트)
발행일 2022년 12월 30일 세계문학판 1쇄

열린책들 세계문학
Open Books World Literature